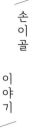

손
이
골

이
야
기

자연과 함께하며 쓴 에세이

손이골 이야기

오도열 지음

바른북스

책을 펴며

지루하던 비가 그치고 나니 한결 선선해졌다.
올해의 더위는 유난했다.
여름은 이제 가을에게 자리를 내주고 기억 속으로 퇴장할 준비를 마친 것
같다.

계절은 빛깔로부터 오는 것이 아닌가 싶다.
여름 해가 쪼개질 것 같은 잔인한 흰빛이라면,
가을 해는 할머니가 손주를 바라보는 눈길 같은 느긋한 귤빛이다.

그런 햇빛이 마당으로 들어왔다.
며칠 전 풀을 베면서 조금 남겨 둔 마당 입구의 억새꽃이 바람에 살랑인다.
그 위에서 햇빛이 춤을 춘다.
산골 아침의 평화를 축하하는 춤이다.

좋다,
이 산수자연의 벗들과 함께 숨 쉬며 살아가는 것이.

- 본문 중에서 -

애당초 책을 낼 생각으로 글을 썼던 것은 아닙니다. 이 골짜기에 들어와 살며 산수자연을 바라보다가 가끔 가슴이 흔들리는 감흥을 느낄 때가 있었습니다. 어느 날, 이 느낌들이 기억 속에 잠시 머물다 사라져 버리면 훗날 아까워할지 모른다는 생각이 들었습니다. 그래서 그 기억들을 남겨 둘 방법은 없을까를 궁리하다가 몇 줄씩 기록하게 되었습니다. 그렇게 쓴 글 몇 줄을 이으니 쪽이 되고, 또 그것을 이렇게 저렇게 주무르다 보니 글 한 편이 되었습니다.

모든 일이 그러하듯, 그렇게 조금씩 시작한 일이 커지고 말았습니다. 손이골의 느낌에서 시작한 글이 내가 생각하고 있는 것들, 그리고 살아온 이야기까지 쓰게 되었습니다. 그렇게 한 편씩 쓰다 보니 책 한 권 지을 분량이 되었고, 결국 이렇게 주제넘은 짓을 하고 있습니다.

저는 압니다. 책을 낸다는 것이 얼마나 무서운 일인지를. '글은 바로 그 사람(書如其人)'이라 하였습니다. 글 속에 글쓴이의 모든 것이 담겨 있다 하였으니, 제가 아무리 그럴싸한 수식어로 포장을 하여 저의 허물을 덮으려 해도 결국 글을 읽으시는 분들은 모두 알게 될 것입니다. 이 글로써 저 스스로 발가벗고 저잣거리에 서는 격이 될 것이니 어찌 두렵지 않겠습니까. 그래도 '두렵다고 하지 않는다면 이 세상에 할 것이 무엇이 있겠는가?'라고, 스스로를 독려하며 감히 두려움 위에 서보려 합니다.

책의 구성은 4부로 할 것입니다.
1부는 손이골에서 느낀 이야기들,
2부는 예술, 문학, 체육 등 문화에 관한 나의 생각,
3부는 여행이나 이 시대의 시사성 있는 이야기들,
4부는 나 개인에 관한 이야기들입니다.

저는 글을 써본 사람도 아니고, 글로써 돈벌이를 해본 적은 더욱 없습니다. 그냥 혼자 좋아서 썼을 뿐입니다. 읽고 또 읽으며 오류를 줄이려고 노력했지만 그래도 걱정이 앞섭니다. 분명히 비난거리가 여러 곳 나올 것입니다. 혹시 이 책의 어떤 내용으로 흥볼 일이 있다 하더라도, "잘 알지도 못하고 썼구만." 정도로 혼내시고, 나머지는 슬쩍 묻어 주신다면 큰 은혜로 생각하겠습니다.
감사합니다.

2023. 10. 31.
오도열 드립니다.

차례

마지막 쪽을 빌려

1부

나무 심기

인간과 친밀한 생물로 나무만 한 것도 드문 것 같다.
나무는 인간에게 이로움을 줄 뿐 아니라,
우리 곁에서 감성을 촉발시켜 행복감을 높여 주기도 한다.

들판은 여전히 겨울 색이다. 그런데 유심히 보면 그 갈색 주변에
봄이 서성이고 있는 것을 느낄 수 있다. 대지를 감싸는 밝은 햇살,
만물을 어루만지는 보드라운 바람, 그리고 밭을 거니는 농부의 발
걸음에 봄기운이 묻어 있다. 제천에서 충주로 가는 고속도로변의
풍경이 그렇다. 아내와 함께 옥천으로 나무를 사러 가는 길인데,
소풍이라도 가는 양 들뜬 기분이다.

나무 심기는 산촌에 들어온 후, 매년 해오고 있다. 올해로 여섯
해째다. 나무 심을 시기가 다가오면 미리 심을 수종을 메모해 두었
다가, 식목하기 좋은 날을 택해 구하러 간다. 그동안은 평창과 홍

천, 원주 등 가까운 곳으로 갔으나, 이번에는 충북 옥천군 이원면으로 간다.

작년에 울릉도에서 가져온 후박나무가 동사하고 말았다. 찬바람이 직접 닿지 않도록 비닐로 덮어 대비한다고 했건만 강원도 산골 추위를 견뎌 내지 못했다. 서운하고 미안하지만 어쩌겠는가? 우리는 의논을 한 끝에 허전해진 그 자리에 수양매화를 심기로 했다. 옥천군이면 다소 먼 거리지만, 규모가 큰 나무 시장엘 가면 조금 더 마음에 드는 수종을 구할 수 있지 않을까 하고 가는 중이다.

옥천의 나무 시장은 소문대로 규모가 대단하다. 시장으로 가는 수 km 전부터 도로변에 농원이며 조경원이 즐비하고, 본 시장도 꽤 크다. 그중 사람이 가장 붐비는 곳의 공용주차장에 차를 세우고 둘러보기로 했다.

나무 시장을 갈 때마다 느끼는 것이지만, 그곳에는 생기와 설렘이 있다. 우리뿐 아니라 나무를 구하러 오는 모든 분들의 표정이 상기되어 보인다. 아마도 구한 나무가 자라서 어떤 모양을 할 것이며, 또 꽃과 열매는 어떨까 하는 기대심 때문일 것이다. 말하자면 나무라는 꿈을 구하는 곳이기 때문이라는 것이다.

나무 시장엘 가면 조금 냉정해질 필요가 있다. 전시되어 있는 나무를 보면 흥분하기 쉬운데, 흥분은 금물이다. 이곳저곳을 둘러보고 어디에 무엇이 있는지를 먼저 기억해 두는 것이 중요하다. 우리가 누군가? 나무 시장을 누빈 경력 육 년 차 아닌가. 눈이 가는 대로 집어 들었다가는 바로 후회가 뒤따른다는 것을 다년간의 경험으로 터득하여 알고 있는 바다.

이곳저곳을 둘러보다가 한 농원의 후미진 곳에서 여러 종류의 매화나무가 쌓여 있는 곳을 찾았다. 둥치가 제법 굵은 녀석들이 꽃을 달고 누워 있는데, 향이 주변을 묵직하게 적시고 있었다. 여기다 싶은 생각이 들었다. 그중 마음에 드는 것이 있어 가격을 물으니 사만 오천 원이란다. 보는 순간 이미 마음을 빼앗겨서 비싸고 싼 것은 염두에 없었다. 나무를 앞에 두고 가격흥정을 하는 것이 나무에게 예의가 아닌 것 같기도 했고. 얼른 가격을 치르고 차에 싣고 나서, 또 다른 농원으로 갔다. 그곳에서는 마가목 다섯 그루, 배롱나무 세 그루, 수양벚나무 한 그루를 더 구했다.

마음에 드는 나무를 차에 싣고 나니 부자가 된 기분이다. 돌아오는 길가에 수양매화를 곱게 다듬어 놓은 한 농원이 보였다. 이미 지나쳤던 길을 되돌려 그곳엘 들렀다. 어쩌면 그렇게 아름답게 다듬어 놓았는지, 산속에서 자연스럽게 자란 나무들과는 또 다른 모습이었다. 몇 종류의 나무를 조경수로 가꾸었는데, 한눈에도 고급스러워 보였다. 우리가 구한 나무의 미래를 상상하며, 그중 한 그루의 가격을 물어보았다. 삼백오십만 원이란다. 우리는 놀라서 눈을 마주쳤다.

이십 년 넘게 길렀다 하니 세월 값이라 해도 그 가치는 있겠다 싶었으나, 그래도 우리로서는 감히 넘볼 수 없는 가격이었다. 그런데 묘한 것은 부러운 마음이 들지 않더라는 것이다. 가격대가 우리의 생심(生心)을 넘는 수준이기도 했지만, 그보다는 이미 완성된 것이라는 점이 더 큰 이유였다. 우리가 원하는 것은 보름달의 완벽이 아니라, 초승달 같은 희망이었다. 키워 가는 재미, 꿈을 갖는 것이 좋았던 것이다.

나무를 심을 때는 정성을 다해 심는다. 우리와 함께 살기 위해 찾아온 식구이니 그러지 않을 수 없다. 신중을 기하다 보면, 가끔 의견이 충돌하기도 한다. -대체로 아내가 져주지만-이렇게 심자, 저렇게 심자, 하고 옥신각신하는 것이다. 어떻게든 나무에 정성을 다하고 싶은 마음인 것이다. 올해는 이웃 동네 친구가 와서 심는 것을 도와주는 바람에 그것이 생략되었다. 수양매화를 심을 곳에 놓여 있던 반석을 조금 옮겨야겠기에 도움을 청했더니 비 오는 날씨임에도 흔쾌히 와준 것이다.

그 친구, 나무를 보더니 잘생겼다는 찬사부터 한다. 그 말을 듣는 순간, 나무에게 들으라고 일부러 한 말일 것이라는 생각이 들었다. 그렇게 나무와의 상견례를 마치고, 심을 지점과 나무의 방향을 정했다. 땅을 넉넉히 파고, 분을 놓고, 뿌리가 2/3 정도 잠기게 흙을 덮고, 물을 흠뻑 부어 스며들기를 기다렸다가 다시 물을 주고. 마지막으로 흙을 덮고 끝냈다.

심은 첫해는 뿌리가 잘 내리도록 신경을 바짝 써주어야 한다. 둥치가 흔들리지 않도록 지지대를 세우고, 마르지 않도록 관찰하여 물주는 시기를 놓치지 않아야 한다. 첫해를 무사히 지나고 나면 줄기가 제법 단단해진다. 그쯤 되면 일단 안심해도 좋다.

그렇게 새 땅에 적응한 나무는 한두 해가 지나고 나면, 어설피 꽃 몇 송이를 내놓는다. 과연 어떤 모양의 꽃이며, 향기는 또 어떨지, 가슴이 뛰는 순간이다. 그 나무의 특성과 마주하는 첫 대면이기 때문이다. 나무의 특성이란 사람으로 치면 타고난 인품과 같다.

사람의 인품이 제각각이듯, 나무도 그렇다. 그래서 첫 번째 맺히는 꽃을 대하는 순간에는 첫선 보는 기분이 드는가 보다. 그렇게 한두 해 더 지나고 나면 제법 그늘을 만들고, 열매도 맺고. 나무는 사람에게 고마움을 많이 준다.

올봄도 우리는 아름다운 친구 몇과 인연을 맺었다. 심는 작업을 마치고 이름 짓는 일도 잊지 않았다. 매화는 '능매', 벚나무는 '능벚'이라고 지었다. 이곳에 들어오던 해, 운학3리에 사는 성당 교우로부터 분양받아 심었던 '능도'와 함께 우리 마당에는 수양삼형제가 살게 되었다.

인간과 친밀한 생물로 나무만 한 것도 드문 것 같다. 나무는 인간에게 이로움을 줄 뿐 아니라, 우리 곁에서 감성을 촉발시켜 행복감을 높여 주기도 한다. 새로 들어온 이 친구들은 우리가 그들을 보듯, 그들도 자라면서 우리의 삶을 지켜볼 것이다.

키 130㎝, 어깨너비 80㎝, 둥치둘레 13㎝의 체격으로 이곳에 터를 잡은 능매. 십 년 후에는 어떤 모습을 하고 서 있을까? 올봄, 우리는 이렇게 또 꿈 몇 그루를 심었다.

며칠 후, 운학1리에 사는 친구는 집에서 난 것이라며,
팔십 년 된 멧추(멧대추)의 자목(子木) 여섯 그루와 고야(전통자두) 자목 두 그루를 가져다 심어 주었다.
몇 년 후에는 그 나무들에 달달한 열매가 맺힐 것이다. 손주들은 고사리손으로 그것을 따 먹을 것이다.

기적 같은 일 아닌가?

열매가 떨어져 싹이 나오고, 여린 싹이 나무 모양을 갖추고, 열매가 맺히고.

이렇게 또 나는 이 봄에 꿈을 몇 그루 심었다.

2020. 3. 22.

호미

모든 생명은 땅에서 나기도 하지만,

그것에 기대어 힘을 얻으며 살아간다.

그 땅과 나를 가깝게 이어 주는 것이 호미다.

호미는 쓸모가 많은 농기구다. 고작 한 뼘 길이의 손잡이에 손바닥만 한 무딘 날이 전부이니, 볼품으로 말하자면 이렇게 빈약한 농기구도 없다 할 것이다. 그래도 내게는 호미만 한 농기구가 없다. 나는 밭을 갈 때마다, 호미는 참으로 쓸모 있는 농기구라는 생각을 하고는 한다.

우리가 농사짓고 있는 중간 밭은 과수나무를 심었는데, 비교적 경사가 적은 한쪽에 울타리를 쳐서 고구마, 고추, 옥수수 등을 조금씩 심어 가꾼다. 오륙십 평 면적의 이 밭은 봄 파종을 하기 전에 갈아야 하는데, 작년하고 재작년에는 이웃 동네 분께 부탁하여 트랙터와 관리기로 갈았었다. 올해는 직접 갈기로 했다. 직접 가는 것은 흙을 만져 보고 싶어서다. 힘은 들겠지만 쉬엄쉬엄하다 보면 어느새 또 되어 있겠지 하는 마음으로 시작했다.

밭을 갈기 위해서는 미리 뿌려 놓은 퇴비와 흙이 고루 섞이도록 곡괭이로 깊이 찍어 흙 뒤집는 작업을 먼저 한다. 다음은 이랑을 만든다. 이때 나는 호미를 쓴다. 괭이를 쓰는 분들이 많은데, 내가 호미를 즐겨 쓰는 이유는 신체조건 때문이다. 왼팔이 불편하여 한 손으로 할 수 있는 호미를 즐겨 쓰는 것이다. 흙을 뒤집느라 한바탕 곡괭이질을 하고 나면 허리도 아프고, 다리도 힘이 든다. 쭈그리고 앉아서 땅을 고를 수 있으면 좋은데, 이때 쓸 수 있는 도구로는 호미만 한 것이 없다.

왼쪽 무릎을 세우고, 오른쪽 무릎은 땅에 대고 주저앉아 앞부분부터 정리해 내려오는데, 퇴비와 흙이 섞이도록 곡괭이로 찍어 놓은 흙을 호미로 뒤집으며 가운데로 모아준다. 돌이 나오면 한쪽으로 던져 가며 고운 흙만으로 두둑을 봉긋하게 정리하는 것이다. 뒷걸음질 치던 발뒤꿈치가 밭 끝에 닿으면 밭 한 이랑이 생긴다.

호미로 밭을 갈면 흙을 가까이 느낄 수 있다. 호미를 쓰게 되면 땅에 몸을 붙이고 일을 해야 한다. 이때, 솟아오르는 흙내음이 코로 스미어 폐를 부풀게 하고, 호미질을 따라 움직이는 흙가루가 손등으로 손바닥으로 전해져 땅의 기운을 느끼게 한다. 눈 또한 흙이 약동하는 모습을 보는 것으로 생기를 얻는다. 밭일을 하면 땅의 건강함이 내 몸에 전해지는 것 같은 기분이 든다.

또 호미로 밭을 갈게 되면 봄이 오는 소리를 들을 수 있다. 쭈그리고 앉아 땅을 파자면 바람이 목덜미를 더듬고 지나갈 때가 있다. 이때의 바람은 보드랍기가 비할 데 없다. 부들부들한 것이 어머니 손길 같다. 만물을 살려 내는 부드러움인 것이다. 아울러 새소리와 벌 소리 등도 들을 수 있다. 모두 봄을 찬양하는 소리다. 나는 봄이 내 곁에 와 있다는 것을 이렇게도 느낀다.

호미로 일을 하면 느긋하게 할 수 있어 좋다. 기계로 작업하는 모습을 보면, 사람이 기계에 종속되어 있는 것 같다는 느낌을 받는다. 농부는 핸들을 잡고 기계가 움직이는 대로 부지런히 따라 움직여야 한다. 바퀴의 속도에 맞추어 발걸음을 재게도 하고, 느리게도 해야 한다. 그렇게 하지 않으면 밭이 제대로 갈리지 않거니와 사고가 날 위험도 있다. 긴장하지 않을 수가 없는 것이다.

호미로 일을 하면 내가 속도를 주도할 수 있다. 허리가 아프면 일어서 허리를 펼 수도 있고, 고운 새 소리가 들리면 그 자리에 엉덩이를 붙이고 앉아 소리를 낸 주인공을 눈으로 좇을 수도 있다. 구름이 아름다운 때에는 호미질을 멈추고 고랑에 누워 하늘을 바라볼 수도 있고, 바람이 솔밭을 건너오는 소리가 들리면, 호미를 잠시 내려놓고 흔들리는 솔밭 풍경을 바라볼 수도 있다. 이렇게 호미는 내게 산수자연을 즐길 수 있는 여유를 허락한다.

호미로 밭일을 하고 나면 허리도, 어깨도, 손가락도 아프다. 개미에게 물린 팔목은 일주일 정도 간지러움으로 나를 성가시게도 한다. 그래도 기분은 좋다. 건강해지는 기분이 드는 것이다. 땅은 모든 생명체의 어머니[1]라고 했다. 모든 생명은 땅에서 나기도 하지만, 그것에 기대어 힘을 얻으며 살아간다. 그 땅과 나를 가깝게 이어 주는 것이 호미다. 그래서 나는 호미를 좋아한다.

호미를 어머니 사랑에 비유한 고려시대의 가요가 있다.

호미도 날히언마ᄅᆞᄂᆞᆫ
날ᄀᆞ티 들 리도 업스니이다
아바님도 어이어신마ᄅᆞᄂᆞᆫ
위 덩더둥셩
어마님ᄀᆞ티 괴시리 업세라.
아소 님하.
어마님ᄀᆞ티 괴시리 업세라.

현대어로 풀자면 이렇다. "호미도 날이지만 낫같이 잘 들 리가 없습니다. 아버지도 어버이시지만, 어머님같이 사랑하실 이가 없습니다. 아시오(말씀 마시오) 임이시여, 어머님같이 사랑하실 분이 없습니다." 작가는 어머니를 호미에 비유했다. 어머니의 사랑을 호미에 빗대어 표현했을 때에는 호미에서 어머니의 사랑 같은 정을 느꼈기 때문일 것이다.

어머니는 평소에 말이 없다가도 자식이 필요로 할 때면 곁에서 도움을 주신다. 그런 따뜻한 사랑이 호미에도 있다는 의미를 내포

---

1 『창세기』 3장 19절 : 너는 흙에서 난 몸이니 흙으로 돌아가기까지 이마에 땀을 흘려야 낟알을 얻어먹으리라.

하고 있는 것이라 하겠다. 평소에는 눈에 뜨이지 않는 구석에 있다가도 꼭 필요할 때면 손아귀에 쥐어져 성실히 흙을 뒤집어 주는 것이 호미다. 그러면서도 그 덕을 드러내지 않는다. 어머니처럼.

내가 호미로 간 밭은 기계로 간 밭처럼 두둑이 높지도, 고랑이 깊지도 않다. 게다가 비닐을 씌워 놓으면 삐뚤빼뚤하고 두둑 간의 간격도 일정하지 않다. 그래도 일을 끝내 놓고 보면 눈길이 자주 가는 쪽은 손으로 직접 간 밭이다. 모양은 투박해도 내 손길이 닿은 땅이니 정감이 더 가는 것이다.

오월 초가 되면 손주들은 와서 그 밭에 옥수수를 심을 것이다.

2020. 4. 14.

잡초가 산을 가리네

지금 여기서 느낄 수 있는 것을 놓치고,

나중의 행복을 기대한다는 것은

모순일 수밖에 없다.

며칠째 비가 내리고 있다. 정작 장마철에는 찔끔 내리고 말더니, 팔월 말이 되어서야 비다운 비가 오고 있다. 한동안 이어진 가뭄 때문에 농부들의 근심이 컸었다. 가뭄이 얼마나 심각한지 고추며, 옥수수, 고구마 등 작물의 잎이 타버릴 것 같은 기분이 들 정도였다. 늦게라도 해갈에 도움이 되는 비가 오고 있으니 다행이다.

좋은 것이 있으면 나쁜 것도 따르기 마련이라더니, 비를 반기는 것은 농작물만이 아니다. 잡초는 더 신이 나는 것 같다. 메마른 땅이 물맛을 보더니 풀들이 생기를 얻었는데, 번지는 그 기세가 온 땅을 점령할 듯하다.

마당에 풀이 무성해지면 그것을 바라보는 마음도 따라서 무거워진다. 겉으로는 태연한 척해도 속으로는 꺼림칙함이 조금씩 자라나고 있는 것이다. 풀이 마당을 덮은 모습을 누군가 보게 되면 내게으름을 흉볼 것이다. 아무리 게을러도 이쯤 되면 결심을 하게 된다. '비만 그치면 깨끗이 정리하리라.'고. 비가 시작된 지 엿새째 되는 날, 드디어 주춤한 틈이 생겼다. 그 틈을 타 우선 눈앞에 어른거리는 놈들부터 뽑아내기 시작했다.

급한 대로 대충 정리를 하고 허리를 펴니, 앞산으로 눈길이 간다. 골짜기로 흘러내린 구름 띠가 주능선에서 뻗어 내린 곁가지능선들을 핥으며 너울거리고, 주능선 위로는 구름을 이고 있는 봉우리 모습이 눈에 들어온다. 아름다운 모습이다.

그런데 이것은 내가 늘 즐기던 풍경이 아니던가? 비가 오는 날이면 늘 보아 오던 친숙한 풍경이건만, 이번에는 왠지 오랜만에 보는 기분이 드는 것이다. 가만 생각해 보니 며칠째 산을 잊고 지냈던 것 같다. 마당에 난 잡초에 신경 쓰느라 산을 바라볼 마음의 여유를 잃었던 것이다. 작은 잡초가 큰 산을 가린 것이다.

사람의 생각은 어느 한 곳에 집착하게 되면 사고의 폭이 좁아지는 것 같다. 한가하게 바라볼 때는 보이던 것들이 한 곳에 마음을 빼앗기고 나니 마음에서 사라지는 것을 보니 알 수 있겠다. 일에 중독되어 삶에서의 아름다운 부분을 잊고 사는 사람의 이야기가 소설 『어린 왕자』에 나온다.

매우 작은 별이 있었다. 사람 한 명과 가로등 하나가 그 별의 모든 것이었다. 그 사람이 하는 유일한 일은 해가 뜨면 가로등을 끄고, 해가 지면 켜는 것이었다. 오직 한 가지 일만을 하지만 몹시 힘들어했다. 이 별은 일 분에 한 바퀴를 돌기 때문에 가로등을 켜고 끄느라 쉴 틈이 없었던 것이다. 힘이 들어도 거른 적이 없었는데, 그는 이 일을 하지 않으면 안 되는 것으로 생각하고 있었기 때문이다.

이 별을 방문한 어린 왕자는 이전의 별에서 만났던 권위를 인정받고 싶어 하는 왕, 허영쟁이, 술꾼, 돈만 아는 사업가들에 비해 이가로등지기가 나쁘지는 않다고 생각했다. 그러나 일만 하는 모습에는 안타까워했다. 그 별은-지구의 시간으로-하루에 천사백마흔 번의 해지는 광경을 볼 수 있는 축복받은 별이었지만, 가로등지기는 그것을 즐기지 못하고 있었기 때문이다.[2] 한가하게 석양 바라보기를 좋아했던 어린 왕자로서는 공감하기가 어려운 일이었던 것이다.

어린 왕자는 가로등지기가 행복할 수 있는 순간을 놓치고 있다고 생각했다. 일이란 삶을 행복하게 해줄 수단이지, 일 자체가 목적이 되어서는 안 된다는 것이다. 행복의 실체는 찰나의 느낌이다. 행복한 삶이란 살아 있는 매 순간 반짝하고 느껴지는 즐거운 감흥이 이어지고 모인 결과물인 것이다. 그러므로 지금 여기서 느낄 수 있는 것을 놓치고, 나중의 행복을 기대한다는 것은 모순일 수밖에 없다.

어린 왕자는 말한다. "사람들이 원하는 것은 장미꽃 한 송이나

---

2   『어린 왕자』위 저자, 공나리譯, 솔출판사, 2015, 1판 2쇄, p.78 참조.

물 한 모금에서도 찾을 수 있는데."[3]라고. 행복은 많이 소유하고, 높은 지위에 올라가는 것에 있지 않으며, 작고 소박한 것에서도 얼마든지 얻을 수 있다는 것이다. 아마도 어린 왕자였다면 가로등 켜는 일을 포기하더라도, 석양이 간절히 보고 싶을 때는 앉아서 해가 지는 모습을 보았을 것이다.

노동을 하지 않아도 살아갈 수 있는 생명체는 없다. 신으로부터 부여받은 생명을 유지하기 위해서는 일을 해야만 한다. 이때의 일은 신성함을 지니고 있다. 바로 이것이 일이 삶의 의미가 되는 까닭이다. 그러나 일의 목적은 여기까지여야 한다고 생각한다. 맹목적으로, 혹은 습관적으로 하는 일이라면 한번 생각해 볼 필요가 있다.

생명으로 태어난 행운을 생각한다면 행복을 누릴 순간들을 놓쳐서는 안 되기 때문이다. 일을 하되 느껴야 할 경이로운 순간을 놓치지 않고 느껴야 하고, 자연의 아름다움을 즐기되 일을 태만히 하지 않는 균형 잡힌 삶의 태도가 필요하다.

잡초가 밭과 집을 망치게 두어서는 안 된다. 게으름은 농부의 악덕이기 때문이다. 그렇다고 잡초에 집착해서도 안 된다. 풀에 신경 쓰느라 산 풍경 즐기는 여유를 놓칠 수 있기 때문이다. 둘 모두를 잃지 않을 수 있는 방법이 있을 것이다. 어차피 해야 할 일이라면 즐기는 것이다. 해야만 한다는 강박감을 풀고, 풀 뽑는 것을 일로 여기지 않고 놀이로 즐길 수 있다면, 산 또한 내 앞에서 아름답게 존재하지 않을까 하고 생각해 본다.

---

3   위의 책, p.121.

지루하던 비가 그치고 나니 한결 선선해졌다.

올해의 더위는 유난했다.

여름은 이제 가을에게 자리를 내주고 기억 속으로 퇴장할 준비를 마친 것 같다.

계절은 빛깔로부터 오는 것이 아닌가 싶다.

여름 해가 쪼개질 것 같은 잔인한 흰빛이라면,

가을 해는 할머니가 손주를 바라보는 눈길 같은 느긋한 귤빛이다.

그런 햇빛이 마당으로 들어왔다.

며칠 전 풀을 베면서 조금 남겨 둔 마당 입구의 억새꽃이 바람에 살랑인다.

그 위에서 햇빛이 춤을 춘다.

산골 아침의 평화를 축하하는 춤이다.

좋다,

이 산수자연의 벗들과 함께 숨 쉬며 살아가는 것이.

2018. 9. 8.

아침 햇살이 아름다운 날

곤줄박이의 죽음

생명의 뿌리가 연결되어 있기 때문에
다른 생명에게 사랑의 마음이 생긴다는 것이니,
새의 죽음이 가여운 것은 어쩌면 당연한 것인지도 모른다.

우리 집 유리문은 부옇다. 집을 짓고 나서 지금까지 삼 년 동안
문이며 창의 유리를-거미줄 제거하는 작업을 빼고는-닦아 본 일
이 거의 없어서 그렇다. 내가 게으른 탓이다. 어차피 더러워질 것
인데 굳이 닦을 것 있겠느냐는 것이 내 생각이다.

이런 생각은 초등학생 때부터 있었던 것 같다. 육학년 때의 일이
었다. 매주 토요일이면 학교에서 대청소를 했는데, 유리창 청소가
가장 싫었다. 유리창 청소는 한 번에 검사를 통과하는 일이 드물었
다. 열심히 닦아서 선생님께 보여 드리면, 이리저리 살펴보시고는
조금이라도 덜 닦인 곳이 보이면 퇴짜를 놓곤 하셨다. 배도 고프고

집에도 가고 싶은데, 두 번 세 번 퇴짜를 맞다 보면 짜증이 났다. 그때 들었던 생각이 '창문 좀 더러우면 안 되나? 곧 또 더러워질 텐데 꼭 그렇게 닦아야만 하나?'였다. 이 생각은 지금도 유지되고 있다. 그래서 유리창 닦기에 게으름을 피우는 것인지 모른다. 그런데, 요즘은 그것 말고도 핑곗거리가 한 가지 더 생겼다. 새 때문이다.

며칠 전 해 질 무렵, 테라스 쪽 유리문에 무언가가 부딪히는 소리가 들렸다. 불안한 예감은 비껴가지 않았다. 문을 열고 보니 테라스 데크 위에 새 한 마리가 떨어져 있었다. 곤줄박이가 창에 비친 풍경을 산으로 착각하고 날아오다가 부딪힌 것이다. 바닥에 떨어진 녀석을 들어 손바닥에 올려놓고 가슴을 살살 주물러 보았다. 혹시 살아날까 싶어 나름 심폐소생술이라고 해본 것이다.

이런 일이 처음은 아니다. 이전에도 유리창에 무언가가 부딪히는 소리가 들려 문을 열고 나가 보니 직박구리 한 마리가 쓰러져 있었다. 손바닥 위에 올려놓고 쓰다듬어 주니 머리를 조금씩 움직이기에, 마루 위에 조심히 내려놓았다. 잠시 지켜보고 있자니 힘을 내어 두 발로 서는 것이었다. 사람이 곁에 있어도 달아나지 않는 것을 보니 정신이 없는 것 같았다. 종지에 물을 담아 옆에 놓고는 방해하지 않으려고 들어와서 유리문 너머로 조용히 지켜보았다. 십여 분 정도 지났을까, 녀석이 머리를 좌우로 돌려 보더니 푸르륵 날아가는 것이었다. 잠시 기절했다가 다시 깨어났던 모양이다.

그런데 이번 녀석은 달랐다. 십여 분가량 손가락으로 주무르며 기다려 봐도 축 늘어진 머리는 움직일 줄을 몰랐다. 끝내 깨어나지 못하고 돌아오지 못할 곳으로 떠난 것이다. 소나무 밑에 녀석을 묻어 준 후에도 손바닥에 녀석의 온기가 남아 있었다. 그래서 더욱 애잔했다.

몇 분 전까지만 해도 마당을 오가며 우리의 눈과 귀를 즐겁게 해 주었을 한 생명이 그만 이 골짜기를 떠나고 말았다. 그 가족과 동무들은 오늘 밤 돌아오지 못할 녀석을 기다리느라 잠을 이루지 못할지도 모른다는 생각이 들었다. 사람도 가족이나 친구를 잃으면 슬픔을 느끼는데, 새라고 다르겠는가. 내가 집을 짓기 전에는 이곳이 그들의 낙원이었을 텐데, 우리가 들어와 집을 짓고 사는 바람에 화를 당한 것 같아 미안한 마음이 들었다.

며칠이 지나도 불쌍하고 측은한 기분이 가시지 않았다. 흔하디흔한 새 한 마리일 뿐인데, 어째서 그리도 불쌍한 마음이 드는 것일까 생각해 보았다. 내가 지나치게 감상적인 것은 아닐까 하는 생각도 해보았지만, 그것도 아닌 듯싶었다. 다른 분들도 이런 경험을 한 적이 있는데, 그분들도 나랑 비슷한 기분을 느꼈다고 했다. 생명이 다치는 것을 보면 측은한 기분이 드는 것은 누구에게나 있는 마음인 모양이다.

맹자는 인간의 측은한 마음(惻隱之心)에 관해 이야기한 바 있다. 맹자가 제(齊)나라 선왕(宣王)과 좋은 정치를 하는 방법에 대해 이야기를 나누고 있었다. 선왕이 군주에게 필요한 덕(德)이 무엇이냐고 물었다. 맹자는-왕의 부하 호흘로부터 들은 바 있는-왕이 과거에 했던 행동을 예로 들어 설명했다. "어느 날 왕께서 당 위에 앉아 계시는데, 그 아래로 소 한 마리가 울며 끌려가는 것이었습니다.

부하에게 어디로 가는 길이냐고 물었습니다. 부하는 소를 잡아 그 피로써 깨진 종의 틈을 메우기 위해 가는 중이라고 대답했습니다. 왕은 그 소를 놓아주라고 명령했습니다. 두려워 벌벌 떨며 죄 없이 죽으러 끌려가는 것을 차마 볼 수 없다는 것이었습니다. 이러한 일이 있었습니까?"하고 묻자, 왕은 "있습니다."하고 대답했다.

맹자는 이 사례를 들어 생명을 측은히 여기는 마음이 사랑의 단서이며, 이러한 마음으로 정치를 하는 것이 왕이 갖추어야 할 덕목이라고 설명했다.[4] 맹자는 생명을 측은하게 여기는 마음이 누구에게나 있는 것이라고 주장했다. 위험을 모르는 어린아이가 우물에 빠지려고 하면 누구든지 달려가 구하는 것이 측은한 마음이며, 이것은 인간에게 본래 갖추어져 있는 본성[5]이라는 것이다.

인간이 다른 생명에 대해 연민을 느끼는 이유에 대해, 최근에는 생명공학에서 많이 밝히고 있다. 과학학술지 네이처 2002년 12월호에 의하면, 인간과 쥐의 유전자 가운데 99%가 비슷한 유전자였다고 한다. 게놈 지도로 미루어 볼 때, 인간과 쥐는 같은 조상에서 유래했다가 약 칠천오백만 년 전에 종이 갈라졌을 가능성이 있다는 것이다.

인간과 쥐의 관계뿐 아니라 지구의 모든 생명은 단세포 생명체 아메바로부터 나왔다고 했으니, 이로써 모든 생명의 조상이 하나라는 것을 확인할 수 있다. 이 말인즉 생명의 뿌리가 연결되어 있기 때

---

4   『孟子』「梁惠王 上」7장.

5   『孟子』「公孫丑 上」6장.

문에 다른 생명에게 사랑의 마음이 생긴다는 것이니, 새의 죽음을 보고 가엾은 마음이 드는 것은 어쩌면 당연한 일인지도 모르겠다.

손이골에 들어온 후로는 가만히 앉아 주변의 것들을 바라보는 시간이 많다. 나무, 바람, 돌 등, 그리고 거기에 기대어 살아가는 동물들을 보고 있으면 마음이 평안해진다. 이 숲의 생명들은 오늘 배부르면 되었지, 사람들처럼 더 쌓으려고 욕심을 부리지 않는다. 또 더 명예롭게 보이려고 허세를 부리지도 않는다. 서로 어울리며 하늘이 주는 대로 받아먹고 산다. 산속의 친구들은 참으로 순수하다.

오늘도 새들의 재재거리는 소리가 아침을 연다. 며칠 전 가족 혹은 친구를 잃은 슬픔이 있을지라도 아픔을 딛고 새 아침을 맞이하는 모습에서 굳센 생명력이 느껴진다. 그런 이웃들이 있어서 이 땅은 그들이나 그들을 바라보는 나에게 천국인 것이다.

어쨌든 우리는 새들이 더 이상 피해를 보지 않도록 조치를 취해야 했다. 아내는 신문지를 커다란 새 모양으로 오려 유리마다 붙였다. 그리고 나는 유리를 닦지 않기로 마음먹었다. 그리하면 새가 유리를 숲으로 오해하고 돌진하는 일이 줄어들 테니 말이다.

측은지심을 핑계로 게으름을 덮어 보려는 잔꾀라니, 날아가던 참새가 보고 웃을 일이다.

2018. 10. 9.

가지치기

가지치기를 하고 난 나무는 보는 이의 마음을 상쾌하게 한다.

왜 그런가 하고 유심히 살펴보았다.

무성할 때는 보이지 않던 본줄기가 보이는 것이었다.

봄이다. 시냇가 버들강아지가 은회색 솜털로 겨울잠을 털어 내고 있다. 주변을 가만 둘러보니 버들강아지보다 더 부지런한 녀석들도 있다. 봄기운이 피어나기 한참 전부터 매화나무 가지에는 여린 움들이 줄줄이 달려 있었다. 차디찬 겨울바람을 견디며 조용히 봄이 오기를 기다리고 있었던 것이다. 시절을 알리는 반가운 손님들이다. 봄이 반갑기는 한데, 마음 한편으로는 겨울을 보내는 것에 대한 아쉬움도 있다. 동면(冬眠)의 아늑함에서 깨어나고 싶지 않은 게으름이다.

그래도 일어나야 한다. 우리 땅을 잃었던 시기의 어느 시인은

"내 손에 호미를 쥐어 다오. 살진 젖가슴과 같은 보드라운 이 흙을 발목이 시도록 밟아도 보고, 좋은 땀조차 흘리고 싶다."[6]라고 노래 했단다. 잠시, 봄을 기다리며 내 땅의 부드러움을 그리워했던 시인의 심정을 헤아려 본다. 나도 봄기운을 느끼기 위해 자리를 털고 일어나 밭으로 향했다.

봄의 기미가 보이기 시작하면 가장 먼저 하는 일이 있다. 가지치기다. 가지치기는 얼음이 풀린 후에 하면 땅이 질척여 신발에 흙이 들러붙는 불편함이 있다. 일찌감치 하면 그 귀찮음을 면할 수 있다. 그리고 또 한 가지, 나무에 새로 들어찰 싹들을 위해, 그것이 나오기 전에 미리 공간을 비워 두기 위한 의미도 있다.

우리 밭에서 가지치기를 할 나무는 매화, 복숭아, 자두, 배, 소나무, 능도화, 명자, 그리고 그 외에 몇 가지가 더 있다. 종류는 다양하지만 나무의 수량이 많은 것은 아니다. 얼치기 농부의 특징이 그러하듯, 이것저것 다양하게 심다 보니 그리되었다.

가지치기를 하지 않으면 나무가 무성해진다. 가지를 왕성하게 뻗는 것은 나무 스스로 생명을 유지하기 위한 작용이라 한다. 그러나 그것도 지나치게 되면 약해진다. 나무가 스스로 하지 못하는 욕망의 통제를 농부가 대신 해주는 것이 가지치기인 셈이다. 가지치기를 한 나무는 둥치가 굵고 튼튼해지며, 꽃과 열매도 튼실해진다.

농사를 처음 시작했을 때에는 나뭇가지 하나도 함부로 꺾지를

---

6   이상화, 「빼앗긴 들에도 봄은 오는가」.

못했다. 그래도 해야 한다고들 하니까, 이삼 년 지나면서부터 조금씩 하고 있다. 그러나 여전히 흉내 내는 수준에서 벗어나지 못하고 있다. 정리를 하려다가도 딱딱한 표피를 뚫고 나오는 여린 싹을 보면 곧 피어날 꽃이 눈앞에 아른거려 과감히 가위를 대지 못한다. 그렇게 몇 년을 지나다 보니 가지가 무성해지고 말았다. 이쯤 되고 나서야 비로소 깨닫게 되었다. 과감히 쳐주었어야 했다는 것을.

나는 가지치기 지식이 전혀 없다. 그저 주위에서 하는 말을 어깨너머로 듣거나, 인터넷에서 찾아보고 할 뿐이다. 봉사 문고리 잡는식으로 어설프게 하는 것이기는 하지만 그래도 지키는 원칙 한 가지가 있다. 가장 먼저 중앙의 가지들을 모두 쳐내는 것이다. 가운데를 비워 두고 싶어서다. 어차피 정확히 알고 하는 것은 아니니, "그림을 그리기 위해서는 흰 바탕(여백)이 먼저 갖추어져야 한다."[7]라고 한 공자의 가르침대로나 해볼까 하고 그리하는 것이다.

사람이 머리를 깎고 나면 깔끔해지는 것처럼, 가지치기를 하고 난 나무는 보는 이의 마음을 상쾌하게 한다. 왜 그런가 하고 유심히 살펴보았다. 무성할 때는 보이지 않던 본줄기가 보이는 것이었다. 가지치기로 본래의 아름다움을 찾은 것이다. 이것을 보니, 사람도 가려진 아름다움을 찾기 위해서는 가끔 가지치기를 해줄 필요가 있겠다는 생각이 들었다.

나에 대해 가지치기를 한다면 어떤 것을 해야 할까 하고 생각해

---

7   『論語』「八佾」8장 : 繪事後素.

보았다. 말버릇이 가장 먼저 떠오른다. 말 때문에 후회하는 일이 종종 있었기 때문일 것이다. 말이란 마음을 표현하는 수단이다. 말을 통해 속마음이 전달되니, 말이 곧 나인 것이다. 말을 한번 잘못하고 나면 나 자신이 통째로 무너지는 것 같은 기분이 드는 것은 바로 이런 까닭이 있기 때문일 것이다. 안 해도 될 말을 쓸데없이 뱉어 낸 것에 대한 자책이 그만큼 큰 것이다.

얼마 전에도 그런 일이 있었다. 지인들과 저녁식사를 하는 자리였다. 지인이 해외여행을 다녀와서 만난 모임이었기 때문에 대화의 주제는 자연히 그 부부의 여행담이었다. 여행의 일정부터 코스, 먹거리까지 흥겹게 대화가 오갔다. 그중 유독 내 관심을 끄는 것이 있었다. 터키 북부지방의 노천온천에 대한 이야기였다. 산과 들을 내려다보며 따뜻한 온천수에 몸을 담그고 노는 맛이 일품이었단다. 이 대목에서 드디어 내 입이 열렸다. '노천온천, 그것이라면 나도 해봤지!'하는 마음이 슬그머니 일어난 것이다.

나는 급히 기억 하나를 소환해 냈다. 십수 년 전 다녀온 뉴질랜드에서의 기억이다. 여행의 종류며, 일정, 코스, 노천온천. 그뿐인가? 저녁식사를 하며 관람한 마우리족의 전통춤 공연까지 기억해 내는데, 어쩌면 그리도 생생하게 생각해 내는지 내가 나의 기억력에 놀랄 정도였다. 신이 나서 이야기를 엮어 내는데, 행여나 누군가 내가 하는 말의 틈을 비집고 들어올까 싶어 숨 쉴 틈도 없이 몰아댔다. 얼마나 열심인지 목소리가 점점 커지더니 급기야는 혼자 외쳐 대고 있는 것이었다. 간단히 마치고 말면 실례라도 되는 것처럼 열성을 다하고 있었다. 그 열성은 내 말소리에 모두들 피곤해하고 있다는 것을 깨달은 후에야 그칠 수 있었다.

돌아오는 길, 가슴이 휑한 것이 모든 것을 털린 기분이었다. 입을 통해 기(氣)를 모두 토해 냈으니 그럴 수밖에. 그날의 주인공은 여행을 다녀온 사람들이었다. "나중에 나도 한번 가보고 싶다." 정도로 소감을 말했더라면 딱 좋았을 것이다. 낡은 기억까지 애써 깨워 가며 푼수가 될 것까지는 없었던 것이다.

관현악 지휘자 헤르베르트 폰 카라얀(Herbert Von Karajan)은 이런 말을 했다고 한다. "진정한 카리스마는 지휘를 멈추어야 할 때 지체 없이 멈추었기 때문에 생긴다." 멋진 그의 카리스마가 멈춤 뒤의 여운 때문에 만들어진 것임을 말하고 있다.

우리의 대화도 마찬가지인 것 같다. 남겨 둔 말 몇 마디가 여운을 만들고, 그 여운이 듣는 이의 가슴에 좋은 기분으로 남겨지게 되는 것이다. 많은 말이 그 말의 진의를 흐리게 하고, 말하는 이의 품격을 떨어뜨리듯, 많아서 본질을 잃게 하는 것은 이것 말고도 많이 있다. 잡다한 생각, 지나친 욕구, 보편적이지 못한 사고, 과도한 행동, 무분별한 언사, 쓸데없이 쌓아 둔 물건 등등.

우리에게는 가능하기만 하면 무언가를 채우려고 하는 습성이 있는 것 같다. 쌓아 두고자 하는 욕구가 부지불식간에 행해지는 것이다. 우리의 기분이 상쾌하지 못한 것은 부족해서가 아니라 넘쳐서인지도 모른다. 많아서 나쁠 것 없다고 할지 모르지만 그렇지 않다. 무언가가 들어차 있으면 본질이 묻힐 뿐 아니라, 새로운 것이 들어갈 공간도 부족하게 된다. 새로움이 있기 때문에 삶이 희망차고, 생활에 활기가 돋는 것이다.

가지치기를 통해 본줄기의 아름다움을 키워 가는 나무처럼, 우리도 가끔은 주변을 정리할 필요가 있다. 맑고 건강한 삶을 유지하기 위해서 말이다.

버리고 떠나기

버리고 비우는 일은 결코 소극적인 삶이 아니다.

지혜로운 삶의 선택이다.

버리고 비우지 않고서는 새것이 들어설 수 없다.

일상의 소용돌이에서 한 생각 돌이켜,

선뜻 버리고 떠나는 일은 새로운 삶의 출발로 이어진다.

—법정—

2020. 3. 12.

멧돼지와의 전쟁

해 질 녘 물 마시러 시냇가로 내려오는 멧돼지와 노루, 고라니,

…… 그리고 귀엽게 지저귀는 새들은

여전히 이곳이 살 만한 곳임을 알려 주는 귀한 소식이다.

농촌이 멧돼지 때문에 곤욕을 치르고 있다. 지난가을, 우리 마을
도 농작물 피해를 입은 가구가 적지 않다. 작물이 거의 익었다 싶
어 사나흘 후에는 거두어야지 하고 마음먹고 있으면, 밭주인의 마
음을 어찌 알았는지 멧돼지가 먼저 와서 맛을 본다. 먹어도 점잖게
먹는 것이 아니다. 축구라도 하는 것인지 온통 헤집어 밭을 망가뜨
리기도 한다.

우리 집도 피해 갈 수가 없었다. 작년 여름에는 고구마와 옥수수
밭을 짓밟아 놓고, 금년 봄에는 밭과 도로 밑 법면을 온통 헤집어
놓았다. 산에 먹을 것이 없어 땅속 벌레를 잡아먹느라 그런 것이라

고 이웃 분들이 알려 준다. 저러다 말겠지 하고 무심한 척하려다가도 움푹 파인 구덩이들을 보면 마음이 편치 않다. "저 녀석들이 감히 내 땅엘 들어왔단 말이지?"하는 마음이 드는 것이다.

집집마다 대비를 하는데, 마치 멧돼지와 한판 전쟁을 치를 것처럼 비장해 보인다. 모두들 움직이니 나도 무엇이든 해야 한다. 손주들에게 고구마, 옥수수 맛도 보여 주지 못하는 게으른 할아비가 될 수는 없기 때문이다.

중간 밭에 60~70m 정도 되는 울타리가 이미 쳐져 있는데, 이것이 약한 듯하여 한 겹 더 두르기로 했다. 멧돼지가 뚫고 들어올 때에는 울타리를 밀어 넘어뜨리거나, 땅을 파고 밑으로 기어서 들어온다. 이를 대비하기 위해서는 쇠파이프로 기둥을 단단히 세우고, 20~30cm 정도 땅을 파서 그물자락을 묻어 주어야 할 것 같다. 하루에 끝날 정도로 간단한 일이 아니다.

이틀째 작업을 하다가 허리를 펼 양으로 그 자리에 누워 하늘을 바라보는데, 문득 "이렇게까지 해야 하나?"하는 마음이 든다. 가만 생각해 보니, 영락없이 먹을 것을 가지고 돼지와 겨루는 모양새인 것이다. 순간 비장한 내 태도가 멋쩍게 느껴졌다. 멧돼지라고 하고 싶은 말이 없을까? 아마도 이런 말을 하고 싶지 않을까 하는 상상이 들었다.

멧돼지가 만물의 영장 사람에게 한 말씀 올립니다. 나의 고향은 손이골이고, 선조 대대로 이 골짜기를 터전으로 삼아 살아오고 있습니다. 우리는 옛

적부터 사람에게 해를 준 적이 없고, 지금도 그럴 생각이 추호도 없습니다. 그저 우리의 터전에서 주어진 몫을 살아갈 뿐입니다. 이 골짜기는 본디 짐승들의 삶터였는데, 언제인가부터 사람들이 들어오기 시작했습니다.

집이 하나씩 둘씩 늘어나더니, 마을이 생기고, 신작로가 놓이고, 전기가 들어오고, 급기야 문명의 세상이 열렸습니다. 환하고 번화해서 사람들은 좋을지 모르나, 살아갈 땅이 점점 줄어드는 산짐승에게는 재앙이 되었습니다. 사람들은 이 땅이 자신들의 것이며, 사람을 제외한 모든 생명은 자신들을 위해 존재하는 것으로 여기는 것 같은데, 과연 그것이 맞는 생각일까요? 생명에 귀하고, 귀하지 않은 것이 따로 있다는 말은 들어 본 적이 없습니다만.

듣자 하니, 아주 먼 옛날에도 산에서 살던 사람들이 있었다고는 합니다. 은사(隱士)라고 하는 이 사람들은 산자락에 기대어, 있는 듯 없는 듯 조용히 살았다고 합니다. 산속의 생명들이 모두 친구였던 것이지요. 지금은 어떠합니까? 산이 좋아 왔다는 사람들 하는 첫 일이 산을 망가뜨리는 일입니다.

일단 벗겨 내고, 잘라 내고, 뭉개고 보는데, 굴삭기가 산허리에 들러붙었다 하면 인류의 나이보다 수천 배, 수만 배는 더 되었을 산을 순식간에 뭉개 버립니다. 사람은 천성이 곧고 굳어서 그런지 구불구불하고 울퉁불퉁한 길은 또 그냥 두고 보지를 못합니다. 시냇가로 난 오솔길이나, 숲속 흙길을 바로 펴고, 편평하게 포장(鋪裝)을 하고 나서야 만족해합니다. 집은 또 얼마나 화려합니까? 소박해서는 성이 차지 않는지, 위풍당당하게 지어 주위를 압도할 정도가 되고 나서야 비로소 미소를 짓습니다.

사람이 위대한 것은 농사를 지을 줄 알기 때문이라는데, 그래서 그런지 그 재능을 산골에서도 유감없이 발휘하는 것 같습니다. 농약과 제초제를 어쩌면 그렇게 심히 뿌려 댑니까? 많이 거두기 위해 하는 일이라지만, 도대체 산속 생명들은 숨을 쉬지 못할 지경입니다. 그렇게 뿌린 농약으로 땅이 죽고, 땅에 기대어 살아가는 생명들이 시나브로 사라져 간다면, 나중에는 인간 한 종만 남을 수도 있지 않겠습니까? 설마 다른 생명이 없이 사람만으로 살아갈 수 있을 것이라고 생각하는 것은 아니겠지요?

사람들이 그렇게 하는 것은 땅이 자신들의 것이기 때문이라는데, 동의할 수는 없지만 그렇다고 치겠습니다. 그렇다면 산속에서 난 먹거리는 남겨 두어야 할 것 아닙니까? 철만 되면, 경쟁하듯 산을 훑고 다니며 나물이며, 버섯, 밤, 도토리, 다래, 머루 등을 모두 거두어 가버리니 산짐승 먹을 것이 남아나지를 않습니다.

먹성은 또 얼마나 좋은지 가리는 것이 없습니다. 우리 동족 멧돼지를 비롯하여 노루, 고라니, 꿩에 심지어 뱀이나 박쥐까지 눈에 띄는 족족 잡아서 굽고, 삶고, 술에 담가서도 먹으니, 그 먹성에는 돼지인 우리가 다 놀랄 지경입니다. 우리야 살기 위해 먹는 것이지만, 사람은 먹기 위해 사는 것처럼 눈에 보이는 대로 먹어 대니, 먹성으로 보자면 사람이 돼지보다 못할 것도 없다 할 것입니다.

산짐승이 살던 땅을 차지하고 먹을 것을 쓸어 가니 우리는 모두 굶어 죽게 되었습니다. 사람들의 밭에 들어가지 않고는 살아갈 방도가 없는데, 그것을 봐주지 못하고 도적이라 핍박하며 눈에 뜨이는 대로 죽이려 합니다. 어쨌든 우리가 보기에는 욕심으로 말하자면 사람만 한 종도 없는 것 같습니다. 듣자 하니 사람들은 대륙을 통째로 빼앗고, 같은 종끼리 목숨 빼앗기를 짐승 죽이듯 쉽게 한다고도 합니다만. 그렇게까지 하는 것이 사람이니, 산짐승에게 하는 짓쯤을 잘못으로 여기기나 하겠습니까?

멧돼지의 말이지만, 생각해 볼 만한 부분이 없는 것도 아닌 것
같다. 인류의 역사는 뺏고 빼앗기는 약탈의 역사라 해도 틀리지 않
을 것이다. 인류 역사에서 주를 이루는 것이 전쟁사이며, 영웅이라
일컫는 인물들은 모두가 전쟁광이었으니 말이다. 가까운 시기의
역사만 보더라도 알 수 있다.

유럽은 선진화된 배와 무기를 앞세워 신대륙 발견에 나섰다. 신
대륙을 찾고서 한 일은 그 땅에 살던 민족의 목숨과 정신을 도륙
내고, 자원을 도적질하고, 문화를 자신들의 것으로 바꾸는 일이었
다. 그들의 기술이 편리함을 제공하기도 했지만, 그에 못지않은 부
작용도 함께 가져왔다. 그들이 자랑하는 문명이란 자연을 무너뜨
린 위에 인간의 지혜로 만든 기술을 덧씌운 것이었으니, 지금 인류
의 존립을 위협하는 많은 문제가 여기서 기인하였다는 것이다.

북아메리카에 영국인들이 들어가서 미국을 세운 사례는 잘 알려
진 역사다. 미국이 서부로 영역을 넓혀 갈 때, 대통령 프랭클린 피
어스는 수쿠아미 지역에 살던 인디언 부족에게 땅을 팔라고 요구
했다. 그러자 인디언 추장 시애틀(Seattle)이 「백인 대추장(미국 대통
령)에게」라는 편지를 보냈다.

어떻게 우리가 공기를 사고 팔 수 있단 말인가? 대지의 따뜻함을 어떻게
사고 팔 수 있다는 말인가? 우리로선 상상조차 하기 힘든 일이다. 부드러
운 공기와 재잘거리는 시냇물을 우리가 어떻게 소유할 수 있으며, 또한 소
유하지도 않은 것을 어떻게 우리로부터 사들이겠단 말인가? 햇살 속에 반

짝이는 소나무들, 모래사장, 검은 숲에 걸려 있는 안개, 눈길 닿는 모든 곳, 잉잉대는 벌 한 마리까지도 우리 부족의 기억과 가슴 속에서는 신성한 것들이다. …… 우리는 대지의 일부분이며, 대지는 우리의 일부분이다. 들꽃은 우리의 누이이고, 순록과 말과 독수리는 우리의 형제다. 강의 물결과 초원의 꽃들의 수액, 조랑말의 땀과 인간의 땀은 모두 하나이며 모두가 같은 부족, 우리의 부족이다. …… 당신의 아이들에게 가르쳐야 한다. 발을 딛고 있는 이 땅은 조상들의 육신과 같은 것이라고. 그래서 대지를 존중하도록 해야 한다. 대지가 풍요로울 때 우리의 삶도 풍요롭다는 것을 가르쳐야 한다. 우리가 우리의 아이들에게 가르치듯이, 당신도 당신의 아이들에게 대지가 우리의 어머니라는 사실을 가르쳐야 한다. 대지에게 가해지는 일이 곧 대지의 아이들에게 가해진다. 사람이 땅을 파헤치면 곧 그들 자신의 삶도 파헤치는 것이 된다.[8]

　땅은 개인의 소유가 될 수 없으며, 만물은 모두 한 가족이고, 인간은 홀로 살아갈 수 없다. 그래서 대지를 파헤치면 그 재앙이 인간에게 되돌아올 것이라는 추장의 말은 맞았다. 인간만을 생각한 무분별한 개발이 가져온-기후변화, 미생물의 공격 등-작금의 재앙이 그것을 말해 주고 있다. 지금 인류의 위기가 되고 있는 '코로나 19' 사태도 그중 하나로 보는 전문가도 많다. 미국 작가 니컬러스 머니도 같은 말을 한다.

8　시애틀 추장 외, 류시화 엮음, 『나는 왜 너가 아니고 나인가』, 더숲, 2017년, p.20~21.

후손에게 살 만한 지구별을 물려주기 위해서는 인간이 지구상에서 유일무이한 지혜로운 존재라는 망상과 교만에서 벗어나야 한다. 더 이상 환경파괴의 모든 행위를 중단하고 다른 생물과 함께 더불어 살아가는 진정한 지혜를 찾아야 한다.[9]

산짐승이 내 먹거리를 훔친다고 볼썽사납게 반응할 일이 아닐지 모른다. 그들이 그렇게 하도록 원인을 제공한 것은 사람이다. 해 질 녘 물 마시러 시냇가로 내려오는 멧돼지와 노루, 고라니, 갈대숲에서 꿩꿩! 하며 날아오르는 꿩, 꽃 사이를 붕붕거리며 오가는 벌, 길을 잃고 마당으로 들어섰다가 나와 마주치고는 당황해 줄행랑치는 뱀, 소나무를 오르내리며 재롱떠는 청솔모와 다람쥐, 우리 창고에 들어와 사흘간 지내다 숲으로 돌아갔던 담비[10], 그리고 귀엽게 지저귀는 새들은 여전히 이곳이 함께 살아갈 만한 곳임을 알려 주는 귀한 소식이다.

지금이 인류가 무너지는 것을 막을 수 있는 마지막 기회일지도 모른다. 푸른 별 지구에서 지금처럼 아름다움을 누리며 오래도록 살고 싶다면, 이제라도 자연의 소중함을 깨닫고 보존할 수 있어야 한다. 모든 생명과 더불어 살아갈 수 있을 때, 우리의 삶도 안녕할

---

9   니컬러스 머니(Nicholas P. Money), 『이기적 유인원』.

10   재작년 겨울, 노란담비 한 마리가 쥐를 잡아먹으러 왔다가 나갈 통로를 찾지 못해 창고에 갇혀 사흘간 지낸 적이 있다. 통로를 내줘서 나가기는 했는데, 주변에서 이틀인가 더 머물다 갔다. 하얀 눈밭에 서서 황금빛을 발산하며 먼 곳을 바라보던 모습이 아름다웠다.

것이라는 생각을 한 번쯤은 해야 하는 이유가 여기 있다.

2020. 6. 4.

게으른 농부

고수들과 나는 비교가 되지 못한다.

그들이 프로라면 나는 아마추어, 그것도 초보 아마다.

게다가 게으르기까지 하다.

망종(芒種)이다. 보리를 베고 벼를 심는 날이다. 오가며 보니, 황둔 쪽 논에는 이미 벼가 심어져 있었다. 잔잔한 못물 위로 가지런히 나와 있는 모를 보니 그 땅을 일군 농부의 노고가 엿보인다. 과거 선조들은 '농자천하지대본(農者天下之大本)'이라 하여 농사를 세상사의 최우선으로 여겼다. 이 말에는 농부의 덕을 칭송하는 뜻도 담겨 있다 하겠다. 농부의 덕은 부지런함에서 나온다. 농촌에서 게으른 자를 좋지 않게 보는 분위기도 이러한 풍토와 연관이 있을 것이라는 생각을 해본다.

농부의 자질은 밭의 상태로 평가받는다. 일단 부지런한 농부의 밭은 깔끔하다. 그리고 활기차다. 파종한 지 한 달이 넘어가면, 세력을 받기 시작한 옥수수며 고추, 감자 등은 왕성한 생명력을 드러내기 시작한다. 작물이 줄 맞추어 서 있는 모습은 마치 훈련 잘된 군대가 열병식을 하는 것 같다. 갈·흑·청 삼색 군대의 위용이 펼쳐지는 것이다. 쭉 뻗은 갈색의 고랑, 도톰하게 씌워진 검은 비닐선, 그 위의 푸른 작물. 이것은 일이라기보다는 생명의 신비를 표현한 예술이며, 제전(祭典)이라 할 만하다. 모두 농부가 땀으로 일군 것이다.

요즘 농부는 유능하기도 하다. 과거처럼 무던하게 땅만 파는 것이 아니다. 그동안 농업인들은 생산성을 높이기 위해 끊임없이 연구하고 개발을 해왔다. 그 결과 인류가 먹고사는 문제로부터 근심을 덜 수 있도록 기여했다고 할 수 있다. 유능한 농부인지 아닌지는 고추 하나만 보더라도 알 수 있다. 보약이라도 먹이는 것인지, 고춧대가 가히 나무라 할 만큼 장대하고, 잎은 뽕잎처럼 크고 두텁다. 그런 잎으로 영양분을 만들어 내서 그런지 열매도 큼직하고 윤기가 흐른다. 아름답고 맛난 놈들이 주렁주렁 열리는 것이다. 이렇게 기술적 성장을 한 농작물은 고추만이 아니다. 모든 농작물이 과거에 비해서 맛도 좋고, 결실도 풍성해졌다. 농부의 노력이 일구어 낸 성과라 할 수 있다.

이런 고수들과 나는 비교가 되지 못한다. 그들이 프로라면 나는 아마추어, 그것도 초보 아마다. 게다가 게으르기까지 하다. 부지런한 농부인지 게으른 농부인지를 판별하는 것은 간단하다. 밭의 상태를 보면 금세 알 수 있다. 우리 밭은 어수선하다. 이웃 사람들이 우리 밭을 보고 풀 정리 좀 하라고 눈치를 줄 정도다. 어째서 남의 밭을 가지고 시시콜콜 참견하는지 모르겠으나, 듣는 사람으로서는 여간 성가신 것이 아니다. 그래서 혹시 그런 눈치가 보여도 모르는 척하고 넘어간다. 아니, 척이 아니라 그냥 신경을 쓰지 않으려 한다. 게으름을 고칠 생각이 없는 것이다.

그렇다 하더라도 땅에 대한 애착까지 없는 것은 아니다. 애당초 우리가 농촌 생활을 꿈꾸었던 것도 땅의 소중함을 직접 느끼고 체험해 보고 싶어서였다. 땅에 의지해 살아가는 한 생명으로서 흙을 접촉하며 그 느낌을 직접 겪어 보아야만 나중에 후회하지 않을 것이란 생각으로 이곳에서의 삶을 선택했던 것이다.

지금 살고 있는 터는 과거 화전민이 일구던 땅이었다. 우리가 처음 들어왔을 때는 농사 흔적이 보이지 않을 정도로 억새가 우거진 산비탈이었다. 아내와 나는 괭이와 호미를 사서 초입의 땅 오십 평 정도를 파기 시작했다. 억새의 뿌리가 땅속에서 얼기설기 얽혀 있어서 파내기가 쉽지 않았다. 쇠스랑으로 찍어 뒤로 당기다 뿌리줄기가 끊어져 나가떨어진 적도 한두 번이 아니었다. 그렇게 하루에 한 이랑씩 개간하여 처음 옥수수를 심었고, 초가을에는 우리 손으로 키운 작물을 맛볼 수 있었다. 그렇게 매년 괭이와 호미로 조금씩 밭을 일구어 나갔다. 이런 것을 보면 게으르기는 해도 농사에 애착이 전혀 없는 것은 또 아닌 것이다.

우리 밭에 풀이 지천인 데에는 이유가 있다. 게으름이 첫째요, 요령부득이 둘째다. 초봄에는 틈날 때마다 위 밭, 아래 밭을 오가며 새싹을 뽑고, 조금 더 자라면 예초기로 베어 내지만, 풀의 위세를 꺾기는 쉽지 않다. 이렇게 버티다 장마철이 되면 항복하고 만다. 비가 와 관리를 못 하는 동안에 물맛을 본 풀들이 이때다 하고 쑥 커져서 정글이 되고 마는 것이다. -게으른 농부의 구차한 핑계지만-그 뒤로는 벌이나 뱀이 무서워 그 속엘 함부로 들어가지 못하게 된다. 그래도 작물이 있는 곳만은 관리를 한 덕에 드나들 만하다. 그때가 되면 옥수수도 얼추 자라서 풀 속에서 버텨 주고 있고, 고구마며 감자, 고추 등속도 고랑에 발을 딛고 서서 수확할 정도는 된다.

장마철을 지나면서 우리 밭이 이렇게 파죽지세의 공략을 당할 때에도 부지런한 농부의 밭은 여전히 깔끔하다. 부지런한 농부는 갈색 고랑에 풀이 있는 것을 용납하지 않는다. 그들에게는 필살의 병기가 있다. 분무기통을 멘 농부가 밭고랑을 조용히 지나가면 풀은 그것으로 상황종료다. 며칠 뒤에 보면 풀들이 누렇게 말라 버리고 마는 것이다.

곱게 보면 꽃 아닌 풀 없고, 밉게 보면 잡초 아닌 꽃이 없다고 했다. 오로지 보는 이의 마음에 달렸다는 것이다. 명아주는 자라서 잘 말리면 지팡이로 쓰인다. 청려장(靑藜杖)이라 불리는 이 지팡이는 장수의 상징으로 옛날 노인들의 사랑을 받던 귀한 물건이었다. 또한 명아주의 어린 싹은 나물로도 귀한 대접을 받았는데, 임금님 수라상에 올라가는 명예를 얻기도 했다.

이렇게 귀한 식물도 감자밭에 뿌리를 내리게 되면 밭주인으로부터 푸대접을 받는다. 명아주 싹이 보일라치면 제초제를 살포하여 아예 뿌리조차 내리지 못하게 한다. 주인의 사랑을 받는 지팡이가 되는 놈도, 제초제의 희생물이 되는 놈도 모두 같은 명아주인데, 오직 사람의 관심에 따라 팔자가 갈리는 것이다.

농부가 생산만을 생각하게 되면 제초제를 쓰지 않을 수가 없다. 제초제는 최소의 노력으로 최대의 효과를 내주는 좋은 무기이기 때문이다. 공자는 "낚시질은 하되 촉고는 치지 말며, 주살질은 하되 잠자는 새를 쏘아 잡지 말라."[11]고 했다. 먹고 살기 위해 다른 생명을 잡을 수는 있지만, 아무 생명이나 죽여서는 안 된다는 말이다. 어찌 작물만 귀하고, 풀은 쓸모없는 생명이겠는가? 제초제를 살포하게 되면 재배되는 작물 하나를 제외한 주변의 식물들은 몰살되고 마니, 차마 할 수가 없는 것이다.

부지런한 농부는 물 주는 모습도 다르다. 밭이 마르면 즉시 나서서 해결한다. 월현고개를 넘어 안흥으로 가는 길에 삼형교를 지나면 길 양편으로 밭이 있다. 이곳은 파종을 할 때도 수십 명의 일꾼이 며칠씩 일을 해야 하는 수만 평의 너른 밭이다. 오뉴월 가문 시기에는 스프링클러가 이 밭 가운데서 '칙칙' 소리를 내며 물을 뿌려 댄다. 옆의 주천강에서 물을 끌어와 뿌리는 모양인데, 가히 이 물건으로 인간의 똑똑함을 엿볼 수 있다. 관을 대고 전기만 꽂으면 땅속에서건 강에서건 물을 끌어다 마른 작물을 적실 수 있으니 얼마나 지혜로운가?

나는 그것을 볼 때마다, "공중으로 뿌려지는 저 물, 얼마나 뿌려야 저 넓은 밭이 적셔질까?"하는 의문을 품고는 한다. 땅 위 식물

---

11   『論語』「述而」26장 : 釣而不綱 弋不射宿.

의 목이 마르면, 강이나 땅속도 마찬가지일 텐데. 그런데도 저렇게 퍼 올리면 마르는 강이며, 비게 되는 땅속은 또 어찌 되는 것인가 하고 걱정이 앞서는 것이다. 오가며 강을 볼 때마다 과거에 비해 수량이 줄어드는 것이 눈에 보인다. 분명히 물이 흘렀던 곳인데 언제부턴가 바짝 말라 버린 골짜기도 있다. 나는 사람들의 넘치는 지혜가 그런 변화를 만들었다고 생각한다.

자연은 본디 다소간 소모되고, 더럽혀지더라도 스스로 소생하고, 정화되는 능력이 있다고 한다. 그러나 한계를 넘어서게 되면 복원력을 잃게 된다. 자연의 균형이 무너지는 것이다. 온난화 등의 문제로 지구가 위험해질 것이라는 예측도 모두 자생(自生)과 자정(自淨)의 한계를 지키지 못한 데서 일어난 문제들이다. 땅을 오염시키고, 물을 과하게 써서 강과 지하수가 마르게 되면 이 역시 회복이 불가할 수 있다. 이런 작은 것들이 모여서 지구에 영향을 줄 수도 있다는 것이다.

불과 수십 년 전만 해도 먹을 입에 비해 땅이 부족했다. 온 가족이 매달려 산이건 개천 변이건 흙만 보이면 무언가를 심었다. 그래야 먹고 살 수 있었다. 그때는 농부가 게으르면 죄가 되는 시대였다. 수단과 방법을 가리지 않고 많이 수확해야 하는 시대였던 것이다. 지금은 시대가 달라졌다. 생산성이 좋아져 과거에 비해 수확을 많이 할 수 있게 되었다. 과다한 생산으로 출하가격이 떨어져 추수를 하지 못하고 밭을 갈아엎는 사태가 일어나기도 한다.

그러니까 농부가 게을러도 된다는 말은 아니다. 지나친 농사 욕심으로 자연을 해치는 정도까지는 가지 않아야 한다는 것이다. 벌의 개체 수가 십여 년 전부터 급감하고 있다고 한다. 그 원인이 제초제나 농약의 과도한 살포와 무관하지 않다는 의견도 나오고 있다. 한 번 뿌리기만 하면 꽃이나 풀, 그 풀 속에서 살아가는 벌레까지 몰살하게 되니, 벌 또한 그 피해로부터 벗어날 수는 없었을 것이다.

인간만 생명이고, 그들은 생명이 아닌 것이 아니다. 풀 한 포기, 벌레 한 마리도 소중한 생명이다. 미미해 보이지만 모두 쓰일 데가 있어서 생명으로 존재하는 것이고, 인간이 살아가는 데에도 그들의 역할은 필요하다. 그러니 눈앞의 이익만을 생각하고 농약을 남용하지는 말아야 한다.

과수에 열매가 달릴 때면 진딧물이 여린 잎에 붙어 고사시켜 버린다. 이때 손을 쓰지 않으면 제대로 된 열매를 맛볼 수가 없다. 이러한 경우라면 진딧물 약을 뿌려야만 한다. 다만, 농사가 아니면 굶어 죽는 것도 아닌데도 농약을 만병통치약으로 믿고 마구 뿌려대는 그런 것은 하고 싶지 않다는 것이다. 길가나 마당 구석진 곳에 풀 좀 있으면 어떠한가. 풀이 있어 불편한 것이 인류의 생명을 위협하는 생태계 파괴보다는 낫지 않은가 말이다.

이웃 동네 운학1리에 사는 친구가 한 분 있다. 그는 제초제를 쓰지 않는다고 한다. 삼사천 평 되는 밭을 제초제 안 뿌리고 어떻게 농사를 짓느냐고 물었다. "나무를 심은 밭은 예초기로 가끔 풀을 베어 주고, 봄에 파종하는 밭은 장마가 오기 전에 한두 차례 풀을 뽑아 주지요. 그래도 감당할 수 없을 정도로 풀이 나잖아요? 그럼 그냥 놓아 둬요. 어차피 가을이 되면 모두 사그라들 텐데요, 뭐."라고 대답하는 것이다. 게으른 농부의 귀를 번쩍 뜨이게 하는 시원한 말이다.

2019. 6. 6.
망종에 즈음하여

아침 인사를
나누고 싶은 이웃

이웃으로 인해 내 삶의 질이 결정되는 것이니,

아침이면 인사를 나누고 싶은 이웃이 곁에 있다는 것은

행운인 것이다.

아침이면 버릇처럼 하는 것이 있다. 밥을 먹고 나면 마당과 밭을 둘러보는 일이다. 운동도 할 겸, 땅에서 아침 기운도 느낄 겸해서 한 바퀴 돈다. 이때 앞집 마당이 잘 보이는 위치에 서게 되면 그 집 마당을 찬찬히 살펴본다.

혹시 그 집 주인이 나와 계시지 않나 싶어서다. -나무가 무성하지 않은 계절에만 아주 가끔 볼 수 있을 뿐이지만-혹시 나와 계시면 나는 소리를 쳐서 부른다. 우리 집과 그 집의 거리는 직선으로 200~250m 정도 되니 소리를 꽤 높여야만 들린다. 그렇게 소리가 상대에게 닿는 날이면, 우리는 그 자리에서 소리를 외치고, 소리로

부족한 것은 손을 흔들며 인사를 나눈다. 정확히 들리지는 않지만, "잘 지내시죠?" 정도의 인사를 하는 것이다. 그렇게라도 아침 인사를 나누고 싶은 이웃이다.

　이웃이 중요하다는 이야기는 고전의 여러 곳에서 나온다. 성경에서는 "네 이웃을 사랑하라."[12]라고 했고, 논어에서는 "덕이 있는 사람은 외롭지 않고, 반드시 이웃이 있다."[13]고 했다. 여기서 말하는 이웃이란 물론 거리상으로 가까운 곳에 사는 사람만을 이르는 것은 아니다. 넓은 의미로는 나와 관계를 맺고 살아가는 모든 사람이고, 좁은 의미로는 바로 곁에 살고 있는 이웃집을 말하는 것일 것이다.

　성인들께서 이웃에 대해 중요하게 이야기한 것은 이웃이 내 삶에 미치는 영향이 적지 않기 때문일 것이다. 행복의 정도를 결정하는 조건에 이웃이 들어간다는 것이다. 그러니 곁에 좋은 이웃이 있느냐 없느냐는 삶에서 중요한 문제가 될 수 있다.

　앞집은 우리에게 관문과 같은 곳이다. 길이 하나뿐이니, 우리 집엘 가자면 그 집 앞을 지날 수밖에 없다. 그래서 얼굴 마주치는 일이 잦다. 거리상으로 가까운 이웃인 것이다. 이곳에 터를 잡으면서 처음 만난 분들도 그 이웃이었다.

　2013년 우리 부부는 이곳에 땅을 보러 왔었다. 땅을 보고 내려가는데, 그 집 안주인이 마당에 서 있다가는 우리를 보고 차 한잔

12　『신약성경』「루카복음」10장 27절 : 정성을 다하여 너의 하느님을 사랑하고, 네 이웃을 너 자신처럼 사랑하라.

13　『論語』「里仁」25장 : 德不孤 必有隣.

마시고 가라는 것이었다. 그래서 들어가 대화를 하게 되었다. 차를 마시는 사이에 부인은 이곳에 집을 짓게 된 경위며, 그 사이에 있었던 어려움(도로를 내는 문제 등)을 이야기하며, 이곳이 살기 좋은 곳이니 들어와 살라고 권하는 것이었다. 자신의 이익이 달린 것도 아닌 데 집으로 불러 차까지 대접하며 보인 친절이 인상 깊었다.

그것이 절대적이었다고까지는 할 수 없지만, 살까 말까 망설이던 땅에 대해 신뢰와 호감을 가지는 데 그 친절이 어느 정도 역할을 했다고 할 수 있다. 어쨌든 그 인연 덕에 우리는 이곳에 터를 잡게 되었다. 그분들은 집을 짓는 동안에도 꾸준히 관심을 가져 주었다. 먼저 터를 잡고 집을 지으며 얻은 지식을 나누어 준 것이다. 생소한 곳을 찾아든 이방인에게는 고마운 응원군이었던 셈이다. 특히 바깥주인은 우리에게 곤란한 일이 생겼을 때 적극적으로 나서 주기까지 했다.

집을 짓기 위해 터파기 공사를 하는 과정에서 공사하던 관계자와 이해가 엇갈리는 일이 있었다. 내가 생각하기로는 상대방의 주장이 옳지 않은데, 무리한 요구를 하는 것이었다. 앞집 바깥주인과 차를 마시면서 지나가는 말로 그 이야기를 했더니, 그분도 그쪽 주장이 부당한 것 같다고 하며 우리의 생각에 동조해 주었다. 그리고는 이미 의견이 엇갈린 상태에서 당사자끼리 계속 대화해 보아야 해결책이 나오기 어려울 것이니, 자신이 나서서 그쪽에 말을 넣어 보겠다는 것이었다.

그리고 그 사람을 찾아가 대화를 했다. 그러나 좋은 결과를 가져오지는 못했다. 우리의 의견을 수용하지 못하겠다는 말을 듣고 돌아온 것이다. 중재를 나선 사람으로서는 나서지 않았던 것만 못한 어색한 모양새가 되고 말았다.

대부분의 사람들은 남의 일에 나서 주기를 꺼린다. 남의 일에 개입하여 좋은 결과를 끌어내면 다행이지만 그렇지 못하면 부탁을 한 사람에게는 실망을 안겨 주고, 상대방과는 어색한 감정을 남길 수 있기 때문이다. 앞집 바깥주인도 그런 일이 일어날 것을 모르지 않았을 것이다. 그래도 나서 주었다.

나는 그 일을 잊지 못한다. 상대의 무리한 주장이 불쾌해서도, 내가 손해를 보게 되어서도 아니다. 중재자로 나서 주었던 그분의 마음씨 때문이었다. 본인이 나서지 않아도 누가 뭐랄 것 없는 일이었음에도 불구하고, 남의 어려움을 모르는 체하지 않고 함께 고민해 준 따뜻한 마음씨가 고마웠다.

이런 친절은 아무나 할 수 있는 것이 아니라고 나는 생각한다. 이런 친절함이 있는 사람들에게는 공통점이 있다. 세상을 넓게 보고 살아간다는 것이다. 꿩처럼 제 앞만 보며 사는 사람들과는 다르다. 사귐의 범위가 넓고, 많은 사람과 관계를 맺으며 살아간다. 더불어 사는 즐거움을 아는 것이다. 나는 앞집 주인으로부터 그것을 보았다.

중국 남북조시대의 『남사』라는 책에 좋은 이웃에 대한 고사가 나온다.

중국 남북조시대에 송계아(宋季雅)라는 사람이 있었다. 그는 남강군수에서 물러나 여생을 보낼 집을 구하다가, 여승진(呂僧珍)이라는 사람의 옆집을 사게 되었다. 훗날 여승진이 집 가격을 물어보았다. 송계아는 '일천 일백만 금'이라고 대답했다. 터무니없이 비싼 가격을 이상하게 여긴 여승진이 그 이유를 물어보았다. 송계아는 '백만금으로는 집을 사고, 천만금으로는 좋은 이웃을 산 것입니다.'라고 대답을 했다.[14]

여승진이라는 사람은 성실하고 겸손하며 덕망이 높았던 사람이었다. 송계아는 집을 구하면서 좋은 이웃 곁에 살기를 원했다. 그래서 비싼 값을 치르면서까지 그런 이웃 곁에 집을 구한 것이다. 천오백 년 전이나, 문명의 극치를 이루고 사는 현대나 사람 사는 정은 비슷한 것 같다. 집값의 열 배나 되는 인심(人心) 값을 치르고 좋은 이웃의 곁에 살고 싶어 한 송계아의 마음에 공감이 가는 것을 보면.

나도 문제의 이야기를 마무리해야겠다. 결국 나는 그 돈을 지불하기로 했다. 돌아와서 일이 잘되지 못했음을 알리는 그분이 고맙기도 했지만, 무엇보다도 불쾌했을 그분의 마음을 위로할 방법이 달리 없었기 때문이었다. 그렇게라도 해서 빨리 그 일을 잊는 것이 모두에게 이로울 것이고, 그것이 앞집 바깥주인에 대한 예의일 것이라고 판단했다. 그리고 나는-큰 금액은 아니었지만-그 돈을 좋

---

14   李延壽,『南史』「呂僧珍傳」: 宋季雅罷南江郡 市宅居僧珍宅側 僧珍問宅價 曰 一千一百萬 怪其貴 季雅曰 一百萬買宅 千萬買鄰.

은 이웃 곁에 살게 된 대가라고 생각하기로 했다.

이웃이 어떤 사람인가 하는 것은 중요한 문제다. 공자도 "마을의 인심이 어질고 도타운 것이 아름다운 것이니, 어질지 못한 곳에 처한다면 어찌 지혜롭다 할 수 있겠는가?"[15]라고 했다. 마을 사람 모두가 어질 수 있다면 좋겠지만, 현실적으로는 그러기가 쉽지 않다. 그리될 수 없다면 가까운 곳의 이웃만이라도 어질다면 그나마 다행이라 할 것이다.

성인들이 좋은 이웃 곁에 살 것을 권하는 이유는 이웃으로 인해 내 마음이 평화롭고 즐거움을 얻을 수 있기 때문일 것이다. 이처럼 이웃으로 인해 내 삶의 질이 결정되는 것이니, 아침이면 인사를 나누고 싶은 이웃이 곁에 있다는 것은 행운인 것이다.

오후에 우리 집에 손님이 오기로 되어 있었다. 도착할 시간이 되어, 마당에서 손님의 차가 올라오나 내려다보고 있는데, 앞집과 우리 집 사이의 오르막에 캠핑카 한 대가 멈춰 섰다. 우리 집을 찾아오는 손님의 차인 것 같았다. 오시기로 한 분께 전화를 걸어 물어보니, 차체가 높아서 도로변 뽕나무에 걸려 못 올라온단다.

주춤주춤 후진을 하더니, 앞집 마당에서 차를 돌린다. 앞집 바깥주인이 집에서 나와, 무슨 일인가를 묻는다. 손님이 대답하기를, 윗집엘 가야 하는데 나뭇가지에 걸려 못 올라가겠다고 한다. 앞집 주인은 잠시 기다리란다. 톱으로 나뭇가지를 쳐주겠단다. 손님은

---

15   『論語』「里仁」1장 : 里仁爲美 擇不處仁 焉得知.

올라오는 것을 포기하고 차를 돌린다(이상은 우리 집 마당에서 내려다 보고 있다가 내려가서 들은 이야기를 추정해서 썼다).

그 사이에 현장엘 내려간 내게 앞집 바깥주인은 다시 말한다. 나무를 잘라 주겠다고. 이 복더위에 굳이 톱질을 하시겠단다. 그래도 손님은 포기하고 내려간다.

순간, 나는 보았다. 비탈길을 되돌아 내려가는 차를 바라보는 앞집 바깥주인의 묘한 표정을. 나를 찾아온 손님이 차를 돌려 내려가는 것이 마치 자신이 잘못해서 그렇게 된 것처럼 아쉬움이 묻어 있었다.

나는 또다시 느꼈다. 나는 아름다운 이웃의 곁에 살고 있다고.

2019. 8. 1.

섭씨 36도의 기분 좋은 날

반려동물

우리 집은 개뿐 아니라 닭도 고양이도 기르지 않는다.
대신 마당에는 사람으로부터 자유로운 야생의 친구들이
가끔씩 날고, 걷고, 기어들 와서 놀다가 간다.

우리 집은 개를 기르지 않는다. 품종 좋은 새끼가 있으니 한 마리 데려다 기르라는 권유를 여러 차례 받았지만, 그때마다 사양했다. 개를 기르기 위해 일부러 시골에 오는 이들도 있다는데, 준다고 해도 싫다고 하니 개 기르기 좋은 환경을 낭비하고 있는 셈이다.

손녀가 너덧 살 즈음에 "하부지, 하얀 강아지~~"하며 개를 기르자고 조른 적이 있었다. 손녀와 눈이 마주쳤을 때, 하마터면 넘어갈 뻔했다. '다른 것은 다 해주어도 그것만은 안 된다.'하며 눈을 질끈 감았었다. 그럴 만한 특별한 이유가 있는 것은 아니다. 다른 생명의 삶을 책임진다는 것이 부담스러운 것뿐이다. 어쩌면 어릴 적 기억 하나가 이런 생각을 가지게 했는지도 모르겠다.

⟨1⟩

초등학교 이삼 학년 즈음, 개를 기른 적이 있었다. 흔한 잡종 강아지로, 이름은 '독구'였다. 내가 지었는데, 당시에는 개라 하면 흔히들 독구 아니면 메리, 쫑이라고들 불렀기 때문에 그렇게 지었을 것이다. 어려서 데려왔기 때문에 처음에는 우유를 먹여서 길렀다. 대부분의 어린이들이 그렇듯이 나도 빠져들었다. 학교만 다녀오면 거의 모든 시간을 강아지와 함께 지낼 정도였다.

그렇게 너덧 달가량 지났을까, 학교에서 돌아오니 개가 사고를 당했다는 것이다. 집이 철길 옆이었는데 열차에 부딪힌 것이다. 죽지는 않았지만 머리를 부딪쳐 눈이 튀어나오고, 다리 하나는 잘릴 정도로 심하게 다쳐 살 수 없을 것이라고 했다. 어머니의 판단은 신속하셨다. 최대한 빨리 처참한 모습을 우리 눈앞에서 치우셨다. 사람도 병원 가기 쉽지 않던 시절이었으니, 어머니께 다른 선택의 여지가 없으셨을 것이다.

치료를 못 해주고 매정하게 보내 버린 미안함을 나는 한동안 떨치지 못했다. 귀여웠던 녀석의 모습이 지금도 기억날 정도이니, 정이라는 것이 참으로 무서운 것이다. 그 후로 나는 어떠한 동물도 기를 생각을 해본 적이 없다.

⟨2⟩

남의 집 개지만, '개라 하면 저 정도는 되어야지.'라고 할 정도로

개답게 산 녀석이 있었다. 인근 산골에 사는 친구네 집 개였다. '상돌'이라는 이름의 잡종견이었는데, 안주인이 나물이라도 따러 산엘 갈 때면 따라다니며 호위를 하는 기특한 녀석이었다. 그 집은 골짜기 끝에 있었는데, 앞의 맑은 시내와 뒤의 높은 산들이 모두 녀석의 놀이터요 사냥터였다. 목줄도 하지 않고 자유분방하게 뛰어다니며 지냈다. 그러던 녀석이 목줄에 매여 지낸 적이 있었다.

주인댁에서 겨울철 두 달간 해외여행을 가게 되어, 흰 눈 쌓인 골짜기에 홀로 남겨지게 되었다. 주인의 부탁을 받은 우리 부부는 이틀에 한 번씩 사료와 물을 보충해 주러 갔다. 우리를 맞는 녀석의 환대는 화려했다. 펄쩍펄쩍 뛰면서 좋아 어쩔 줄 몰라 하는 것이었다. 처음에는 우리가 아니면 굶어 죽을 수 있기 때문에 반기는 것이라고 생각했다. 두 달이 다 되어 갈 때쯤, 우리가 착각하고 있었다는 것을 알았다.

갈 때마다 사료가 남아 있었으니, 환호의 그 몸짓은 굶어 죽지 않겠다는 안도가 아니라, 누군가 자기를 찾아온 것에 대한 반가움의 표현이었던 것이다. 주인이 돌아온 뒤로도 녀석의 환대는 여전했다. 우리만 가면 펄쩍펄쩍 뛰고, 내 다리에 자기 머리를 비비며 반가움을 표하는 것이었다. 정을 잊지 않는 녀석이었다.

어느 날, 그 집엘 가니 녀석이 보이질 않는다. 까닭을 물어보니 죽었단다. 죽은 사연이 기구하다. 녀석은 사람으로 치면 아흔 살 정도 되는 고령이라 이도 빠지고, 까칠한 터럭에 치매기까지 있었는데, 작년에 새로 들어온 진돗개에게 물려 죽었다는 것이다.

조금 폼 나게 죽었더라면 얼마나 좋았을까? 갈 때가 되어, 놀던 산속 깊은 곳의 곧 무너져 내릴 경사지를 스스로 파고 들어가 숨을 거두고, 그 위로 흙이 쏟아져 무덤이 되는 천화(遷化)같은 죽음 말이다.

동물의 세계는 냉엄하다. 새 강자가 나타나면 기왕의 강자는 사라져야 하니. 그래도 가만 생각해 보면, 상돌이는 약육강식(弱肉强食)의 야수 법칙에 따라 정상적으로 살다가 돌아간 것이라는 생각이 들기도 한다.

그날 이후, 그 골짜기의 온기가 이전 같지 않다. 어쩐지 메마른 느낌이 드는 것이다. 그렇게 정을 주고받던 한 생명이 사라져 버린 골짜기이니 그럴 만도 할 것이다. 생명 하나의 온기가 그렇게 큰 것이다.

⟨3⟩

촌에는 거의 집집마다 개가 있다. 개의 가장 중요한 임무는 경계병 역할이다. 녀석들의 충성심은 대단하다. 눈을 부릅뜨고 밤을 새우는지 무언가가 나타나기만 하면 짖는다. 한 마리가 짖기 시작하면 온 동네 개들이 따라서 짖는다. 덕분에 더위에도 문을 닫고 잘 수밖에 없다. 열었다가는 시끄러워서 잠을 설치기 때문이다. 이럴 때 개 주인의 마음은 든든할 것이다. 용맹한 개들이 산짐승의 침투를 막아줄 테니. 헌데 이것은 사람만의 착각일지도 모른다.

멧돼지는 개보다 크고 거칠다. 그런 데다 멧돼지는 자유롭고 개는 묶여 있다. 싸운다면 누가 유리할까? 말하나 마나 멧돼지일 것이다. 개가 이것을 모를 리 없다. 안다면, 주인에 대한 의리 때문에 깜깜한 밤, 마당이나 밭에 매어서 그리 짖어 대는 것일까? 내가 생각하기로는 아닌 것 같다. 위험에 직면해서 나온 고함이거나, 고독해서 외치는 울부짖음일 수 있다. 어느 시인은 묶인 개가 짖는 것은 외롭기 때문이라고, 목줄에 묶여 보지 않은 사람은 모른다고[16] 했다. 개는 그렇게 외로움과 두려움을 태워, 주인의 밤이 안락할 수 있도록 지켜 준다.

〈4〉

뉴스를 보니, 로트와일러라는 맹견이 스피츠를 물어 죽였단다. 스피츠를 데리고 있던 주인도 말리려고 하다가 함께 다쳤다고 한다. 사고가 났는데도 맹견 주인은 무관심했다는데, 지나가던 행인이 한마디 거들자, "당신은 웬 참견이냐?"라면서, "신고를 하든 말든 마음대로 하라."하고는 자리를 떴단다.

이 개는 삼 년 전에도 작은 개를 두 마리나 물어 죽인 이력이 있었더란다. 개의 조상은 늑대였으니 야수성이 있는 것은 당연하다. 그런데도 개를 기르는 이들은 그것을 잊는 것 같다. '우리 개는 온순해서 안 문다.'는 착각에 빠지는 것을 보면.

기르던 개에게 노인이나 어린아이가 물려서 화를 입었다는 소식을 심심치 않게 듣는다. 사람이 개에게 물려 죽다니, 이런 소식은 듣는 것만으로도 거북스럽다. 개를 기르는 주인 입장에서는 사랑스러운 반려동물일 것이다. 그러나 어떤 이에게는 혐오스러운 짐

---

16   정일근, 「묶인 개가 짖을 때」.

승일 뿐이다. 그래서 동물 때문에 인간의 정이 어그러지는 갈등의
원인이 되기도 한다.

〈5〉

이 인근은 산수가 좋아서 여름철이면 찾아와 휴가를 즐기고 가
는 사람이 많다. 그렇게 잘 놀다 흔적을 남기지 않고 가면 좋은데,
그렇지 않으니 문제다. 휴가철이 끝나고 나면 길에서 주인에게 버
려진 반려동물을 가끔 보곤 한다.

한때는 주인으로부터 가족 같은 사랑을 받았을 터인데, 이제는
버림을 받고 배신과 공포에 젖은 눈알을 굴리며 골짜기를 헤맨다.
개의 입장에서는 실로 난감할 것이다. 사람이 되어 가지고 왜들 그
런 행동을 하는 것인지 모르겠다.

어릴 적 기억 하나가 동물에 대한 나의 생각에 영향을 주었을지
모른다. 나는 내가 즐겁기 위해 다른 생명의 감정을 마음대로 유린
하고, 또 목숨을 좌지우지하는 것이 옳지 않다고 생각한다. 그래서
우리 집은 개뿐 아니라 닭도 고양이도 기르지 않는다. 대신 마당에
는 사람으로부터 자유로운 야생의 친구들이 가끔씩 날고, 걷고, 기
어들어 와서 놀다가 간다.

2020. 8. 13
지리한 장마의 끝자락에서

비움

비움은 생명들 간의 기운을 조화롭게 한다.

비워져 있어야 빛이 들어올 수 있듯이,

빈 공간은 모든 생명을 연결해 주는 통로가 된다.

산바람을 쐬고 싶어 집을 나섰다. 행선지는 오대산이다. 상원사 주차장에 차를 세우고 절에 올라갔다. 목적지 비로봉을 가자면 상원사 앞을 지나가야 하는데, 유명한 동종이 있는 곳이니 그냥 지나칠 수 없다. 경내를 둘러보고, 등산로로 들어섰다.

비로봉 가는 길은 적멸보궁을 거쳐서 가는데, 그곳까지는-절을 찾아오는 신자들을 위해 조성된 약 1.8㎞ 거리에-계단이 놓여 있다. 계단 양편으로는 연꽃 모양의 석조물이 일정한 간격으로 세워져 있다. 높이 70~80㎝, 폭 35~40㎝가량의 크기인데, 높이와 좌우 폭 비율이 안정감 있고, 부드러운 느낌이 드는 탑이었다. 게다가 속을 깎아 비워 내기까지 했다. 상원사에서 적멸보궁까지 4~5m 간격으로 양편에 세워져 있으니 그 수가 적지 않아 보였다. 이것을 세우기 위해서는 많은 공력이 들어갔다는 것을 상상할 수가 있었다.

많은 공력을 투자하면서까지 속을 비워 낸 데에는 그만한 까닭이 있었을 것이다. 문득, '비움(공-空)'을 염두에 두었던 것은 아닐까 하는 생각이 들었다. 비움은 불교에서 지향하는 도이니 말이다.

그런데 그 안을 들여다보니 비어 있는 것이 아니었다. 어떤 것은 전등이 들어 있기도 하고, 또 어떤 것은 스피커가 들어 있기도 했다. 전등을 넣으니 석등이 되고, 스피커를 넣으니 소리통이 된 것이다. 스피커에서는 작은 소리가 반복해서 들리는데, 가만 들어 보니 "석가모니불"이라고 하는 것 같았다.

원래 이것들을 넣기 위해서 안을 파낸 것인지는 모르나, 그러기에는 효과에 비해 공력이 과해 보였다. 등의 효과를 내려 했다면 빛이 나오는 틈이 너무 작아 어둠에 길을 밝히기에 역부족일 것 같고, 소리를 내려 했다면 나무 위에 스피커를 설치했어도 무난했을 것 같았기에 드는 생각이었다. 그렇다면, '비움'을 생각하고 파냈다가 기왕 공간이 생기고 보니, 등도 만들고 불경소리도 들리게 하고 싶었던 것은 아니었을까 하는 생각이 들었다.

'비움(空)'은 불교에서 중요하게 여기는 가르침이다. 『반야심경』에서는 관세음보살이 반야바라밀[17]을 수행할 때, 인간을 구성하는 다섯 요소(五蘊)[18]가 모두 공(空)한 것임을 알고 나서 고통으로부터 벗어날 수 있었다고 한다.[19] 공은 불교에서뿐 아니라 거의 모든 종교와 철학에서도 중요하게 다루고 있다. 자신을 괴롭히는 갈등의 원인이 비우지 못한 데서 일어난 것이라고 보는 것이다. 『장자』에서도 비움을 주제로 한 이야기가 나온다.

---

17   般若波羅蜜 : 열반의 피안에 이르기 위하여 보살이 수행을 하는 중 진리를 인식하는 깨달음의 지혜를 얻는 것.

18   五蘊 : 색(色) – 물질적 현상, 수(受) – 감각작용, 상(想)– 지각작용, 행(行) – 의지적 충동, 식(識)– 식별작용.

19   「般若心經」: 觀自在菩薩 行深般若波羅密多時 照見五蘊皆空 度一切苦厄.

배로 강을 건널 때, 빈 배가 떠내려와서 자기 배에 부딪히려 한다면 비록 속좁은 사람이라도 화를 내지 않을 것이다. 그러나 그 배에 사람이 타고 있다면, 즉시 배를 저어 떨어지라고 소리칠 것이다. 한 번 소리쳐 말을 듣지 않으면 다시 소리치고, 그래도 듣지 않으면 세 번째는 소리치며 필시 험악한 소리가 뒤따르게 될 것이다. 처음에는 화를 내지 않다가 지금은 화를 내는 것은 처음에는 빈 배였고, 지금은 누군가가 그 안에 있기 때문이다. 이처럼 사람들이 자기를 비우고 세상에서 노닌다면 누가 그를 해치겠는가?[20]

배가 충돌하는 것은 같은 상황인데, 부딪히려는 배 안에 사람이 없을 때는 감정이 발동하지 않다가 사람이 있는 것을 보면 소리를 지르고 화를 내는 것은 바로 그 사람을 바라본 '나'가 있기 때문이다. 배에서 '나'를 비워 내면 상대에게 화를 낼 주체가 없어져 갈등의 원인이 사라진다는 것이다.

비운다는 것은 자신을 세우지 않는 것이다. 자신이 완전히 사라질 때 우주와 더불어 하나가 되며, 그 순간 환희를 느끼게 된다. 붓다는 바로 그 경지를 얻었다고 한다.[21] 비움이란 한 사람이 개체에서 전체로 나아가는 통로가 될 뿐 아니라, 자연물의 운행속성이기도 하다. 이렇게 말이다.

---

20 『莊子』「外篇」山木2 : 方舟而濟於河,有虛船來觸舟 雖有偏心之人不怒 有一人在其上 則呼張歙之 一呼而不聞 再呼而不聞 於是三呼邪 則必以惡聲隨之 向也不怒而今也怒 向也虛而今也實 人能虛己以遊世 其孰能害之.

21 오쇼 라즈니쉬, 류시화 譯, 『삶의 길 흰구름의 길』[원명 : The Empty Boat], 청아출판사, 1판 1쇄 2005, p.20.

빛은 세상을 밝히러 올 때 빈 기운을 타고 오고,
바람은 만물에 생기를 주러 올 때 빈 길을 찾아서 온다.

해와 달이 땅을 비출 때는 빈 공간을 건너서 오고,
구름이 비를 뿌릴 때는 텅 빈 하늘에 터를 잡아 내린다.

모두 빈 곳에서 온다.
생명의 원천은 모두 비움을 집으로 삼는 것이다.

비움은 생명들 간의 기운을 조화롭게 한다. 비워져 있어야 빛이 들어올 수 있듯이, 빈 공간은 모든 생명을 연결해 주는 통로가 된다. 우리는 빈 곳을 통해 세상에 왔고, 빈 공간을 인생이라는 이름으로 채우며 살다가, 모든 것 놓아두고 빈 곳으로 돌아간다. 본질은 비움이다.

그래서 수도자들은 비움을 화두로 삼는 모양이다. 그 경지에 닿기 위해 절에서 용맹정진을 하기도 하고, 히말라야 산간이나 거리에서 오체투지를 하기도 할 것이다. 혹은 불심 깊은 석수장이가 정하나 들고 바위를 자르고, 갈고, 쪼고, 연마하는 과정에서 그 경지에 이르고자 하기도 할 것이다.

그런데 예의 탑은 신경을 많이 쓴 공력에도 불구하고, 어쩐지 서운함이 느껴졌다. '혹시 비움을 생각하고 속을 파냈던 것이라면, 그대로 비워 둘 일이지 전등이며 스피커는 왜 넣었을까?'하는 아쉬움이었다. 바람이 스치고 지나가도록 비워 두었더라면 불교에서 추구하는 공의 의미를 더 오롯이 지킬 수 있지 않았을까 하는 생각이 들었다.

등산하는 내내 내 머릿속을 채운 것은 예의 그 탑 생각이었다. 비로봉을 찍고 하산하는 길에, 계단을 힘겹게 오르는 두 보살님과 지나쳤다. 초로의 이분들, 숨이 턱에 찰 정도로 가파른 길을 오르면서도 무언가를 조용히 읊조리고 있었다. 가만 들어 보니 스피커에서 나오는 소리, "석가모니불"을 따라 외고 있는 것이었다. 얼굴에 땀이 맺힐 정도로 힘든 오르막길인데도, 표정은 평온해 보였다.

순간, 그때까지 해온 내 생각들에 회의감이 들며 얼굴이 화끈해졌다. 누군가 내 속을 들여다봤더라면 박장대소를 했을지도 모를 일이었기 때문이다. 탑에서 나는 소리는 절을 찾아오시는 분들에게 번뇌나 고통을 털어 내는 도구였던 것이다. 그렇다면 탑 안이 비워져 있은들 어떻고, 무언가로 채워져 있은들 무슨 문제가 있었겠는가. 그것을 통해 누군가는 마음의 평온을 얻는다는데.

사실 그곳에서 문제 될 것은 아무것도 없었다. 혹시 있었다면 내가 문제였다. 비워야 할 것은 오직 한 가지, 비난의 꼬투리를 잡아 비틀고 싶어 하는 내 마음뿐이었다.

2018. 11. 1.

살아서 하는 장례식

죽음은 삶의 끝자락에 위치한 마지막 과정이다.

그것은 하나의 절정이며, 궁극이고,

마지막 꽃 피어남이고, 삶의 향기다.

몇 해 전, 살아서 하는 장례식에 대한 기사를 본 적이 있다. 암 선고를 받은 어느 일본인이 죽음을 앞두고 자신의 부고를 신문에 직접 올렸다는 내용이다. 항암치료를 포기하고 치료받을 시간에 자신이 하고 싶은 것을 하겠다는 것이었는데, 그중 한 가지가 살아서 하는 장례식이다.

신문에 난 부고를 본 지인들은 하나둘 찾아왔고, 자리를 함께한 그들은 평소에 즐기던 것들을 했단다. 맥주를 즐기던 이들과는 맥주를 마시고, 함께 했던 추억이 있으면 그 기억을 떠올리고, 게임을 했던 이들과는 간단한 게임도 하면서 작별의 시간을 가졌단다.

생전에 인연을 맺었던 이들과 감정을 나누는 것으로 장례식을 대신한 것이다. 남겨진 시간을 모두 자신의 감정으로 사는 데 쓰고, 떠나는 절차도 스스로 결정했다는 점에서 신선함이 느껴졌었다.

최근, 나도 비슷한 경험을 했다. 며칠 전, 지인의 부고를 받았다. 그분은-친지들의 말에 의하면-강원도 원주의 빈한한 집안에서 태어났다. 어려서부터 안 해본 일이 없었고, 결혼을 한 후에는 탄광촌에서 살았다. 남편이 고한의 삼척탄좌 광부로 근무했던 것이다. 그러던 중, 큰 사고(1993년 갱내 가스폭발 사고로 일곱 명 사망)로 남편이 숨졌다.

남편이 떠난 후, 그곳에서는 먹고살 길이 없어 딸과 아들을 데리고 원주로 돌아와, 이런저런 일들을 하며 생계를 꾸려왔다. 자식들이 성인이 되면서, 농사를 지으며 살고 싶어 우리 옆 동네(운학3리)에 자리를 잡고 살아오던 중, 삼 년 전에 간암 판정을 받았단다.

일상과 치료를 병행하며 지내오던 중, 작년에 몸 상태가 급격히 나빠졌다. 간 이식수술 이야기까지 나왔다. 아들, 딸은 물론이고 친구까지도 간을 나누어 주겠다고 나섰지만 거절했다. 효과를 확신할 수 없는데도 불구하고 폐를 끼치고 싶지 않다는 것이 큰 이유였고, 또 한 가지는 억지로 생명을 연장하고 싶지 않다는 것이었다.

'칠십 년 가까이 살았으니, 이제는 하느님께서 허락한 날까지 살면 된다. 대신 살아 있는 동안은 하고 싶은 것을 하며 지내겠다.'는 것이 본인의 뜻이었다. 그때부터 틈이 날 때마다 낚싯대를 둘러메고 아들, 지인들과 함께 근처 강가나 동해바다로 나갔다. 평소에 좋아하던 낚시를 즐긴 것이다.

한 달 전쯤, 황달기가 심하게 나타나 급히 입원을 했다는 소식이 들려왔다. 그쪽 사정이 어떨지 몰라 병문안을 가지는 못하고, 일단 아내가 전화를 했다. 이런저런 이야기 끝에, "살아서 하는 장례식 이야기를 책에서 본 적이 있는데, 나도 그거 하고 싶어."라고 하시더란다. 며칠 후, 퇴원을 해서 집에 돌아왔는데, -의사의 말이- 앞으로 한 달가량 시간이 남았다고 했단다.

살아서 하는 장례식 이야기가 내 마음속에서 맴돌던 중, 마침내 양쪽의 시간이 맞아 방문할 수 있는 기회가 생겼다. 나는 커피를 내려 보온병에 담았다. 그분이 우리 집에 오실 때면 즐겨 마시던 커피였다. 우리 부부가 방에 들어서자, 침대에서 일어나 끌어안으며 반겨 주셨다. 아편으로 진통 처치를 하며 지내는데, 우리가 갔을 때는 다행히 좋은 상태였단다.

응접실로 나와 앉으니, 커피를 마시고 싶다고 하신다. 환자에게 카페인은 금물이지만, 맛을 보라고 조금 따라 주었다. 맛을 보고는 "커피, 오래간만에 마신다. 좋다 야~"라고 하신다. 우리는 평소처럼 가볍게 농담도 하며 담소를 했다. 신부님도 수시로 와서 기도해 주시고, 친지들도 많이들 찾아와 줘서 좋단다. 행복하고 아쉬움이 없단다.

그렇게 한 시간쯤 이야기를 나누다 우리는 일어섰다. 문을 나서다 내가 엄지를 세우며, "알라뷰~"라고 하니, 환히 웃으며 손을 흔드셨다. 사실은 "훌륭하십니다."라고 말하고 싶었다. 그런데 이 말이 자칫 자신의 운명을 담담하게 받아들이는 모습이 훌륭하다는 말로 들릴까 봐, 가끔 내가 쓰던 말로 대신했던 것이다. 우리가 생전에 함께 식사할 때면 내가 하던 건배사였다. 내가 "알라뷰~"하면, 그분은 "그거 좋다."라고 했었다. 이것이 성당 교우 윤도르테아 씨와 우리 부부의 마지막 인사였다.

그러고 나서 일주일쯤 후, 돌아가셨다는 소식이 왔다. 늘 휴식을 하고, 꿈을 꾸던 침대에서, 가족들이 일상생활 하는 모습을 보며 떠나셨단다. 중환자였던 처지를 감안할 때, 전문 의료시설의 보살핌을 포기하는 것은 쉽지 않은 결정이었을 것이다. 지구별에서의 마지막 길을 그분은 그렇게 걸었고, 원하는 방식으로 떠나셨다.

오후에 문상을 다녀왔다. 빈소의 영정을 마주하자, 서글픔이나 애석함 대신 며칠 전 문 앞에 서서 환히 웃으시던 모습이 떠올랐다. 참으로 멋진 분이셨다는 생각이 들었다. 따뜻하게 정감을 나누었던 순간이 우리가 기억하는 마지막 모습이었다. 아름다운 마무리였다는 생각이 들었다.

죽음은 삶의 끝자락에 위치한 마지막 과정이다. 그것은 하나의 절정이며, 궁극이고, 마지막 꽃 피어남이고, 삶의 향기다.[22] 삶의 마지막 향기를 내 의지와 상관없이 다른 이의 생각에 내맡기는 것은 아무래도 억울한 것 같다. 장례절차야 죽은 후에 하는 것이니 어쩔 수 없다 하더라도, 마지막 순간은 내 의지에 따라 할 수도 있

---

22   Osho Rajneesh, 오쇼 라즈니쉬, 류시화 譯, 『삶의 길 흰구름의 길』, 청아출판사, 1판 1쇄, 2005, p.297.

는 것이니 스스로 선택할 수 있다면 좋지 않을까?

  그런데 이것이 쉽지 않은가 보다. 그리 못 하고들 떠나는 것을 보면 말이다. 그래서 『서경(書經)』에서는 오복(五福) 중 다섯 번째 복[23]으로 '고종명(考終命)'을 드는 것인지도 모르겠다. 고종명이라 하면 '마지막 천명(天命)을 살피는 것'이니, 삶의 마지막 여정을 스스로의 의지에 따라 정리하는 살아서 하는 장례식이라면 이에 해당된다 할 만하다고 할 것이다.

  송강 정철의 시가 있다.

  한 잔(盞) 먹새 그려 또 한 잔 먹새 그려.
  곳 것거 산(算) 노코 무진무진(無盡無盡) 먹새 그려.
  이 몸 주근 후면 지게 우희 거적 더퍼 주리혀 매여 가나
  유소보장(流蘇寶帳)의 만인(萬人)이 우러 녜나,
  어욱새 속새 덥가나무 백양(白楊) 수폐 가기 곳 가면,
  누른 해, 흰 달, 굴근 눈, 쇼쇼리 바람 불 제, 뉘 한잔 먹쟈 할고.
  하믈며 무덤 우희 잔나비 휘파람 불제, 뉘우친달 엇더리.

  지게에 묶여 거적 덮인 채 쓸쓸히 가나, 만장이 휘날리는 꽃상여에 누워 온 동네 사람이 슬퍼해 주는 가운데 떠나나, 죽으면 끝이

---

23   『尙書』「周書‧洪範」제39장 : 五福 一曰壽 二曰富 三曰康寧 四曰攸好德 五曰考終命.

기는 마찬가지라는 것이다.

가고 싶고, 보고 싶고, 먹고 싶고, 마시고 싶고, 정을 나누고 싶은 모든 것, 살아서 할 일이다. 그리고 떠날 때는 조용하고 가볍게 갈 일이다.

살아서 하는 장례식, 지구별에서의 여정을 마무리할 때가 되면 나도 해보고 싶은 작별법이다.

2021. 12. 11.

손이골 이야기

손이골이 아름다운 것은 순수 자연의 상태이기 때문이다.

그 아름다움은 가만 놓아두고 고요히 바라볼 때

비로소 보이는 은미한 아름다움이다.

옛날, 손이골에는 가끔 호랑이가 나타나기도 했었단다. 손이골이라는 지명도 호랑이와 연관이 있다고 한다. 호랑이를 잡는 도구 중에 '손우'라는 것이 있는데, '손이'는 바로 이 '손우'가 변해서 생긴 말이란다. 그리고 실제로 호환을 당한 사람이 있었다는 이야기도 전해져 오고 있다. 마을의 한 처녀가 호랑이에게 사고를 당했는데, 동네 사람들이 시신을 수습해 안쪽 골짜기에서 화장을 했더란다. 그래서 지금도 그곳을 화장터골이라고 부르고 있다. 호랑이가 출몰할 정도로 골짜기가 깊었다는 것이다.

어느 날 운학1리에 사는 친구에게 놀러 갔다가 집 앞에 앉아 있는데, 그 동네의 노인 한 분이 지나가다 말고 나더러 어디 사느냐고 물으신다. 손이골에 산다 하였더니, 좋은 곳에 산다고 하시면서 본인은 운학리에서 나고 자라 팔십 년 넘게 살았다고 한다. 그러면서 하시는 말씀이, "거기가 옛날에는 꽤나 깊은 골짜기였지. 한국전쟁 때는 이 인근에도 군인들 발길이 닿지 않은 곳이 없었는데, 그곳만은 못 들어갔어. 그렇게 깊은 골짜기였어."라고 하신다. 그래서 한번 살아 보고 싶었던 곳이었단다. 군인들이 모르고 지나쳤다면 입구가 막힌 것처럼 보였기 때문이었을 것이다. 작은 물길만 보였을 것이니, 그럴 만도 했을 것 같다.

손이골 들어가는 길은 호로병의 목처럼 길고 좁은 통로로 되어 있다. 운일교 삼거리에서 손이골로 들어오는 500~600m 거리의 이 길은 한쪽은 가파른 산줄기, 반대편은 작은 개울이다. 그 사이로 햇빛도 닿지 못할 정도로 큰 소나무가 줄지어 서 있고, 그 밑으로 좁은 길이 나 있다. 그 길이 끝나는 곳에 이르면 탁 트인 하늘이 나타난다.

둘레로는 1,000m 가까운 봉우리들이 둘러쳐져 있고, 안으로는 둥지 모양의 분지가 자리 잡고 있다. 그 안에 산자락에 기댄 집들이 조용히 자리 잡고 있는데, 인심마저도 좋을 것 같은 마을풍경이다. 손이골 풍경은 한 어부가 복숭아꽃잎이 떠내려오는 시내 줄기를 따라서 들어가다가 우연히 보았다는 도연명의 무릉도원[24]을 떠오르게 한다.

24　도연명, 「도화원기(桃花源記)」: 東晉 태원연간(376~395)에 무릉(지금의 후난 성 타오위안 현)에 살던 한 어부가 강을 거슬러 올라가던 중 복사꽃이 피어 있는 수풀 속으로 잘못 들어갔다. 굴 같은 수풀을 따라 들어가니 평화롭고 아름다운 별천지가 펼쳐졌다.

이곳은 본디 화전민들이 살았던 곳이었다고 한다. 그들은 1970년대 초 정부에서 화전민 정리사업을 하며 대부분 철수를 했다. 지금도 그들이 살던 집터나 가꾸던 논밭의 흔적이 여러 곳 남아 있는데, 우리가 사는 땅도 그중 한 곳이었을 것으로 생각하고 있다.

우리가 처음 들어온 2013년도만 해도 이 골짜기(손이골과 종지골 합하여)에 있는 가구 수는 스무 집에 불과했고, 우리 집에서 눈으로 볼 수 있는 집은 예닐곱 채 정도였다. 손이골은 자연의 아름다움이 잘 보존되어 있는 편이라 계절풍경을 느끼기에 적합하다.

봄은 농사 준비로부터 시작된다. 동물들이 겨우내 움츠렸던 근육을 펴는 봄이 오면 골짜기는 한 해 농사 준비로 분주해진다. 마을 분들은 밭으로 나와 트랙터나 관리기, 괭이로 밭을 고르고, 씨를 뿌린다. 자연의 일부인 인간이 자연의 법칙에 순응해 살아가는 모습이다. 그리고 매화, 복숭아, 자두, 배, 사과, 이름 모를 풀까지 모두가 각자의 존재 가치를 드러내기 위해 부지런히 꽃망울들을 터뜨린다.

꽃이 피니, 어디서 겨울을 났는지 모를 벌들도 모여들어 꽃무리 속에서 윙윙대며 생명의 몸짓을 한다. 나무에 이파리가 나기 시작하면 어려운 시기를 지낸 새들도 덤불 속에서 활기를 편다. 풀숲에 알을 낳고 생명 이어 가는 사명을 완수하려는 것이다. 봄에는 이렇게 골짜기 전체가 생명의 활기로 넘치게 된다.

여름이 익어 가는 기미는 산의 색깔로 알 수 있다. 봄에 나온 새잎들이 성숙하면서 산줄기 이곳저곳이 연두색으로 피어난다. 사람으로 치자면 청소년기에 해당하는 시기쯤 될 것이다. 사람도 그렇지만 산도 이때가 가장 아름다운 것 같다.

이때쯤 되면 송홧가루가 날리기 시작한다. 송홧가루로 골짜기가 덮일 때쯤 뻐꾸기도 등장한다. 노란 송홧가루가 바람에 툭 하고 터져 날리면, 이 숲 저 숲에서 "뻐꾹~ 뻐꾹~" 소리가 울려 퍼진다. 그 소리를 듣고 있노라면 그만 나른함 속으로 빠져들고 만다. 게으름 피우기 좋은 시절인 것이다.

육칠월 비가 오는 날이면 골짜기에서 정상 쪽으로 훑고 흘러가는 실구름의 행진을 볼 수 있다. 특히 벼락바위에서 화채봉으로 이어지는 능선 아래의 골짜기에서 많이 나타나는데, 손이골 중앙을 흐르는 시내가 이곳에서 시작된다. 그곳에서 실구름이 꼬리 내리고 있는 것을 볼 때면, 당나라 때 시인 왕유[25]의 시 한 편이 생각난다.

시인은 종남별곡(終南別業)이라는 시에서, '걸어서 물길 다하는 곳에 이르면, 앉아서 구름 이는 것을 보네.'[26]라고 노래했다. 물길이 끝나는 곳에서 구름이 일어난다는 것인데, 이것은 생명이 끝나는 곳에서 또 다른 생명이 시작된다는 말이다. 구름은 비가 되고, 비는 시냇물이 되고, 시냇물은 다시 실구름의 꼬리를 타고 하늘로 올라가 구름이 되고. 그래서 그 물은 또 모든 생명을 키워 내고. 눈앞에 펼쳐진 풍경을 통해 자연의 순환법칙을 실감하는 것이다.

---

25   王維(699~759), 중국 당나라 때 시인.

26   王維,「終南別業」: 中歲頗好道 晚家南山陲 興來每獨往 勝事空自知 行到水窮處 坐看雲起時 偶然値林叟 談笑無還期(중년에 자못 道를 좋아하여, 만년에 종남산 기슭에 집을 지었네. 흥이 나면 매양 홀로 거닐며, 그 가운데 기쁜 일 나만이 안다네. 걸어서 물 다하는 곳 이르면, 앉아서 구름 이는 것 보고, 우연히 숲속의 늙은이 만나면, 얘기하며 웃느라 돌아가길 잊는다).

여름철 내리는 비는 귀를 통해 가슴으로 파고든다. 묵직한 빗줄기가 '쏴아~~'하고 쏟아질 때면 숲은 빗방울의 두드림을 받는 북이 되어 삼라만상을 울린다. 세상을 울리는 이 소리는 아마도 움푹 파인 지형이 북의 울림통 역할을 하기 때문일 것이다. 하늘의 양과 땅의 음 기운이 만나는 이 조화로 세상의 생명들이 태어나고 살아간다. 여름비는 자연의 섭리를 담은 소리답게 깊고 웅장하다.

여름철 풍경에서 빼놓을 수 없는 것이 또 하나 있으니 은하수다. 그믐경 하늘이 맑은 날에는 저녁밥을 먹고 집안의 불을 모두 끄고 마당에 나가, 오래 하늘을 쳐다볼 수 있도록 자리를 깔고 눕는다. 하늘 정중앙을 바라보면 구름인 듯 희미하게 동서를 가로지르는 별 무리가 있다. 그것이 은하수다. 그것을 중심으로 삼아 북동쪽에는 직녀성, 서남쪽에는 견우성이 비스듬히 자리 잡고 떠 있다. 이때에는 반딧불이도 가끔 나타나니, 이 또한 여름밤의 반가운 손님이다.

가을이 오는 것을 알리는 전령은 풀벌레다. 처서가 되면 가을벌레가 울기 시작한다. 여름이 가는 것을 아쉬워하는 매미와 가을을 기다린 귀뚜라미 등이 세월 다툼을 시작하는 것이다. 귀뚜라미 소리가 들리면 '덥기만 하던 여름도 이제는 물러나는가?'하는 생각이 들며, 한편 떠나는 계절에 대한 아쉬움이 들기도 한다. 그렇게 풀벌레들은 노랫소리로 한 계절을 책임지기 위한 의무를 세상에 신고한다.

이때쯤, 가끔 숲이 춤추는 모습을 볼 수 있다. 초가을 태풍이 오면 숲의 군무(群舞)가 연출된다. 그럴 때면 나는 마당으로 나가 끝에 있는 작은 바위 위에 선다. 그곳에 서서 신이 연출하고, 산수자연이 연기하는 장관을 관람한다. 골짜기를 타고 흐르는 바람이 숲 전체를 좌로 우로 일사불란하게 흔들어 대는데, 이것을 보고 있노라면 세상이 춤을 추고 있다는 기분을 느끼게 된다. 태풍이라는 가을 손님이 주는 선물이다.

가을의 마무리는 역시 단풍이 한다. 시월 둘째 주쯤 되면, 손이골을 둥글게 싸고 있는 능선에서부터 붉은 기운이 나타나기 시작한다. 푸른 소나무 사이로 군데군데 붉은 단풍이 자리 잡고 하강하는 모습을 보면, 늘 푸르기만 할 수는 없다는 것을 깨닫게 된다. 우주의 순환법칙을 조용히 따르는 자연의 겸손함을 배울 수 있는 시기인 것이다.

겨울은 고요하고 한적하다. 눈이라도 한번 오면 산촌은 그야말로 하얀 세상 속에 포옥 안기게 된다. 찾아올 이도 없고, 나갈 일도 없이 하얀 고요 속에 가만히 있으면 된다. 산촌의 겨울은 일 없음이 할 일인 것이다.

앞산 능선도 보이지 않을 정도로 오던 눈이 그치고 나면, 파란 하늘이 나타날 때가 있다. 이때 마당에 나가서 보면 온 세상이 깨끗하다. 쨍하게 시린 바람과 눈부시게 푸른 하늘, 그 가운데 한가하게 떠가는 흰 구름은 겨울에만 만날 수 있는 귀한 손님이다.

눈이 쌓인 날 밤, 달이라도 뜨면 낮인 듯 마을이 훤히 보인다. 이때의 공기 색깔은 눈의 흰색도 밤의 검은색도 아니다. 푸른빛이다. 프리즘을 통과한 빛과 같은 푸른 투명함 너머로 마을 모습이 희미하게 보이는데, 마치 동화 속 마을에 들어와 있는 것 같은 기분에 빠지게 된다.

소동파는 자연의 아름다움을 이렇게 표현했다. "강 위로 불어오는 맑은 바람과 산 사이에 떠 있는 밝은 달, 귀로써 들으니 소리가 되고 눈으로써 만나니 달빛이 되네. 이것은 취해도 금하는 사람 없고, 써도 써도 닳지 않으니, 조물주가 지어낸 무궁무진한 보물이라네."[27] 소동파는 자연을 신이 내린 닳지 않는 보물이라고 했다. 순수한 자연이기 때문에 아름다울 수 있고, 그래서 영원히 가슴에 품을 수 있다는 것이다.

손이골 풍경도 마찬가지다. 손이골이 아름다운 것은 순수 자연의 상태를 유지하고 있기 때문이다. 그 아름다움은 가만 놓아두고 고요히 바라볼 때 비로소 보이는 은미한 아름다움이다. 사람의 힘이 가해지면 자연미는 빛을 잃게 된다.

최근 건너편 숲이 소란스럽다. 오뉴월이면 뻐꾸기가 울어 대던 곳인데, 사람들 말소리가 들리고, 굴착기 돌아가는 소리가 요란하다. 아마도 새들의 보금자리였던 그곳에 사람들이 들어오려는가 보다.

인간의 소리가 커질수록 자연의 소리는 작아지고, 인가(人家)의 불빛이 밝아질수록 별빛은 멀어진다. 몇 해 전만 해도 여름날 밤이면 어렵지 않게 볼 수 있었던 은하수였다. 그 은하수가 갈수록 희미해지고 있다. 자연이 사람들의 행위에 침식되어 가고 있는 현실을 별들이 말해 주고 있는 것이다.

---

27 蘇軾, 「前赤壁賦」: 惟江上之淸風 與山間之明月 耳得之而爲聲 目遇之而成色 取之無禁 用之不竭 是造物者之無盡藏也.

이렇게 가다가는 지금까지 보존되어 왔던 손이골 풍경도 전설 속 이야기가 되고 말 것이라는 생각이 들었다. 안타까운 마음에 이 감동들이 마음속에서나마 남아 있어 주기를 바라며 글을 쓰고 있다.

　물론 큰 기대를 가질 정도가 되지 못할 것을 안다. 손이골의 아름다움에 비하면 이 글은 생명력 없는 박제처럼 그 흔적이나 겨우 간직해 줄 수 있을지 모르는 미미한 것이다. 그럼에도 글을 쓰는 것은 손이골에서의 아름다운 순간들을 남길 수 있는 유효한 수단으로 글만 한 것이 없기 때문이다. 훗날, 이마저도 하지 않았다고 후회하지 않기 위한 미력한 몸부림인 것이다.

2019. 8. 7.

2부

여백

여백의 미는 감정을 절제할 때 얻을 수 있다.

그것은 비어 있는 듯 보이지만,

빈 것이 아니다.

말로 표현되지 않는 언어가 있다. 소리로는 드러낼 수 없는 노래가 있다. 가슴 속 깊은 곳에 있는 영혼의 울림이다. 그 울림은 심연에 오롯이 남아 있어 아름답다.

공자는 "즐기되 넘치지는 말라."[28]고 주의를 주었다. 흥분이 지나치면 성정(性情)이 훼손될 수 있기 때문이다. 감정을 모두 쓰지 않고, 절제하면 여백의 운을 가질 수 있다. 그리하면 성정도 지킬

---

28   『논어』「八佾」20 : 즐거우면서 지나치지 않고, 슬프면서도 화(和)를 해치지 않는다(樂而不
      淫, 哀而不傷).

수 있고, 영혼의 울림도 보존할 수 있다. 그래서 동양미술에서는 내면의 아름다움을 표현하는 요소로 여백을 중요하게 여긴다.

김홍도의 주상관매도 (舟上觀梅圖)는 여백의 미를 잘 살린 작품인 듯하다. 동자는 주안상을 살피고 있고, 민머리의 사내는 배에 눕다시피 한 자세로 아득한 절벽 위의 매화를 바라보고 있다.

그림에서 느껴지는 첫인상은 친근감과 평안함이다. 이 느낌은 작품 속 인물의 탈속적 자세 때문에 드는 것만은 아니다. 공간의 배치가 주는 효과이기도 하다.

인물을 태운 배를 그림의 맨 아래쪽에 배치했다. 중앙은 비워 두었다. 그 위로 매화나무가 절묘하게 붙어 있는 절벽이 한

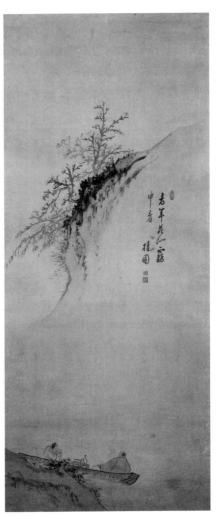

주상관매도

부분을 차지하고 있고, 그 위로는 또 빈 공간이다.

중앙의 공간은 강물과 강기슭이 있어야 할 자리다. 그곳을 어떤 묘사도 하지 않고 공간으로 비워 두었다. 그 빈자리가 상상력을 불러일으킨다. 아슴아슴 물안개를 타고 매화 향이 흘러 내려올 것만 같다. 그것을 느끼고 싶어 하는 배 위 사내의 마음을 엿볼 수 있다.

최상단은 하늘이다. 그곳도 비워 절벽의 아득함을 표현해 냈다. 고결한 매화의 자태가 닿을 듯 말 듯 느껴지는 것이다.

훌륭하다거나 위대한 그림이라는 판단이 들기 전에 오랜 친구를 대하는 것 같은 친근감이 먼저 든다. 여백 때문일 것이다. 절제에서 오는 평안함이며, 아름다움인 것이다.

작가는 여백을 활용해 그윽한 정감을 표현해 내려 했던 것 같다. 채색으로는 할 수 없는 마음의 형상을 그려 낸 것이다. 여백의 미는 감정을 절제할 때 얻을 수 있다. 그것은 비어 있는 듯 보이지만, 빈 것이 아니다. 공(空)이되 색(色)을 뒷받침하는, 형상의 여운이 번져 가는 가치 있는 공간이다. 여백을 통해 작가의 가슴 속에 숨겨져 있는 감흥이 전달되고 있는 것이다.

여백으로 아름다울 수 있는 것은 비단 미술에만 해당하는 것은 아니다. 사람도 여백으로 인해 고매해질 수 있다. 남겨 놓은 공간에 그 사람의 은은한 향기가 채워지는 것이다. 사람의 여백은 욕구를 접을 수 있는 절제심에서 생긴다 하겠다. 고상한 삶을 살았던 사람들이 절제를 추구했던 이유가 여기에 있다.

서성(書聖) 왕희지(王羲之)의 아들 중에 다섯째 왕휘지(王徽之)라는 이가 있었다. 산음 땅에 살고 있었는데, 함박눈이 내리는 어느 날 밤에 술을 마시다가 문득 섬계라는 곳에 사는 친구 대규가 생각났다. 그는 즉시 시종을 깨워 배를 준비하라고 했다. 친구를 보러 가기 위해서다.

밤을 새워 노를 저어 새벽녘에야 친구의 집 앞에 도착했다. 그런데 정작 문 앞에 이르러서는 배를 돌려 집으로 돌아가자는 것이었다. "흥을 타고 왔다가, 흥이 다해서 발길을 돌리는 것이니, 얼굴을 꼭 보아야만 되는 것이냐?"[29]라고 하면서 말이다. 고려의 문인 이규보는 이 고사를 '자유(子猷-왕휘지의 字)가 대규를 만나러 가다.'라는 제목으로 노래한 바 있다.

> 사람 찾는 운치가 눈 내리는 섬계에 있었네.
> 만일 만나보았더라면 한 번 웃고 말 뿐인 것을.
> 흥이 식어 배 돌려 돌아갔다 말하지 말게.
> 문 앞에 이르렀다 곧 돌아서니 그 뜻이 도리어 무궁하다네.[30]

이규보는 시를 통해, 주인공 왕휘지의 마음을 적절하게 그려 놓은 것 같다. 친구를 만나러 가는 배 안에서 그는 흥을 이미 만끽했고, 집 앞에 도착했을 때는 출발할 때의 감정이 가신 뒤였다. 그래도 먼 길을

---

29   『世說新語』「任誕」: 乘興而來 興盡而返 何必見戴安道耶.

30   이규보, 『東文選』 20권, -子猷訪戴- : 訪人情味雪溪中 若便相逢一笑空 莫道興闌廻棹去 造
門直返意無窮.

왔으니 온 김에 보자 하고 사립문을 밀고 들어갔더라면 어땠을까?

시인 이규보는 문 앞에서 발걸음을 돌린 왕휘지의 절제 때문에 그 감흥이 끝나지 않고 영원히 남았다고 했다. 그곳에서 발걸음을 멈추었기 때문에 본인은 정을 오롯이 가슴에 품고 돌아올 수 있었고, 후세의 우리는 천 팔백 년이 지난 지금까지도 그 여운을 엿볼 수 있는 것이다.

흥이 나면 넘치기 쉽다. 말이 많아지고 감정 표현도 과해진다. 그러고 나면 가슴에 남는 것은 무엇인가? 허전함이다. 흥을 남기지 못하고 모두 써버려서 그런 것이다. 흥이 고조될 때 조심해야 하는 이유가 이것이라 할 것이다.

아침부터 눈이 내린다. 산촌의 눈은 마을을 감싸고 있는 산 능선이 희미해질 정도로 대지의 모든 생명을 품어 안고 내린다. 보고 있노라면 하늘과 땅과 그 사이의 만물이 하나로 어우러져 춤을 추고 있다는 환상에 빠진다. 아름다운 세상이다. 왕휘지가 친구를 보러 길 떠난 날도 이러했을까 하고 상상을 해본다.

내일은 오십 년 된 벗들을 만나러 간다. 어린 시절 함께 놀던 영등포 골목길을 걷기 위해 모이기로 했다. 내린 눈에 도로 사정이 걱정도 되지만, 친구 만나러 가는 기대감에 비교할 것이 못 된다. 다만, 만남 중에 반가운 마음을 주체치 못하고 흥을 모두 써버릴까 걱정될 뿐이다. 감흥을 조금은 남겨, 돌아오는 길이 그 여운으로 훈훈할 수 있었으면 좋겠다.

2018. 12. 16.

음악의 힘

음악에는 쉽고 빠르게 감정을 조절해 주는 기능이 있다.
기분이 처졌을 때는 펴주고, 들떴을 때는 가라앉혀 주기도 한다.
뿐만 아니라, 여러 사람의 감정을 하나로 모아 주기도 한다.

산촌에 들어온 초기에는 자연의 소리를 듣는 시간이 많았다. 솔숲을 지나는 바람소리, 대지를 울리는 빗소리, 하늘을 나는 새소리. 이런 소리를 듣고 있으면 정신이 맑아지고, 마음이 평안해진다. 이렇게 자연의 소리를 즐기다 보니 자연히 음악 듣는 시간은 줄어들게 되었다.

그 음악을 최근에 다시 듣기 시작했다. 자연의 소리가 좋기는 하지만, 그것에만 몰입하다 보니 감정이 침체되는 것 같아서다. 고요함만 좋다 보니 주변의 소리에 민감해지고, 그러다 보니 감정이 지나치게 예민해져 오히려 불안감이 생기는 것이다. 그로부터 벗어나는 것이 좋겠다는 생각에 음악을 조금씩 듣기로 했다.

사실 자연의 소리가 좋기는 하지만, 가끔은 인간이 만든 음악을 듣는 것이 더 좋은 때도 있다. 인간의 감성을 순화시키는 예술적 효용성으로 보자면 음악만 한 것도 드물다 할 것이다. 예술로써 즐거움을 얻는 일은 먹고사는 일 다음으로 중요할지 모른다.

괴테는 "세상에서 해방하는 데에도, 세상과 관계를 확실히 맺게 하는 데에도 예술만 한 것이 없다."라고 했다. 예술을 통한 감동이 자신의 내면을 충실하게 하고, 타인과 감정을 공유할 수 있게 한다는 것이다. -이 시대를 기준으로- 예술 중에서 감동을 가장 쉽게 얻을 수 있는 것이라면 음악만 한 것이 없는 것 같다. 손에 들고 있는 기기(스마트폰)를 작동하기만 하면 언제, 어느 곳에서나 감동을 누릴 수가 있으니 말이다.

난생처음으로 음악을 듣고 감동하였던 노래가 있다. 중학교 2학년 때 들었던 '진실한 마음(Heart of Gold)'[31]이라는 곡이다. 팝송이 무엇인지도 모르던 때였는데, 같은 반 친구가 자기 집에 데려가, 형의 전축으로 레코드판을 돌려 들려준 노래였다. 당시만 해도 중·고등학생이 자기 방에서 듣고 싶은 음악을 골라 듣는 것은 보통의 가정에서 할 수 있는 일이 아니었다.

그날 친구는 음악과 함께 특별한 기분을 내게 경험시켜 주었다. 이 곡을 들으면 지금도 그때처럼 좋고, 그 노래를 들려주었던 친구 생각이 난다. 노래 한 곡이 평생 즐거움을 주고 있으며, 또 그 노래

---

31   캐나다 출신 가수 닐 영(Neil Young)이 부른 노래.

를 알게 해준 친구를 아름답게 기억하게 해준 것이다.

나는 음악을 즐겨 듣는 편이다. 특별히 선호하는 분야가 따로 있는 것은 아니다. 그렇다고 기준이 전혀 없지는 않다. 기분에 따라 그때그때 듣고 싶은 장르를 선택해서 듣는다. 요즘의 경우를 예로 들어 보자면, 오전에는 잔잔한 고전음악을 주로 듣는데 라디오 방송을 이용한다. 오후에는 활기찬 외국대중음악(팝송)을 많이 듣는 편이다. 비 오는 날에는 경음악, 운전할 때는 국내·외 대중음악, 대충 이런 식이다.

주일이면 가끔 성당의 전례음악을 음미하기도 한다. 시골은 성당이 작아 성가대 규모도 작지만, 그래도 꽤 높은 수준의 성가를 하는 성당도 여럿 있다. 주변의 성당 중에 어느 성당의 음악이 듣고 싶다 하면, 아내와 의견을 맞추어 주일 미사 참례를 그 성당에 찾아가 드리기도 한다. 미사 중의 성가는 부르면서 듣게 되는데, 이때는 음악과 내가 하나 되는 것 같아서 좋다. 내가 소리를 내는 주체이면서, 동시에 듣는 객체가 되기 때문이다.

이때는 성당 안의 모든 것이 음원(音原)이 된다. 북이 클수록 소리가 깊은 것처럼, 큰 성당의 음악은 감동도 그만큼 더 깊다. 명동 성당을 예로 들자면 벽돌로 된 벽, 중간중간 서 있는 기둥, 범선을 엎어 놓은 것 같은 반원통형 천정과 천 명 가까운 사람 모두가 음원이다. 그 안에서는 주객의 구분이 없다. 주체와 객체가 하나 되는 감동이 피어난다. 내가 음악인지 음악이 나인지 모를 경계를 즐길 수 있는 것이다.

이렇게 음악에는 감성을 움직이는 힘이 있다. 두 달 전, 어린 시절 친구들이 우리 집에 놀러 왔을 때의 일이다. 술을 한잔하며 담소를 하던 중, 나는 조용히 뒤로 빠져나가 노래 한 곡을 틀었다. 어린 시절 함께 들었던 '그리 쉽게 잊을 수 있나요?(Am I that easy to forget)'[32]라는 팝송이었다.

노래가 흐르자, 일행 다섯 명은 일제히 소리가 나는 쪽으로 고개를 돌리며 일치된 반응을 보였다. 사십여 년 전 함께 놀던 골목길을 걷고 있는 것 같은 표정이었다. 좌중의 화제는 이내 그 노래를 함께 듣고, 부르던 시절의 장소로 돌아갔다. '언제, 어디서, 누가 이 노래를 불렀었는데.'라고 하며, 그때의 기억들을 불러냈다. 노래 한 곡이 여러 사람의 감성을 일치시켰고, 오래된 추억의 시절로 시간여행을 하게 한 것이다.

이것이 예술의 효능이고, 음악의 힘이다. 이런 경험을 할 때, 나는 인간이 다른 동물에 비해 우수하다는 것을 확신하게 된다. 인간이 만물의 영장(靈長)일 수 있는 것은 바로 이렇게 감정을 지어 표현해 내고, 느낄 줄 알기 때문이라고 생각하는 것이다.

공자는 "예(藝)에서 놀라."[33]고 했다. 주자는 이에 대해 "아침저녁으로 육예(六藝)[34]에서 노닐어 의리(義理)의 취향(趣向)을 넓혀 간다면, 일을 대처함에 여유가 있고 마음이 흩어지지 않을 것이다."[35]라고 풀었다. 일상 중에 예술을 누리면 마음에 여유가 생기

---

32   잉글버트 험퍼딩크(Engelbert Humperdinck)의 노래.
33   『論語』「述而」 6장 : 游於藝.
34   六藝 : 예(禮)·악(樂)의 글과 사(射)·어(御)·서(書)·수(數)의 법(法).
35   『論語』「述而」 6장, 朱子 註 : 朝夕游焉 以博其義理之趣 則應務有餘 而心亦無所放矣.

고 생각이 흐트러지지 않는다는 것이다. 예술에 감성을 순화시키는 기능이 있다는 것을 말하고 있다. 감성은 행복을 느끼게 하는 요소이니, 사람을 행복하게 하는 힘이 예술에 많이 들어 있다는 뜻으로 이해할 수 있는 것이다.

예술 중에서도 음악에는 쉽고 빠르게 감정을 조절해 주는 기능이 있다. 기분이 처졌을 때는 펴주고, 들떴을 때는 가라앉혀 주기도 한다. 뿐만 아니라, 여러 사람의 감정을 하나로 모아 주기도 한다.

얼마 전 BTS(방탄소년단)가 영국 웸블리 스타디움에서 공연한 영상을 본 적이 있다. 수만 명이 운집해 함께 노래를 부르고, 춤을 추고, 웃고, 우는 것을 보았다. 그곳에 모인 모든 사람의 감정이 하나로 뭉쳐졌다는 것을 느낄 수 있었다.

그날 우리 집에 모였던 친구들도 노래 한 곡으로 감성이 일치되었다. 그 노래는 오래된 기억을 깨워주었고, 이내 추억의 시절로 모두를 띄워 보낸 것이다. 그 순간 모두가 행복했다. 이것이 음악의 힘이다.

음악은 수백 년을 거쳐 사람들을 하나로 묶어 준다.[36]

---

36   이하 키스 리처즈(Keith Richards)에 관한 내용은 넷플릭스(Netflix) 영화 『Keith Richards under the influence』(감독 모건 네빌(Morgan Neville))의 내용을 참고함.

영국 출신 음악가 키스 리처즈(Keith Richards)가 한 말이다. 그는 믹 재거(Mick Jagger)와 함께 롤링 스톤즈(The Rolling Stones)를 창단한 멤버로, 기타를 연주하며 오십 년 넘게 음악 활동을 해오고 있다. 한마디로 성공적인 음악 인생을 살고 있는 것이다. 그는 음악만 좋으면 상대가 누구이든 가리지 않고 그 음악을 받아들였다고 한다. 백인이건 흑인이건-당시는 백인들의 흑인 차별이 심하던 시대였다-음악만 좋으면 함께 연주하고 곡을 만들었다. 사람뿐 아니라 장르도 자신의 것만을 고집하지 않았다. 컨트리, 재즈, 블루스, 자메이카 레게, 심지어 베토벤과 모차르트의 고전음악까지 폭넓게 듣고 수용했다고 한다.

"바다는 어떤 물도 사양하지 않는다."[37]라는 말이 있다. 바다가 크고 깊을 수 있는 것은 어떤 물이든 거부하지 않고 수용하기 때문이다. 키스 리처즈가 음악을 바라본 시각이 바로 이러하지 않았나, 그래서 이룰 수 있었던 것이 아닌가 생각해 본다. 일흔다섯이 넘은 시점에 그가 회고한 인생은 이렇다.

인생은 재미있어요. 전 항상 서른 살이면 인생이 끝이라고 생각했어요. 그 나이가 지나면 사는 것도 끔찍할 거라고요. 서른한 살이 될 때까지 그렇게 생각했죠. 살아 보니까 그다지 나쁘지 않더군요. 그래서 조금 더 살려고 생각했죠.

---

37   『管子』「形勢解」: 海不讓水.

나이가 들면서 성장이라는 개념이 바뀌었죠. 무덤에 들어가는 그날까지도 사람은 다 자라지 않아요. 성장엔 끝이 없죠.

그러고 보니, 롤링 스톤즈라는 그룹명은 그의 인생을 닮은 것 같다. 키스 리처즈는 "구르는 돌에는 이끼가 끼지 않는다."[38]라는 격언처럼 살아온 것 같다. 그는 최근에도 솔로로 활동하고 있다. 천식 든 것 같은 걸걸한 목소리로 노래를 부른다. 일흔일곱 살 먹은 노인이지만 지금의 노래도 나름 맛이 있다. 살아온 세월의 냄새가 묻어 있는 그 소리도 나는 좋다.

예술이 아름다운 것은 이런 것 때문이 아닐까?

늙어도 늙지 않는 정신 같은 것.

2019. 9. 10.

가을장마로 며칠째 흐리고 비가 오는 날

---

38   영국 속담 : A rolling stone gathers no moss.

헤밍웨이 필치처럼

헤밍웨이는 "보이는 것의 8분의 7은 물밑에 있다."라고 했다.
작품이 지닌 무게감과 그 안에 배어 있는 여운은
바로 이 간결함에서 나온 것이다.

어니스트 헤밍웨이(Ernest Miller Hemingway)는 이십 대 초중반을 파리에서 지냈다. 신문사 특파원으로 일하면서 작가의 꿈을 실현하고자 노력하던 시기였다. 제재소 꼭대기 층에 작업실이 있었는데 좁고 추웠다고 한다.

방을 덥힐 장작을 살 수가 없어 카페로 나가 글을 쓰기도 하고, 점심밥 한 끼 값을 아끼려고 저녁때까지 공원 벤치에 앉아 있거나 미술관을 서성이기도 했다. 음식 냄새의 유혹을 피하려고 식당이 없는 골목길로 돌아서 다니기도 했다. 책을 빌릴 때 내는 보증금이 없어, 도서대여점(셰익스피어&컴퍼니) 직원의 선심에 의지하는 경우도 있었다.

이때마다 스스로를 다독인 말이 있다. "걱정하지 마. 넌 전에도 늘 잘 썼으니, 이번에도 잘 쓸 수 있을 거야. 네가 할 일은 진실한 문장 딱 한 줄만 쓰는 거야. 네가 알고 있는 가장 진실한 문장 한 줄을 써봐."[39] 이 결심은-문학에 관한 한-그의 정체성이 되었고, 좋은 작품을 남기게 된 동력이 되었다고 생각된다.

헤밍웨이는 '진실한 문장'을 쓰고자 하는 마음을 간결함으로 풀어냈던 것 같다. 글을 쓰다가 미사여구나 수사적 표현이 과해지면 즉시 글을 멈추고 과장된 문장들을 모두 지워 버리고 다시 시작했다고 한다. 과장된 문장을 쓰려는 욕구가 진실함을 가로막는다고 판단했기 때문이다. 경험을 통해 체득된 것들만을 쓰자는 원칙을 세운 것도 진실함을 잃지 않으려는 마음가짐 때문이었을 것이다.

이러한 다짐은 최초의 직장인 「캔자스시티 스타」라는 신문사에서 영향을 받았던 것으로 보인다. 이곳은 신입 기자에게 작문하는 법을 훈련시킬 때 지켜야 할 주의사항이 있었다.

'문장을 짧게 써라. 특히 첫머리 한 줄은 짧게 쓰되 힘 있게 써라. 낡은 속어(old slang)를 쓰지 마라. 형용사를 쓰지 마라. 특히 훌륭한(splendid), 멋진(gorgeous), 어마어마한(grand), 웅장한(magnificent) 같이 과장된 형용사를 써서는 안 된다.' 등이다. 헤밍웨이가 쓰는 소설은 신문의 기사와는 성격이 다르다. 그렇다 하더

---

39   Ernest Miller Hemingway, 주순애 역, 『빠리는 날마다 축제』 [원명 : A Moveable Feast], 이숲, 1판 1쇄 2012, p.18.

라도 이 원칙은 지킬 만한 가치가 있다고 그는 생각했던 것 같다.

그는 수정을 많이 한 것으로 유명하다. 『무기여 잘 있거라(A Farewell to Arms)』의 경우, 1928년 탈고를 하여 「스크리브너즈 (Scribner's)」라는 잡지에 연재를 했는데, 이듬해 단행본으로 출간 하면서 또다시 수차례의 퇴고(推敲)를 추가로 했다 한다. 마지막 장만 열일곱 번을 고쳤다 한다.[40]

『무기여 잘 있거라』는 '경험을 통해 체득한 사실만을 쓴다.'는 그의 철학이 잘 반영된 작품이라 할 수 있다. 제1차 세계대전이 일 어나자, 헤밍웨이는 19세의 나이로 이탈리아군 소속 적십자 요원 으로 북이탈리아 전선에 참전한다. 전투 중 부상을 당해 후방으로 후송되는데, 치료를 마치고 다시 전선으로 투입되기도 한다.

그곳에서 겪은 전장의 경험과 간호사 아그네스 폰 쿠로프스키에 게서 느낀 사랑의 감정이 이 소설의 모티브가 되었다. 자신이 겪고 느낀 사실을 글로써 풀어낸 것이 독자들의 감동을 끌어낸 중요한 요인이 되었다고 볼 수 있다.

이 소설의 마지막 부분은 아내가 출산하다가 죽는 장면이다. 전 장에서 만나 탈영을 하면서까지 지키려 했던 사랑하는 아내와 아 기를 모두 잃게 되는데, 이때 독자가 받은 느낌은 어디론가 이어지 던 길이 뚝 끊긴 것 같은 절망감이다.

작가는 그것을 간결함으로 풀어냈다. 무언가 표현하고 싶을 것

---

40   Ernest Miller Hemingway, 양병탁 역, 『노인과 바다/무기여 잘 있거라』「헤밍웨이의 생애 와 작품에 대하여」, 동서문화사, 1판 1쇄 2017, p.650.

같은 주인공의 마음을 어떤 수식도 가하지 않고 이야기를 끝냈다. 열일곱 번 했다는 수정, 그것은 무(無)에 가까운 쳐내기 작업이었던 것이다. 덕분에 독자들은 사랑과 죽음의 정황(情況)에 대한 무한한 여운을 가슴에 남길 수 있게 되었다.

헤밍웨이 문학을 대표하는 작품이라 하면 노벨문학상을 수상한 『노인과 바다』를 꼽을 수 있겠다. 이 작품 역시 낚시를 좋아하는 그가 쿠바의 하바나에 살면서 만난 어부의 경험담을 소재로 삼았다고 한다.

85세의 노인 산티아고는 바닷가 판잣집에 홀로 사는 가난한 어부다. 먹을 것이 없어 인근 음식점에서 얻어먹다시피 하며 지내고, 고기 잡는 법을 가르치며 데리고 다니던 소년마저-노인은 끝났다고 판단한-부모의 제지로 다른 배를 타게 된다. 고기를 한 마리도 잡지 못한 지 84일째다.

이번에는 조금 더 먼 바다로 나간다. 드디어 한 마리를 낚시에 걸지만, 혼자 감당하기에는 너무 컸다. 밀고 당기기를 사흘간 하고 나서야 제압을 하지만, 배보다 큰 청새치였다. 결국 싣지 못하고 배 옆면에 매달고 귀갓길에 오르게 된다.

그러나 잠시 후, 고기의 피 냄새를 맡고 온 상어 떼의 공격을 받게 된다. 물리치고 가다 보면 다른 상어 떼가 나타나서 물어뜯고, 물리치고 나면 또 나타나기를 여섯 차례. 그렇게 집에 도착했을 때 남은 것이라고는 상어에게 물어뜯긴 청새치의 뼈뿐이었다. 목숨을 건 수고를 했지만 얻은 것은 없었던 것이다.

노인은 상어의 공격이 시작되었을 때, 고기를 지키지 못할 것을 예상했다. 그렇지만, "희망을 버리는 것은 죄악"이라고 말하며 최선을 다한다. 상어의 공격으로 배에 묶여 있던 고기가 한 부분씩 사라지는 절망 속에서, "사람은 죽임을 당할지는 모르지만 지지는 않는다."라고 말하며 스스로를 다독인다.

무슨 일이 닥쳐올지 예측할 수 있지만, 그럼에도 불구하고 헤쳐 나가야만 된다는 것이다. "늙은이, 더 생각하지 마. 이대로 나아가다 상어가 또 오면 그때 볼 일이야."라고. 작가는 삶이란 장애가 있기 마련이지만 부딪히면서 극복하는 용기가 있어야 한다는 것을 노인의 행동을 통해 말하고 있다.

작가는 망망한 바다에서 노인 홀로 고기 그리고 상어와 사투를 벌이는 장면을 배 위에서 바라보듯 그려 냈다. 흥미를 높이기 위한 개연성의 범주를 넘는 소설적 자유 같은 것은 거의 쓰지 않았다. 감정을 표현하기보다 상황을 서술하는 데 역점을 둔 것이다. 말하고 싶은 주제는 노인의 입을 빌려 몇 마디 표현했을 뿐이다. 나머지는 그곳에서 일어난 일을 사실적으로 풀어냈다.

이 작품은 내용으로 보든, 쪽수로 보든 가볍다. 그러나 독자가 받는 감동은 결코 가볍지 않다. 헤밍웨이는 "보이는 것의 8분의 7은 물밑에 있다."라고 빙산에 비유하면서, 처음 쓴 글은 쓰레기일 뿐이라고 했다. 그의 글쓰기 작업에서 수정이란 7은 묻고, 1만 드러내는 간결함의 과정이었던 것이다. 작품이 지닌 무게감과 그 안에 배어 있는 여운은 바로 이 간결함에서 나온 것이라 할 수 있다.

살아가면서 과해서 곤혹스러웠던 적이 얼마나 많았던가? 많은 말과 지나친 행동을 해서 안 해도 될 후회를 하고, 하지 않아도 될 걱정을 하느라 정신을 피로하게 하고. 이러한 모든 것이 스스로 격조를 추락시키고, 행복할 수 있는 순간들을 날려 버리는 원인이 되었으니 애석하지 않을 수 없다.

나는 헤밍웨이의 간결함이 부럽다. 글쓰기뿐 아니라, 언행, 생각, 삶의 모든 면에서 이 간결함을 가질 수 있다면 얼마나 좋을까 하는 부러움이다. 간결함으로 아름다움을 얻을 수 있는 것은 문학만이 아닌 것이다.

2020. 9. 18.

빠삐용

"인생을 허비한 죄. 그것으로 너를 고발한다. 사형!"

빠삐용은 이 소리를 듣고,

"유죄, 유죄, 유죄"를 반복하며 왔던 길로 되돌아간다.

영화를 좋아하는 사람들은 한 작품을 여러 차례 반복해서 본다고 한다. 그들의 말에 따르면 잘 만들어진 영화는 볼수록 재미가 있다는데, 다시 볼 때 이전에 느끼지 못했던 부분들을 찾을 수가 있다는 것이다.

전문가들이 말하는 것처럼 나도 여러 차례 반복해서 본 영화가 있다. 물론 그들처럼 볼 때마다 깊이가 더해지는 전문성이 있어서 그런 것은 아니다. 기억력이 나빠서이다. 분명히 이미 본 영화인데도 처음 보는 것처럼 새로운 것이다. "기억력이 나쁜 것의 장점은 같은 일을 여러 번 해도 마치 처음 하는 것처럼 즐길 수 있다는 것이다."라고 한 니체의 말은 바로 나를 두고 한 말일 것이다. 기억력이 나빠서 얻을 수 있는 이점인 것이다.

같은 영화를 보더라도 남보다 이해를 잘하는 것도 일종의 재능이다. 나는 그 능력이 떨어지는 편이다. 식구들과 함께 영화를 보면 알 수 있다. 어떤 장면에서 모두들 감동을 하는데, 나만 "왜 그래?"라고 뜬금없는 소리를 하여 웃음거리가 되곤 한다. 이렇게 영화에 대한 나의 능력은 아내와 딸들로부터 일찍이 인정을 받은 바다. 조금 답답하기는 해도 그것이 이점이 되기도 한다. 한 번 보아 즐거울 수 있는 것을 두 번 세 번, 혹은 그 이상으로 반복해서 보아도 즐거움을 새롭게 누릴 수 있으니 말이다.

「빠삐용」도 역시 여러 차례 본 영화다. 「빠삐용」은 앙리 샤리에르[41]의 소설 원작을, 1973년 프랭클린 J. 샤프너라는 미국인 감독이 영화로 제작했다. 우리나라에서는 1974년 개봉되었다.

내가 이 영화를 처음 본 것은 고등학생 때였다. 아마도 퇴계로에 있는 대한극장에서 학교 단체로 보았을 것이다. 그때는 영화를 온전하게 즐기지 못했다. 놓친 부분이 많았던 것이다.

기억이 나는 것은 자유를 얻으려고 탈출을 시도하는 주제의 영화라는 점, 독방에서 바퀴벌레를 잡아먹는 장면, 탈출하려고 돈을 주고 배를 샀는데 그것이 죄수 사냥꾼의 덫이었던 내용, 그리고 섬을 탈출하려고 절벽에서 뛰어내릴 때의 시원한 바다 풍경 정도였다. 이제 와서 생각해 보면, 처음 영화를 보고 느낀 감흥과 이해도

---

41   앙리 샤리에르(Henri Charrière) : 프랑스의 소설가, 영화배우.

는 지금의 절반에도 미치지 못했던 것 같다. 그만큼 영화를 깊이 있게 감상하지 못했다.

최근 이 영화에 흥미를 느끼고 다시 보게 된 것은 법정 스님의 수필을 보고 나서다. 빠삐용의 인생을 허비한 죄에 대한 이야기다. 그 글을 읽고 영화를 다시 보니, 처음 영화를 보고 놓쳤던 부분들을 새롭게 보게 되고, 예전에 미처 감동하지 못했던 장면과 대사들도 눈과 귀에 닿기 시작했다. 이 글을 쓰면서도 물론 검토하는 차원에서 꼼꼼하게 다시 보았다.

내가 이 영화에서 관심을 갖는 부분은-영화에서는, 혹은 서양 사람들은-삶의 가치를 어디에 두고 있는가 하는 점이다. 주인공 빠삐용(스티브 매퀸 분)은 살인 누명을 쓰고 프랑스령 기아나의 섬 수용소에 갇힌다. 그곳에서 위조지폐범 드가(더스틴 호프먼 분)를 만난다. 둘은 탈출을 계획하고 끝없이 시도한다. 시도와 실패가 반복되면서 수형 생활은 더욱 고단해지지만 탈출의 꿈은 버리지 않는다.

탈출을 시도하다가 잡혀서 벌칙으로 독방에 갇혀 거의 죽을 지경의 허약한 상태에 이르게 된 어느 날, 빠삐용은 꿈인지 생시인지 모를 환각 상태에 빠지게 된다. 환각 속에서, 빠삐용은 흰색 정장을 말끔히 차려입고 넓은 평원을 걸어가고 있었다. 지평선 끝에는 한 무리의 사람들이 진로를 가로막고 기다리고 있었다. 열세 명의 재판관(혹은 검찰관)들이었다.

빠삐용이 다가가 앞에 서자, 가운데 서 있는 재판관이 "너는 죄인이다."라고 말한다. 빠삐용은 자신은 살인을 저지르지 않았다고, 무고를 당한 것이라고 항변한다. 이 말을 듣고도 재판관은 "네

죄는 살인과는 상관이 없다."라고 하며 판결을 한다. "인생을 허비한 죄. 그것으로 너를 고발한다. 사형!" 빠삐용은 이 소리를 듣고. "유죄, 유죄, 유죄"를 반복하며, 오던 길로 되돌아서 간다.

영화에서 내가 주목하는 장면이 이 부분이다. 빠삐용은 살인을 하지 않았는데도 검사의 무고(誣告)로 실형을 선고받아 끔찍한 수형 생활을 하고 있었다. 영화에서는 그것이 온당치 못해 자유를 얻기 위해 탈출하려 했던 것으로 비치고 있다. 나는 이것을 약간 다른 각도로 생각해 보았다. 주인공이 탈출하려 했던 진짜 이유는 자신의 삶을 충실하게 살지 못했던 것에 대한 깨달음 때문이었다는 것이다.

주인공은 제도화된 법을 어기지 않았더라도, 인생을 알차게 살지 못했기 때문에 죽은 것이나 다를 바 없다는 것을 환각 속 판결에서 스스로 인정했던 것으로 보인다(꿈이나 환각은 무의식의 반영이라 하였으니). 자신이 그 죄를 씻기 위해서는 다시 살 기회를 얻어야만 했다. 이것이 그로 하여금 끝없이 탈출을 시도하게 한 원인이었다는 것이다. '유죄'라는 단어를 되뇌며 돌아가는 장면이 이것을 암시하고 있다고 나는 보았다.

영화는 내내 거칠고 안쓰러운 분위기로 관중의 감정을 옥죄지만, 딱 한 번 풀어 주는 장면이 있다. 마지막 탈출을 시도하는 장면이다. 새가 하늘을 날듯이 푸른 바다로 뛰어내리는 주인공의 모습은 자유를 표현하고 있다. 영화는 이로써 관객의 감정을 해방시켜 준다. 영화는 여기서 끝이 난다.

나는 가끔 목숨을 걸고 탈출한 빠삐용은 무엇을 하며 살고 있을까를 상상해 보고는 한다. 그리고 그가 목숨을 걸고 구하려 했던 '자유'라는 것이 무엇일까에 대해서도 생각하게 된다. 「빠삐용」이 좋은 영화라는 평을 받고 있는 것은 영화가 끝난 후에도 관객으로 하여금 무언가를 상상하게 하는 이런 여백이 있기 때문일 것이다.

수차례의 탈출 시도와 실패로 심한 고초를 겪으면서도 뜻을 굽히지 않은 것은 오직 자유를 얻기 위함이었다. 본인이 마음만 돌렸다면 섬유배의 환경이지만 친구 드가와 함께 개인의 삶이 보장되는 여건 속에서 여생을 그럭저럭 살아갈 수 있었다. 그러나 그것은 빠삐용이 원하는 삶이 아니었다. 그는 자신의 의지에 따른 자유가 없는 삶은 진정한 삶이 아니라고 생각했던 것이다.

자유(自由)가 무엇인가? 한자로 풀자면, 스스로 자(自)에 말미암을 유(由)이니, '스스로 말미암다.'는 뜻이다. 자신의 의지에 따라 존재하며, 스스로 삶의 주인이 되는 것이다.

당나라 때의 고승 임제(臨濟)는 말한다. "처해 있는 곳의 주인이 되라. 그러면 그 자리가 진리의 자리다."[42] 자기가 처한 곳에서 주인의식을 가지고 살면 그곳이 바로 천국이며, 극락이고, 낙원이라는 것이다. 빠삐용이 갈구한 자유란 바로 내 삶의 주인이 나 자신인 삶, 그래서 지금 서 있는 이 자리가 낙원일 수 있는 삶이 아니었을까 하는 생각을 해본다.

영화의 주인공은 자유를 얻기 위해 목숨을 걸었다. 자신이 생각

---

42   『臨濟錄』: 隨處作主 立處皆眞.

한 삶을 살지 못하는 것은 죽은 것이나 다를 바 없는 것이었다. 마지막 대사가 그것을 말해 주고 있다.

빠삐용은 드가와 이별을 하고, 절벽 아래로 뛰어내린다.
조수를 타고 넓은 바다로 나가며 그는 외친다.
"이놈들아. 나 여기 살아 있다."

2019. 9. 19.

이초회(以草會)

간찰은 시대를 읽을 수 있는 역사서이며,

삶의 애환을 공감할 수 있는 단편소설이다.

웃음과 환희, 사랑, 눈물과 한숨, 비탄이 담겨 있는 질그릇이다.

별다른 일이 없으면, 천자문 쓰기로 하루를 시작한다. 하루의 첫 번째 일로 이것을 하는 것은 하루라도 거르지 않으려는 결심에서 그리 하는 것이다. 이렇게 먹을 갈아 세필 붓으로 초서를 쓴 지 삼 년가량 되었다. 한 번에 회소(懷素)의 초서 천자문 두 쪽을 쓰는데, 전체가 스물한 쪽이니, 대략 100자가량 쓰는 셈이다. 다 쓰면 처음 으로 돌아가고, 또 다 쓰면 돌아가기를 반복한다.

초서는 어렵다. 그렇게 쓰는데도 어쩌면 그렇게 처음 보는 것 같 은 글자가 많은지 모른다. 아침마다 뻑뻑한 기계를 억지로 돌리는 기분으로 기억 세포를 두드리며 쓰는데, 재미없는 이 일을 굳이 하는 까닭이 있다. 일주일에 한 차례 열리는 공부 모임이 있는데, 내 수준으로는 따라가기 어려운 공부다. 그 모임의 모퉁이 자리에라도 끼어 앉으려니 초서의 감각을 놓쳐서는 안 되겠고, 그러자니 초서 천자문 쓰기라도 해야만 했다.

공부모임의 이름은 '초서로써 모인다.'는 뜻의 '이초회(以草會)'다. 간찰(簡札)을 풀이하고 연구한다. 간찰이 쓰여진 시기는 조선시대의 것이 대부분이고, 일제강점기 때의 것도 간혹 본다. 공부는 일주일에 한 차례, 강남역 근처의 스터디룸에서 두 시간 동안 열린다. 회원들이 각자 한 편씩 풀이를 해 와 발표를 하고, 부족한 것은 잘 아시는 분이 가르쳐 주기도 하고, 그래도 안 되는 것은 서로 의견을 교환해 보완하는 방식으로 진행한다.

현재 회원은 예닐곱 분 정도로써, 회(會)가 구성된 지는 십 년이 훨씬 넘었다. 내가 참석한 지는 칠 년 차 되어 간다. 공부가 어려운데도, 그래서 회원들의 수준을 쫓아가기 버거운데도, 내가 그 모임엘 꾸준히 나가는 이유가 있다. 간찰이 지닌 매력 때문이다. 간찰에는 과거를 엿볼 수 있는 재미가 있다.

지금이야 손으로 글씨를 썼다는 것만으로도 귀하게 여겨지는 시대가 되었지만, 불과 백 년 전까지만 해도 먼 곳의 지인과 소식을 주고받으려면 붓과 먹으로 글씨를 써서 전달해야만 했다. 글자는 한자를 썼고, ─극히 일부, 여성에게 보내는 편지 같은 경우엔 한글을 쓰기도 했지만─그것도 대부분이 초서다. 초서는 한자 오체(전篆·예隷·해楷·행行·초草) 중 생략과 변화가 가장 심하다. 그래서 간찰은 쓰기도 어렵고, 읽기도 어렵다.

간찰 공부가 어려운 것은 초서를 썼다는 것 말고도, 내용이 개인 간의 사연이라는 점과 한자의 특수성 때문이기도 하다. 편지의 내용이 당사자들끼리만 아는 이야기이기 때문에 제삼자가 한두 편의 편지만으로 사연을 정확히 추측해 내기 쉽지 않고, 글자의 뜻이 여러 가지인 한자의 특성 때문에 정확히 해석해 내기가 어렵다는 것이다.

이렇기 때문에 간찰 공부를 하려면 문맥을 정확히 짚을 줄 아는 능력이 필요하다. 문장력, 그리고 그 시대의 문화와 풍습, 역사에 관한 전반적인 지식이 필요할 수밖에 없다. 그래서 간찰을 공부하는 사람들이 하는 말이 있다. 문팔초이(文八草二), 문장 능력이 8할, 초서 능력이 2할 필요하다는 말이다.

간찰의 내용은 관료들이 작성한 공무 관련 자료부터, 문학이나 예술 등 학문에 관한 사항, 일상생활, 관혼상제 등으로 다양하다. 이런 일로 의사를 전달할 필요가 생기면 편지를 써서 사람이 직접 들고 가는 것이 당시의 통신 방식이었다.

현재의 우리는 미래를 향해 나아가는 속도가 매우 빠른 시대를 살고 있다. 지금은 붓과 먹으로 쓴 편지로 소식을 전하는 사람은 거의 없을 것이다. 워싱턴에 있는 미국의 대통령이 손가락으로 문자판을 두드리면 전 세계의 사람이 바로 알 수 있는 시대인 것이다.

이렇게 모두들 앞을 향해 내달리는 시기에 지나간 세월 속으로 되돌아가 보는 것이 간찰 공부다. 간찰을 읽음으로써 당시의 생활과 풍습, 역사를 엿볼 수 있다. 과거를 품고 있는 타임캡슐인 것이다.

간찰이 지닌 매력을 몇 가지 소개하자면 이렇다. 우선 서예미를 들 수 있다. 한자는 상형문자로써 기본적으로 조형미를 갖추고 있는 데다, 그 아름다움은 대를 이어오며 발전하고 진화되어 확고한 예술적 가치를 지니게 되었다.

서예는 수천 년 동안 동양의 문화를 이끌어 왔다. 문학의 뜻을 담는 그릇이 되어 왔으며, 동양예술의 기둥 역할을 해오기도 했다. 간찰은 의사전달이라는 실용성을 지닌 글이기는 하지만, 간혹 서예미가 뛰어난 글을 만나기도 한다. 간찰 한 편을 통해 글쓴이의 예술적 감각을 엿볼 수가 있는 것이다.

아울러 문장의 묘미도 빼놓을 수 없다. 글이란 도를 담아내는 그릇(문이재도, 文以載道)이라 했으니, 간찰 또한 그 역할을 어느 정도는 수행해 왔다 해도 지나치지 않을 것이다. 간찰 한 편으로 글을 주고받은 분들의 학문의 깊이와 취향을 느껴 볼 수 있는 것이다.

간찰에 담긴 사연을 통해, 그것을 주고받은 이들의 삶 속으로 들어가 볼 수 있다는 점도 있다. '글은 그 사람이다(서여기인, 書如其人).'라는 말이 있다. 문장 속에 그 사람의 인품이 담겨 있고, 글씨의 모양에 기질이 묻어 있다는 말이다.

이런 특징이 특히 잘 드러나는 것이 간찰이다. 간혹 글쓴이의 기쁨, 분노, 슬픔, 즐거움 등의 감정이 절절하게 배인 글을 읽을 때가 있다. 그럴 때면 그분들의 심정이 고스란히 느껴지기도 한다. 간찰 한 통으로 그 집안의 역사를 들여다볼 수 있고, 글쓴이의 인품을 느낄 수 있는 것이다.

이런 의미로 보면 간찰은 시대를 읽을 수 있는 역사서이며, 삶의 애환을 공감할 수 있는 단편소설이다. 그 사람들의 웃음과 환희,

사랑, 그리고 눈물과 한숨, 비탄이 담겨 있는 질그릇인 것이다. 우리는 글자를 손으로 쓰는 시대의 끝자락에 서 있는 세대이니, 간찰한 편을 볼 때마다 귀한 세월 여행을 하고 있는 셈이다.

또 한 가지는 과거의 역사와 문화를 체험할 수 있다는 점이다. 간찰에는 유학을 국시로 삼던 당시의 시대상이 고스란히 담겨 있다. 당시는 인륜을 중시하고, 격식을 따지는 시대였다.

글씨체만 보고도 예(禮)의 기준이 얼마나 엄격했는지를 알 수 있다. 관혼상제(冠婚喪祭)의 경우에는 깔끔한 해서를 썼는데, 특히 상제에는 답답할 정도로 엄격함을 고수했다. 내용은 비통함이 뚝뚝 묻어나고, 자체(字體)는 혼신의 힘을 모두 쏟아부은 듯 정갈하다. 종이를 접는 것도 격식에 딱 맞아야만 했다.

이런 예의와 격식은 모든 계층 사람들이 보편적으로 누리던 것이 아니었다. 가진 자의 입장에서는 예의이고, 격식이며, 품위였겠지만, 먹고살기 어려운 하층민에게는 감히 따라 할 수 없는 상대적 박탈감이었을 수도 있다.

간혹, 편지에서 주류계층의 그늘에 가려진 피지배계층 사람들의 삶을 느끼기도 하는데, 누구는 편지의 주인공이지만 누구는 그 편지를 들고 달려가야 했던 심부름꾼(전팽, 專伻)이기도 했던 것이다. 이렇게 우리 선조들의 문화는 지금과는 사뭇 달랐다.

이것이 우리의 과거고 역사였다. 현재의 우리는 과거가 옳든 그르든 그런 시대를 딛고 지금 이 자리에 서 있다. 이런 시대적 유산을 통해 현재 내가 서 있는 역사적 위치를 확인할 수가 있다. 이러한 것들이 간찰이 지니고 있는 매력이다.

실용의 차원으로 보면 삶의 뜨거움이요, 문학으로 말하면 감성이 꿈틀대는 가슴이다. 예술로 풀면 글쓴이의 학문과 인격, 그리고 인정을 담은 그 사람 자체이기도 하다. 시공(時空)의 경계를 뛰어넘는 살아 있는 숨소리인 것이다.

　이런 학업을 하는 동아리가 이초회다. 나는 이 회에서 두 가지를 얻고 있다. 하나는 간찰을 통해 느끼는 감동이요, 또 하나는 학우들과의 인연이다. 일주일에 한 번 모여, 의견을 교환해 가며 간찰 한 편 한 편에 담긴 사연을 풀어 가는 학습 분위기가 좋다. 그리고 과거 선조들의 삶을 들여다볼 줄 아는 학우들의 풍류가 좋다. 이것이 내가 이초회를 사랑하는 이유다.

　며칠 전, 이초회 회장님으로부터 문자가 한 통 왔다. 이초회를 당분간 쉬어야겠다는 내용이다. 이유는 성원이 되지 않아서란다. 시대 흐름에 맞지 않는 공부, 그래서 더욱 어려웠던 공부였다.

　한 번 쉬게 되면 다시 시작하기 어려울지도 모른다는 예감이 들었다. 기억이 날아가기 전에 공부를 하면서 느껴 왔던 감상을 남겨 놓아야겠다는 생각이 들었다. 그래서 그 느낌을 오롯이 남기기에 턱없이 부족한 글이지만 남기기로 했다.

2019. 8. 23.

구속보다 회전력

열심히 하는 것 못지않게,

진정으로 자신이 원하는 것을 하는 것이

훌륭한 삶.

우리나라 야구선수로서 메이저리그에서 활약한 투수가 있다. 동
양인 최초로 월드시리즈 등판기록을 세운 선수다. 월드시리즈 우
승팀 선수에게 주는 반지도 두 차례나 받았다. 이 반지를 끼는 것
은 모든 야구선수가 꿈으로 여기는 것이니, 운동선수로서는 최고
의 영예를 얻은 것이라 하겠다. 김병현 선수의 이야기다.

그 선수가 최근에 호주의 프로야구리그에서 뛰었다. 메이저리그
에서 돌아와 한국의 프로팀에 입단하여 활약했으나, 나이가 들면
서 구력이 떨어져 국내에서도 밀려나게 되었다. 이쯤 되면 은퇴를
한다 해도 아쉬울 것 없는 입장이었다. 그러나 그는 모교의 고등학

교 후배 선수들 틈에서 운동을 하면서까지 무언가를 찾고 있었다.

그리고 할 일이 더 있는 것처럼 호주로 건너갔다. 호주 프로야구는 창단 역사가 십 년이 채 되지 않는다. 미국이나, 한국, 일본에 비해 실력이 미치지 못하는 것이다. 정상을 누린 선수가 뛰기에는 미흡한 곳이었으니, 호주행은 그에게 어울리지 않는 행보였던 것이다.

그가 최근 신문기사를 통해 호주행에 대한 심경을 밝혔다. 지난 십팔 년간 자신의 투구에 대한 불만이 있었고, 2001년 월드시리즈에 진출하여 우승했던 때에도 불만이 많았다고 한다. 최고의 자리에 올랐음에도 스스로 만족하지 못했던 것이다. 주위에서 잘한다고 칭찬을 해도 자신은 기쁘지 않았다고 한다. 이후 답을 구하기 위해 자신과의 싸움을 해왔는데, 올해 그 답을 구했다고 한다.

최근 호주리그에서 기록한 평균 구속은 80마일(약 129km/h) 정도에 불과했다. 그러나 볼 회전수는 90마일 수준이었다고 한다. "예전보다 구속은 떨어졌지만 공의 움직임은 20대 초반 때와 비슷했어요. 드디어 이 공을 다시 던져 보는구나 하는 짜릿함을 느꼈습니다."[43]라고 소감을 밝혔다. 그의 전성기 구속은 96마일(약 154km/h)에 달했었다. 그때에 비하면 현저히 떨어지는 구속이지만, 공의 회전력만큼은 힘이 가장 좋을 때와 비슷하게 나온다는 것이었다.

강속구로 타자를 압도하는 것은 모든 투수들이 바라는 멋진 일

---

43   〈조선일보〉 2019. 1. 31. : 김병현 "18년만에 내 공을 던졌다, 이젠 물러날 때다."(https://sports.v.daum.net/v/ 인용)

일 것이다. 그러나 아무나 할 수 있는 것이 아니다. 타고난 근력이 있어야만 가능하다. 회전력을 이용한 투구로 타자를 이기는 것은 다르다. 회전력을 이용한 투구는 기교에서 나온다. 손목과 손가락의 스냅을 활용해 공의 움직임을 예리하게 하여, 타자의 배트 궤적을 피할 수 있도록 변화를 주면 된다. 단지 안타를 맞지 않는 것이 목적인 것이다.

김병현은 나이가 들어 과거의 구속을 유지할 수 없는 것을 인정했다. 그러면서도 운동선수로서 스스로 정한 자신만의 기준치를 찾고자 노력했다. 전성기의 회전력을 다시 한번 경험해 보고 싶었다. 그의 상대는 타석에 있는 타자가 아니라, 자기 자신이었던 것이다. 그렇게 노력을 한 끝에 자신이 정한 목표를 달성했다고 했다. "18년 만에 내 공을 던졌다. 이제는 물러날 때다."[44] 오랫동안 화두처럼 달고 살았던 회전력을 이루고, 마침내 은퇴를 결정했다.

근대, 서양 지성의 전통과 문화의 출발점이 되었고, 그래서 서양이 세계적 우위를 점할 수 있도록 이끌었던 정신이 계몽사상이다. 계몽사상가 중 영국에서 중요한 역할을 했던 인물이 프랜시스 베이컨(Francis Bacon)이다. 그는 계몽사상을 현실화할 수 있는 공직에서 활동하는 한편, 학문연구에도 매진했었다. "무언가를 정직하게 추구하다가 죽는 사람은 피가 철철 나도록 다치더라도 전혀 아픈 것을 느끼지 못한다."는 말을 격언으로 삼아 투철하게 살았다.

그런 그도 말년에, "인생의 순례여행에서 나의 영혼은 이방인이

---

44   위 기사.

었다."라며 후회를 했다.[45] 공직과 정치활동을 하느라 학문연구를 마음껏 하지 못한 것에 대한 회한이었다. 좋아하는 학문만을 했더라면 이런 후회는 하지 않았을 것이다. 베이컨은 열심히 하는 것 못지않게, 진정으로 자신이 원하는 것을 하는 것이 훌륭한 삶이라는 것을 뒤늦게 깨달은 것이다.

우리는 모두 인생이라는 경기를 하고 있다. 각자 자신의 포지션에서 행복을 목표로 경주한다. 하늘은 모든 생명을 낳을 때, 자기만의 신화를 이룰 수 있도록 나름의 능력을 심어 주었다고 나는 생각한다. 각자 행복하게 살아갈 수 있는 방도를 내려 주었다는 것이다. 스스로 살펴서 자신의 능력을 찾아내고, 그에 맞는 길을 갈 때 삶의 만족도는 높아지는 것이니, 자신이 원하는 길을 가야 하는 이유가 바로 이것이다.

나는 기억한다. 왜소한 체구의 동양인 선수가 미국 메이저리그 마운드에서 단 아홉 개의 공만으로 세 타자를 돌려세우던 모습을. 월드시리즈에서 홈런을 맞고 경기에 패하던 모습도. 그 모습을 보며, 나는 김병현 선수는 그 순간들을 즐기고 있다고 느꼈다. 운동경기에서 이기고 지는 것은 매양 있는 일이다. 중요한 것은 승패가 아니다. 스스로 그 순간을 즐기고 있느냐, 그렇지 못하느냐이다.

나는 한 개인을 평가할 생각으로 글을 쓰는 것은 아니다. 단지 짧은 기사 한 편이지만, 그것을 통해 한 사람의 십팔 년을 공감하

---

45   에드워드 윌슨(Edward O(sborne) Wilson), 최재천, 장대익 譯, 『통섭』, 사이언스북스, 1
      판 35쇄, 2016, p.67.

고 싶은 것뿐이다. 별것 아닐 것 같은 문제를 오랜 시간 고민하고, 풀어내기 위해 한 그의 노력이 아름답게 보였다. 과정을 즐기며 자신의 삶을 사는 모습이 좋아 보였다.

2019. 2. 1.

자아의 신화

그대의 마음이 있는 곳에 보물이 있다는 사실을 잊지 말게.
그대가 여행길에서 만난 모든 것이 의미를 가질 수 있을 때
그대의 보물은 발견되는 걸세.

　'자아의 신화'라는 말은 소설 『연금술사』[46]에 나온다. 소설의 줄
거리는 이렇다. 스페인 안달루시아지방의 양치기 소년 산티아고
가 이집트 피라미드를 향해 여행을 떠나는 이야기다.

　어느 날 소년은 피라미드에 대한 꿈을 꾸었는데, 꿈의 의미를 알
아보기 위해 노파와 살렘의 왕이라는 노인을 찾아간다. 여기서 이
집트 피라미드의 보물에 대한 이야기를 듣게 된다. 보물을 찾고 싶
은 마음이 생긴 소년은 전 재산인 양을 팔아 여비를 마련하여 길

46　　파올로 코엘로(Paulo Coelho) 작품.

을 나선다.

배를 타고 바다를 건너 아프리카 서북단에 있는 모로코 탕헤르에 도착한 소년은 사기를 당해 여비를 모두 잃고 만다. 시작부터 사기가 꺾인 소년은 고향으로 돌아가야겠다고 마음을 먹고 여비를 마련하기 위해 크리스털 가게에 취직한다. 일 년 뒤, 고향으로 돌아가기에 충분한 돈을 마련하지만, 여행을 계속하기로 마음을 바꾼다. "절대로 꿈을 포기하지 말게. 표지를 따라가."라고 했던 노인의 말이 생각난 것이다.

그의 목적지는 사하라사막 건너편이다. 아프리카 북단을 동과 서로 가르고 있는 위험한 사막을 혼자 갈 수는 없었다. 사막을 무사히 건너기 위해 대상(隊商)들과 함께 여행을 하게 되는데, 그 여정에서 숱한 어려움을 겪지만, 마침내 목적지에 도착한다. 자아의 신화를 이루고자 하는 일념이 그를 보물이 있다는 곳으로 데려다준 것이다.

하지만 그곳에서 찾은 것은 보물이 아니라 빈 구덩이뿐이었다. 피라미드 밑을 파보았지만 아무것도 없었던 것이다. 그때 근처를 지나가던 군인 중 한 사람으로부터 "이 년 전쯤 안달루시아 평원의 낡은 성당 안에 있는 무화과나무 아래에서 보물을 찾은 적이 있었다."는 말을 듣게 된다. 의미심장한 한마디의 말 외에 얻은 것이 없는 절망의 순간이었다. 이때 소년은 피라미드를 바라보다가 기쁨에 젖게 된다.

작가는 보물을 찾아 떠난 양치기 소년의 여행경험을 통해 삶에 대한 의미 몇 가지를 말하고 싶었던 것으로 보인다. 내 관점으로 요약하면 이렇다.

- 소설에서, 소년은 꿈 해석을 듣기 위해 찾아간 노파와 노인으로부터 보물과 자아의 신화에 대한 이야기를 듣는다. 노인은 자아의 신화에 대하여 '항상 이루기를 소망해 오던 바로 그것을 이루는 것'[47]이라고 설명한다. 사람은 누구나 절실히 원하는 것이 있다. 인생의 목표를 정할 때는 대체로 '원하는 이것'으로 삼기 마련이다. 이 목표는 살아가는 재미를 느끼게 하는 동력이 될 뿐 아니라, 그것을 이루어 나가는 과정에서 자신에 대한 가치를 스스로 확인하게 된다. 즉, 자신의 의지에 따라 살아감으로써 스스로 삶의 주인이 되는 것이다.

- 자아의 신화를 이루는 것은 모든 사람에게 주어진 의무라고 노인은 강조한다. 해도 되고 안 해도 되는 것이 아니라, 반드시 해야만 된다는 것이다. 이 땅의 생명으로 태어난 것은 무엇과도 바꿀 수 없는 귀한 신의 은총이 있었기 때문에 가능했다. 그 귀함을 생각한다면 진정으로 자신이 원하는 삶의 목표를 가지고 열심히 살아가야 한다. 그렇게 살아갈 때 행복을 느낄 수 있고, 그 순간들이 모여서 자아의 신화가 이루어진다는 것이다.

- 소년은 보물이 있다는 곳으로 가기 위해 다른 사람들과 함께 가는 방식을 택한다. 사막을 횡단하는 위험을 극복하기 위해 대상

---

47   Paulo Coelho 작품, 최경수 옮김, 『연금술사』, 문학동네, 1판 36쇄 2005, p.47.

들과 함께 여행한 것이다. 소년은 그곳에서 많은 사람을 만난다. 낙타몰이꾼, 연금술사를 찾아가는 영국인, 연금술사, 오아시스의 여인, 군인들. 이들은 모두 소년이 목적지에 도착할 수 있도록 도움을 준 표지이기도 하지만, 만남 자체가 보물이라는 중요한 의미를 지닌 것이기도 하다. 그들과의 관계로 인해 형성된 감정, 지혜, 추억 등이 모두 소년의 보물이었던 것이다. 결국 자아의 신화는 함께 걸어가는 과정에서 이루어진다는 것이다.

- 찾아가는 과정에 보물이 있다는 이야기는 작가가 말하고 싶은 중요한 메시지라 할 수 있다. 소설은 보물을 찾는 짜릿한 순간을 독자에게 제공하지 않는다. 주인공이 목적지에 도착하여 발견한 것은 큰 부자가 될 수 있는 금은보화도, 세상을 깜짝 놀라게 할 만한 유물도 아니었다. 그럼에도 주인공은 빈 구덩이에서 피라미드를 올려다보며 기쁨에 젖었다고 했다. 이 기쁨은 자신의 보물이 무엇인지 깨달았기 때문에 느낀 감정이었을 것이다.

사막에서 만난 연금술사는 "그대의 마음이 있는 곳에 보물이 있다는 사실을 잊지 말게. 그대가 여행길에서 만난 모든 것이 의미를 가질 수 있을 때 그대의 보물은 발견되는 걸세."[48]라고 보물의 의미를 이야기한 바 있다. 소년도 '그래, 무언가를 찾아가는 매 순간이 신과 조우하는 순간인 거야. 내 보물을 찾

---

48   위의 책. p.190.

아가는 동안의 모든 날들은 빛나는 시간이었어. 매 순간이 보물을 찾고자 하는 꿈의 일부라는 걸 나는 알고 있었어.'[49]라고 보물의 참의미를 깨닫게 된다.

크리스털 가게에서의 경험, 낙타몰이꾼과 나눈 삶과 운명에 대한 대화, 사막의 모래·바람·달·별, 연금술사와 함께 마신 포도주, 파티마라는 여인에게서 느낀 사랑의 감정, 절망의 순간에 경험한 피라미드의 아름다움. 이 모든 것이 소년의 보물이었던 것이다. 인생의 참된 보물은 매 순간의 느낌 속에 담겨 있다는 의미인 것이다.

• 소설이 말하는 마지막 메시지는 보물은 멀리 있지 않다는 것과 결국엔 돌아가게 되어 있다는 것이다. 소설 끝부분에 안달루시아지방의 성당 무화과나무 근처에서 보물을 찾은 적이 있었다고 한 군인의 말이 그것을 암시하고 있다.

성당 안의 무화과나무는 소년이 양을 치며 잠을 자고 꿈을 꾸던 바로 그곳이다. 결국 보물은 먼 곳에 있지 않다는 것과 우리는 모두 처음 떠났던 곳으로 되돌아가게 되어 있다는 것을 말하고 있다.

봄이 되면 나는 감자밭에서 호미질을 한다. 거친 흙 속에 노란 감자를 알알이 담게 하려는 노동이다. 여름이 되면 잘 익은 감자를 캐며 노고에 대한 대가를 얻게 될 것이다. 봄부터 한 노동에 대한

---

49   위의 책. p.213.

목적이 이루어지는 것이다. 그렇다면 감자를 수확하는 순간에만 행복이 있는 것인가?

그렇지 않다. 밭을 갈기 위해 괭이질을 하는 순간 살갗에 닿는 부드러운 햇빛에도, 허리를 펴기 위해 고개를 들었을 때 눈에 와 닿는 산의 푸름에도, 땀 찬 목덜미를 식혀 주는 한 줄기 바람에도, 거친 흙을 뚫고 올라온 새 생명의 경이로움을 마주하는 순간에도 행복은 깃들어 있다. 그 순간을 눈으로, 귀로, 피부로 잡아 가슴에서 떨림으로 승화시킬 때, 그 모든 것은 나의 보물이 된다.

2018. 4. 30.

두 개의 열쇠

천국이 내 마음속에 있다는 믿음을 가지고
그곳의 백성답게 살면 천국의 백성이 되는 것이요,
그렇지 못하면 지옥의 죄인도 될 수 있는 것이다.

듣고 있으면 마음이 따뜻해지는 노래가 있다.

나의 살던 고향은 꽃피는 산골,
복숭아꽃 살구꽃 아기진달래,
울긋불긋 꽃 대궐 차리인 동네,
......

봄날 아침의 햇볕이 만물을 어루만지는 느낌이 드는 곡조에, 순진한 어린아이 웃음소리가 들릴 것 같은 노랫말이다. 눈을 감고 가만히 듣고 있으면 천국이 이런 모습 아닐까 하는 상상을 하게 된다.

'천국(天國)'이라고 하면 흔히 죽은 후의 세상을 떠올리게 마련이다. 이생에서 착하게 산 보상으로 갈 수 있는 이상세계라는 것이다. 이런 천국은 죽어서나 갈 수 있으니, 살아 있는 동안에는 알 도리가 없다. 종교의 경전이나 서적을 통해 그러리라고, 혹은 그렇다는 믿음을 가지는 실체가 불확실한 세계일 뿐이다. 이러한 세계는 믿는 쪽과 믿지 않는 쪽의 주장을 서로에게 증명해 보일 방법이 없다. 그러나 살아서 느끼는 천국이라면 다르다. 현실 속에서 느낄 수 있기 때문에 이해와 공감이 가능한 것이다.

천국에 대한 말은 성경에 자주 나온다. 여기서의 천국(天國), 즉 '하늘나라'란 영토와 주권과 국민으로 구성된 국가체제를 말하는 것이 아니다. '다스리다.'라는 뜻으로써, 하느님의 다스림을 받는 상황을 의미한다.[50] 천국에 관한 비유로는 씨앗과 씨앗의 성장에 대한 비유가 있다. "하늘나라는 겨자씨와 같다."[51]라는 구절이 대표적이라 하겠다.

겨자는 성장했을 때의 크기에 비해 씨앗의 크기가 매우 작은 종이다. 성경에서 하늘나라를 겨자씨에 비유한 것은 인간의 내면에

---

50 하느님의 나라(Βασιλεία του Θεου 바실레이아 투 테우) 또는 천국은 성서에 기반을 둔 유대교와 기독교에서 발견되는 신학적 개념이며, '하느님의 다스림'을 뜻한다. 신약성서에선 하느님 나라를 천국, 아버지의 나라, 그분의 나라라고도 표현한다(한겨레 커뮤니티, http://c.hani.co.kr/hantoma. 2018. 8. 23.).

51 『가톨릭 성경』 마태복음 13:31~32.

있는 하느님 자비와 사랑의 씨앗을 잘 키우라는 가르침으로 이해할 수 있다. 겨자씨만큼 작은 단서를 잃어버리지 않고 잘 키워 나갈 때, '하느님의 나라', 즉 천국이 내 안에서 이루어진다는 것이다.[52]

비록 겨자씨만 한 미미함이기는 하지만, 천국의 단서가 이미 마음속에 갖추어져 있다는 이 말로써 살아서 천국을 누릴 수 있는 가능성을 생각할 수 있다.

우리는 일상 중에 '사는 게 고통', '지옥 같은 세상' 같은 푸념을 가끔 들을 수 있다. 이 말에는 천국의 기미가 없어 보인다. 이런 생각을 하고 있는 사람에게 '이곳이 천국이야!'라고 하면, 동의하지 않을 것이다. 그렇다, 이 세상은 사람과 상황에 따라서 천국일 수도 있고, 지옥일 수도 있는 것이다.

법정스님은 말한다. "천국은 어디이고 지옥은 어디인가. 이웃과 함께 기쁨과 슬픔을 나누면서 만족할 줄 알고 오순도순 살고 있다면 그 자리가 바로 천국일 것이고, 아무리 가진 것이 많더라도 마음 편할 날 없이 갈등과 고통 속에서 괴로운 나날을 보낸다면 그곳이 바로 지옥이 아니겠는가."[53]

천국의 조건을 밖으로는 주변 사람들과의 관계에서, 안으로는 나를 내려놓음으로써 얻어지는 마음의 평화로 본 것이다. 이렇듯 천국의 조건은 이미 마음속에 갖추어져 있으니, 그 천국이 내 마음속에 있다는 믿음을 가지고 그곳의 백성답게 살면 천국의 백성이

---

52   남궁민 루카 신부. 황둔성당 강론. 연중 제11주일 나해(2018.06.17.) 〈하느님의 나라는 ……〉 참조.

53   법정, 『새들이 떠나간 숲은 적막하다』, 샘터, 20쇄 2010 개정판. p.211~212.

되는 것이요, 그렇지 못하면 지옥의 죄인도 될 수 있는 것이다.

현실에서 일어날 수 있는 천국과 지옥의 문제는 내력(內力)과 외력(外力)의 충돌에서 어느 쪽이 우세하느냐에 달린 것이라 하겠다. 여기서 내력은 하늘이 인간에게 심어 준 본성(本性)이고, 외력은 살아가면서 만나는 헛된 욕망 같은 것이라고 할 수 있다. 즉 내면의 본성이 외부에서 발생하는 상황을 이겨 내면 내가 있는 곳이 천국이 되는 것이다.

하느님의 말씀을 따른다거나, 부처님의 가르침을 지킨다거나, 하늘의 이치(天理)를 벗어나지 않는 것이 이에 해당한다고 할 수 있을 것이다. 즉 천국에서 살 수 있는 답은 이미 내 안에 있는데, 문제는 그것을 어떻게 운영하느냐에 달렸다는 것이다.

성경을 다시 한번 보자. "하느님의 나라는 눈에 보이는 모습으로 오지 않는다. …… 하느님의 나라는 너희 가운데에 있다."[54]라고 말하고 있다. 살아 있는 우리의 마음속에 천국이 갖추어져 있음을 말하고 있다.

이렇게 이미 내 안에 있는 천국의 평화와 자유를 누리기 위해 수도자나 성현들은 끊임없는 수양을 한다. 번다한 세상 속에서 천국을 얻는 답이 선에 머무르는 일임을 알고 스스로에게서 답을 구하는 것이다.

고향의 봄 2절은 이렇다.

---

54   『가톨릭 성경』 루카복음 17장 20~21절.

꽃동네 새동네 나의 옛 고향.

파란들 남쪽에서 바람이 불면,

냇가에 수양버들 춤추는 동네.

......

여기서 핵심어는 '동네'다. 동네란 여럿이 모여 사는 곳이다. 혼자만 고요히 사는 곳이 아니다. 꽃이 있고, 새가 있고, 부드러운 바람이 있고, 수양버들이 있어 좋은 것은 그것을 함께 즐길 수 있는 이웃이 있기 때문이다. 이 노랫말로써, 세상에서 즐겁고 평화롭게 살 수 있는 조건은 더불어 살아가는 지혜에 있다는 것을 생각해 보게 된다.

신은 땅 위에 생명을 내놓을 때 열쇠를 하나씩 쥐여 주었다. 그 열쇠는 내 앞에 놓인 두 개의 문을 모두 열 수 있다. 두 개의 문이란 천국의 문과 지옥의 문이다. 천국의 문과 지옥의 문, 어느 쪽을 열지 결정하는 것은 바로 나다.

2018. 8. 18.

두 삶

> 지자(智者)는 물을 좋아하고, 인자(仁者)는 산을 좋아한다.
>
> 지자는 동적이고, 인자는 정적이다.
>
> 지자는 즐기며 살고, 인자는 오래 산다.[55]

『논어』에 나오는 말이다. 공자는 인간의 삶에는 어진 사람(仁者) 의 삶과 지혜로운 사람(智者)의 삶이 있다고 했다. 인간 삶의 다양 성을 생각할 때, 단 두 가지만으로 분류하는 것은 무리가 없지는 않아 보인다. 그러나 공자는 인자와 대비되는 유형으로 지자를 설 정하여 그 삶의 모습을 표현했다.

열강들의 패권다툼이 심하던 19세기 말에서 20세기를 살았던 미국인 두 사람이 있다. 삶은 소중하다는 생각으로 열렬히 살았지

---

55   『論語』「雍也」21장 : 子曰 知者樂水 仁者樂山 知者動 仁者靜 知者樂 仁者壽.

만, 그것을 이루어 가는 모습에서는 차이가 있었던 사람들이다. 이들이 살았던 행적을 보니 공자가 말한 두 가지 유형의 삶과 비슷한 듯하여 비교해 보았다.

〈어니스트 헤밍웨이〉

두 사람 중 지자적 삶을 산 사람은 대문호 어니스트 헤밍웨이[56]를 생각해 보았다. 어니스트 헤밍웨이는 세계열강들이 전쟁으로 패권다툼을 하던 시대를 살았다. 그는 전쟁을 인간의 존엄성을 해치는 잔인한 행위라고 생각했다. 그의 생각은 본인이 전쟁에 참여했던 경험을 바탕으로 쓴 소설 『무기여 잘 있거라』에 잘 드러나 있다.

제1차 세계대전이 발발하자, 19세의 청년 어니스트 헤밍웨이는 전쟁에 참여하고 싶어 한다. 그러나 눈에 결함이 있어 입대를 거부당했고, 여러 차례 시도를 한 끝에 꿈을 이룬다. 1918년 미국 적십자사의 야전병원 구급차 운전요원으로 이탈리아 전선에 참전하게 된다. 임무 수행 중 적의 포격으로 다리에 부상을 당하여 후방 밀라노 육군병원에 입원했다가 회복이 되어 복귀하고, 군인의 직무를 계속 수행해 나간다.[57]

훗날, 이때의 경험을 소설로 집필하는데, 그 속에 전쟁에 대한 생각이 잘 담겨 있다. '전쟁이란 일으키고 싶어 하는 자와 싫어하는 자가 있는데, 전자가 후자에게 전쟁을 시킨다. 전쟁을 싫어하는

---

56   어니스트 밀러 헤밍웨이(Ernest-Miller-Hemingway, 1899~1961).

57   어니스트 밀러 헤밍웨이 저, 『파리는 날마다 축제』 참조.

자들은 끌려 나와 전투를 하면서도 살아남아야 한다는 절박감과 사랑하는 이들에게로 돌아가야 한다는 본능만 있을 뿐이다. 그리고 애국심이며 사상 같은 것은 전쟁을 좋아하는 자들의 영혼 없는 외침일 뿐이다.'[58]라는 것이다. 결국 전쟁을 좋아하는 자들의 욕망 때문에 전쟁을 원치 않는 이들이 피를 흘리게 된다는 것을 작가는 말하고 싶었던 것으로 보인다. 그는 평화주의자였던 것이다.

혜밍웨이는 가고 싶은 곳, 즐기고 싶은 것이 있으면 언제든 떠나서 그곳의 사람이 되어 살았다. 고향인 미국은 물론이고 이탈리아, 독일, 그리스, 프랑스, 스페인, 아프리카, 중국, 쿠바 등을 돌아다니며 살았다. 여행이 일상의 삶인 것처럼 몸이 있는 곳이 집이었고, 서재였고, 작품 속 현장이었으며, 축제의 장소였다.

살았던 곳이 여러 곳이었던 것만큼 취미도 다양했다. 천직인 글쓰기는 물론이고 독서, 예술 감상, 복싱, 스키, 당구, 경마, 투우, 사냥, 낚시 등. 그에게 삶과 작품과 취미는 별개의 것이 아니었다. 그가 머무는 곳은 이것들을 이룰 수 있는 곳이었다. 삶과 일과 즐거움이 하나였던 것이다.

삶의 궁극적 가치는 문학과 예술의 창작에서 구했다. 그만큼 일에 대한 열망이 컸다. 파리에서 문학 초년시절을 지내며 한 말이 있다. "오늘은 이만큼 썼으니, 내일도 열심히 글을 쓰리라. 글쓰기는 나의 모든 것을 치유해 주었고, 그것이야말로 내가 당시에도 믿었고 지금도 믿는 일이다." 춥고 배고프던 처지를 스스로 독려하

---

58   어니스트 밀러 헤밍웨이 저, 『무기여 잘 있거라』, 1편 11(군종신부와의 대화 중)

며 꿈을 이루기 위해 노력했던 것이다. 그가 글쓰기 조건으로 가장 중요하게 여긴 것은 경험이었다. 그래서 그가 펜을 잡고 있던 곳은 조용한 서재가 아니었다. 전쟁터, 카페, 아프리카 초원의 나무 밑 등이었다. 늘 동적(動的)인 삶을 살았던 것이다.

헤밍웨이는 즐거움을 추구하는 삶을 살았다. 경제적으로 어려웠던 젊은 시기 파리의 생활에서도 모임이나 파티를 즐겼는데, 그 자리의 주인공이 되는 것을 기꺼워했다. 자아의식이 강했던 것이다. 가고 싶은 곳이면 가야 했고, 즐기고 싶은 것은 해야만 했던 성향은 결혼생활에서도 나타났다. 네 번의 결혼을 했는데, 이혼과 다음 결혼 사이의 공백은 그리 크지 않았다. 마치 다음 결혼을 위해 이혼을 했던 것처럼, 대상만 바뀌었을 뿐 배우자는 늘 곁에 있었던 셈이다.

삶은 동적이고 유쾌했지만 죽음은 그렇지 못했다. 쿠바에서 미국의 아이다호주 케첨으로 돌아온 후 정신적·육체적 질환에 시달렸다. 우울증을 벗어나기 위해 두 번의 전기충격요법 치료까지 받았으나 글을 쓸 수 없을 정도로 건강이 나빠졌다. 예순두 번째 생일을 며칠 앞둔 어느 날 자택에서, 자신의 즐거움을 충족시켜 주던 사냥용 총에 의해 목숨을 잃고 만다. 이를 두고 세간에서는 오발 사고였다고도 하고, 혹은 스스로 목숨을 끊은 것이라고도 한다.

〈스콧 니어링〉

지자적 삶에 대비되는 인자적 삶을 산 사람으로는 경제학자였던 스콧 니어링[59]을 생각해 보았다. 스콧 니어링도 평화를 사랑한 사람이었다. 1883년 미국의 소수 권력층에 속하는 집안에서 태어나, 펜실베니아대학에서 박사 학위를 취득했지만 국가의 정책에 반하는 길을 걷는다. 모두가 평등하게 살아야 한다는 생각을 가지고 있었는데, 그 실현을 반자본주의와 사회주의 노선으로 이루어야 한다고 생각했다. 가문의 기득권도 포기하고 체제에 대립하는 자세를 취한 것이다.

제1차 세계대전이 일어났을 때, 미국이 전쟁에 개입하려 하자 반대하는 논문을 써서 주전주의자들의 미움을 사기도 한다. 이러한 일들로 인해 스파이 혐의로 연방법정에 피고로 서게 되었고, 무죄판결을 받기는 하지만 체제의 반대자로 낙인찍히게 된다. 그래도 끊임없이 강연을 펼치며 평화의 중요성을 주장하지만, 결국 위험분자가 되어 교수와 공직을 박탈당하게 된다. 강연은 취소되고, 감옥에 갇혔으며, 저술한 책은 재판에 부쳐졌고, 신문사들은 그의 저서에 대한 유료광고 게재마저도 거절한다. 헤밍웨이가 전쟁에 직접 참여하면서 불의에 맞선다는 입장이었다면, 스콧 니어링은 전쟁 자체를 부정한 것이다.

민주주의와 자본주의 정책을 펼치던 미국의 입장에서 스콧 니어링은 이단아였던 셈이다. 체제와 시류를 부정하던 그는 국가와 조직으로부터 외면당했고, 가족을 부양하는 것조차 어려운 지경에 빠져 부인과 두 아들로부터도 별거를 당하고 만다. 그러면서도 경

---

59   스콧 니어링(Scott Nearing)(1883년 8월 6일 ~ 1983년 8월 24일).

제학자로서의 신념과 자연주의적 삶의 기조는 바꾸지 않았다. 지인들의 도움으로 소소한 일을 하며 근근이 살아가던 중-나중에 부인이 된-헬렌(Helen Knothe Nearing, 1904~1995)을 만나게 된다.

지인의 딸이었던 헬렌은 스콧 니어링의 생각에 공감하고, 함께 길을 가기로 한다. 도시생활의 부적격자로 낙인찍힌 이들은 상의 끝에 촌으로 가서 살기로 한다. 두 사람은 1932년 미국 북동부 지역인 버몬트 오지에 팔만 평의 땅을 구매하여 돌을 쌓아 집을 짓고, 농사를 짓기 시작한다.

새로운 생활에 임하는 그들의 마음가짐은 이러했다. "우리가 애써 온 삶은 땅과 그 위에 있는 모든 것들과 조화를 이루며 사는 것이다. 검소하고 스스로 만족하며 자립하는 그 삶은 우리 이마에 땀을 흘려 생계를 꾸리고, 고용주나 어떤 사람에게도 의존하지 않는 것이다. 우리 스스로 먹을 양식을 기르고 살 집을 지으며, 필요한 나무를 베고, 자신의 생활 수단을 마련하는 것이다."[60]

그는 자연보존과 환경순응의 자연주의적 삶의 원칙을 지켰고, 삶의 매 순간을 예술적 경지로 이해했다. "진정한 예술가는 자신의 온 삶에서 모든 생각과 행동을 아름다움에 맞추는 사람"[61]이라고 여긴 것이다.

버몬트에 자리 잡은 지 십구 년째 되는 해(스콧 니어링이 69세 되는 해), 그들은 그곳을 떠날 계획을 한다. 처음 자리 잡을 때만 해도

---

60   Helen Nearing, 이석태 譯, 『아름다운 삶, 그리고 마무리』, 보리, 1판 38쇄 2013, p.124.
61   위 책, p.89.

천연의 오지였던 곳이었는데, 사람들이 몰려들면서 개발이 되고 병폐가 늘어나자 그곳을 떠나기로 한 것이다. 그렇게 떠나 새로 정착한 곳이 대서양 연안인 메인(Maine)이다. 그곳에서도 버몬트에서처럼 새 터전을 가꾸며 죽을 때까지 살았다.

그는 농촌 생활을 택한 후, 오십 년 동안 딱 한 차례 거처를 옮겼고, 그곳에서 생을 마쳤다. 물론 강연 등을 목적으로 세계 곳곳을 다니기는 했지만, 안식처는 늘 농촌의 집이었다. 자연에 순응하며 정적(靜的)인 삶을 산 것이다.

스콧 니어링은 삶을 마무리할 힘마저 없어지기 전에 스스로 생을 마감할 수 있기를 원했다. 생명을 연장하려는 의학적 지원이나, 고통을 줄이는 진통제, 마취제의 도움을 받아 사는 것은 의미가 없다고 여겼다. '사람이 죽는 방법은 그 사람이 살아온 삶의 방식이 반영되는 것'이라고 여겼던 생각처럼 자신의 의지에 따른 죽음을 계획했다.

100세가 되기 한 달 전. 부인에게 곡기를 끊겠다고 말하고는 생명체로서 할 수 있는 마지막 결단을 했다. 그렇게 단식을 한 지 한 달 반 되는 날, 정신은 말짱했지만, 수분이 모두 빠져나가 시들해진 육신은 서서히 삶으로부터 떨어져 나갔다.

그는 죽음을 끝으로 보지 않고, 삶의 한 과정으로 인식했다. '나는 어떤 큰 기쁨을 가지고서 죽음이 몸에 메인 삶의 해방임을 인식하면서 내 죽음을 기다리고 있다. 나는 몸에서 떨어져서 정박의 끈을 느슨하게 하고, 미지의 세계로 건너가 더 이상 분리되지 않는 필연적인 존재인 전체와 하나가 되고 싶다.'라고 생각했다.

스콧 니어링의 내세관은 북송시대의 기철학자 장재의 생각과 흡사했던 것 같다. 장재는 "태허에는 기가 없을 수 없고, 기는 모여서 만물이 되지 않을 수 없으며, 만물은 흩어져서 태허가 되지 않을 수 없다."[62]라고 했다. 생명으로 살아가는 현상계에서는 '나'라는 개체로써 존재하지만, 죽음으로써 태허의 세계로 돌아가면 하나의 기(氣)로 엮여 전체(우주)가 된다는 생각을 스콧 니어링도 하고 있었던 것으로 보인다.

공자는 사람의 유형을 두 가지로 제시했다. 공자가 이렇게 나눈 것은 어느 쪽이 더 훌륭하고, 훌륭하지 않고를 이야기하려 했던 것이 아니었을 것이다. 사람마다 타고난 기질이 있는데, 살아가는 모습을 보니 대체로 이 두 가지로 나뉜다는 것을 말하고 싶었을 것이다.

어니스트 헤밍웨이와 스콧 니어링은 거의 동시대를 같은 나라에서 살았다. 어니스트 헤밍웨이는 동적인 삶을 살았다. 흐르는 물처럼 늘 움직이며 살았고, 즐거움을 추구했다. 지자적 삶이라 할 수 있다.

스콧 니어링은 정적인 삶을 살았다. 자신이 선택한 터전에서 자연에 순응하며, 땅을 파서 스스로 가꾼 것을 먹으며 소박하게 살았다. 그리고 백 년이 넘도록 살았고, 죽음마저도 스스로 결정했다.

---

62   『장재집(張載集)』, 「正蒙(정몽)」, 太和(태화) : 太虛不能無氣, 氣不能不聚而爲萬物, 萬物
      不能不散而爲太虛.

인자적 삶을 살았다 할 만하다.

　두 사람의 삶을 보면 공자가 말한 바에 부합하는 바가 다분히 있다고 하겠다.

2020. 9. 15.

도깨비

빗자루가 도깨비로 변한 것인가? 아니다.

이장의 두려움이 도깨비를 부른 것이다.

밖에서 온 것이 아니라, 마음속에서 생겨난 것이다.

    손이골, 동화라도 한 편 있을 것같이 아름다운 곳이다. 이곳에 들어온 초기에는 가만히 앉아서 산을 바라보거나, 숲을 지나가는 바람소리만 듣고 있어도 좋았다. 이십 년 넘게 꾸어 왔던 꿈을 이루었다고 여길 만큼 흡족했다. 그런데 그 흡족함은 변함없이 이어지는 것이 아니었다. 그래서 얻은 지혜가 있다. 전원에 살기만 하면 완벽한 즐거움이 주어질 것이라는 기대는 샹그릴라[63]에 지나지 않는다는 현실 자각이다.

---

63   Shangri-La : 마음속의 달과 별.

이곳에서의 삶에 익숙해질수록 불편함이 조금씩 늘어나기 시작했다. -이러한 불편함은 나만의 느낌일 수 있다는 점을 밝히며-그 원인이 된 것을 예로 들자면 이러한 것들이다. 기계의 힘에 허물어져 가는 숲, 인간이 내는 소음에 멀어져 가는 자연의 소리, 맑은 공기를 오염시키고 있는 현장[64] 등을 보아야 하는 현실 같은 것들이다. 산수자연이 좋아서 산으로 왔을 텐데, 좋아서 왔다는 사람들의 행위로 그것들이 무너지고 있으니(물론 나도 그중 한 사람), 그것을 보는 마음이 편치 않은 것이다. 눈으로 듣고 귀로 보아 불쾌해지니, 자연히 문을 닫고 들어앉아 있는 시간이 늘어나게 되었다.

그런 나를 보고, 아내는 "당신이 너무 한가해서 그래요."라고 한다. 맞는 말이다. 복잡한 도시에서 느끼지 못하던 것을 산중에서 겪고 있으니 말이다. 조용한 산골에서 조용하지 못할까 봐 겪는 긴장감이라니, 도깨비에게 홀린다는 것이 이런 것 아닐까 하는 생각이 들었다.

해촌의 이장(里長)이 깊은 밤길을 걷고 있었다. 어두운 길에서 무언가 나타나더니, 씨름을 하자고 제안하였다. 이장은 거절했다. 그래도 하자며 귀찮게 덤벼들었다. 이장은 쫓을 생각으로, "네 이놈!"하고 호통을 쳤다. 그러자 상대는 몸집을 더 키웠다. 안 되겠다 싶은 이장은 두루마기와 갓을 벗어 던지고 나섰다. 힘 좋은 이장이 상대를 잡아 아랫도리를 걷어차자 휙 하고 날아갔다. 그런데도 상대는 계속 달려들었다. 끝을 낼 수가 없었다. 이장은 꾀를

---

64   마을 사람들이 몰래 태우는 쓰레기의 연기 등.

내어 상투 묶은 끈을 풀어 상대를 나무에 묶어 두고 집으로 돌아갔다.

집에 도착한 이장은 간밤의 일을 이야기하고, 머슴을 보내 그곳에 두고 온 두루마기와 갓을 가져오라 하였다. 머슴이 그곳엘 가보니 몽당 빗자루 하나가 나무에 매달려 있었다.[65]

이 이야기에서 이장과 도깨비의 특징 몇 가지를 찾을 수 있다. 이장은 힘이 좋다는 것, 하인을 거느리는 것으로 보아 살 만한 사람이라는 것, 그리고 승부욕이 있다는 것이다. 한마디로 잘난 사람이다. 도깨비의 특징은 밤중에 혼자 있는 사람에게 나타난다는 것, 끝없이 잡고 늘어진다는 것, 이쪽에서 화를 내면 더 커진다는 것이다. 그러나 실체는 힘없고 볼품없는 물건이라는 것이다.

잘난 이장이 밤새 씨름을 한 상대는 쓰다 버린 빗자루였다. 빗자루가 도깨비로 변한 것인가? 아니다. 이장의 두려움이 도깨비를 부른 것이다. 밖에서 온 것이 아니라, 마음속에서 생겨난 것이다.

이 이야기는 단지 흥미를 얻기 위해 부질없이 지어낸 것은 아닐 성싶다. 사람 사는 세상에는 도깨비 같은 일이 종종 일어나고 있으니 말이다. 몇 달 전, 경상남도 양산시에서 있었던 일이다. 한 주민이 고층아파트의 벽 도색작업을 하던 인부의 밧줄을 끊어 추락시킨 일이 있었다. 이 일을 저지른 사람은 날품을 팔아 살아가는 사람이었다. 사건이 일어나던 날도 새벽에 인력시장에 나갔으나, 일감을 구하지 못하고 집으로 돌아왔다. 할 일이 없으니, 술을 마시

---

65   『임석재전집』.

고 잠을 자려고 했다. 잠이 막 들려고 하는데 창밖에서 음악 소리가 들렸다. 도색작업을 하던 인부 두 명이 음악을 틀어 놓고 있었던 것이다. 잠을 이룰 수 없었던 그는 창문을 열고 항의했다. 한 명은 음악을 껐으나, 한 명은 들리지 않았는지 끄지 않았다. 자신의 요구가 받아들여지지 않자 화가 난 그는 옥상으로 올라가, 작업자가 매달려 있던 밧줄을 잘랐다. 작업자는 떨어져 숨졌다.

이 사람은 1심에서 무기징역을 선고받았으나, 2심에서 징역 삼십오 년형으로 감형되었다. 감형이유는 불우한 환경에서 자란 불쌍한 처지였고, 당시에도 심신미약 상태였다는 것이다.[66] 어찌 보면 피해자나 가해자나 서로 사랑해야 할 이웃이었다. 그날이 그들에게는 일진 사나운 날이었던 것이다. 피해자는 항의가 들어왔으면 시끄럽지 않도록 했어야 했고, 가해자는 자신의 말이 받아들여지지 않았더라도 그렇게까지 할 일은 아니었다. "감히 나를 무시해?"하는 자격지심이 만든 재앙이었다.

도시에서는 아파트 층간 소음으로 인해 이웃 간에 험악한 사이가 되었다는 이야기가 비일비재하고, 촌에서도 이웃 간 다툼으로 원수처럼 지낸다는 이야기를 심심치 않게 들을 수 있다. 최근에도 농로에 차를 세웠다는 이유로 이웃 사람을 해친 일이 있었다. 이런 이야기들은 모두 증오심 때문에 서로를 해치는 도깨비가 된 사례들이다. 상황을 있는 그대로 보지 않고, 무시당하고 있다고 본질을

---

66   부산고등법원 형사1부 김문관 부장판사 : "피고인이 원만하지 못한 가정에서 적절한 훈육
을 못 받아, …… 가족의 외면을 당해온 점, 범행 당시 양극성 정감 장애, 조증 에피소드 증
세, 알코올 장애 증상도 있어 정상인과 같은 온전한 상태로 보기 힘든 점"

키웠기 때문에 생긴 사건들이다.

인도 힌두교의 영웅신 크리슈나의 이야기가 있다.

어느 날 크리슈나가 이복형 발라라마와 함께 숲을 걷고 있었다. 날이 저물고 여행에 지친 그들은 도중에 하룻밤 묵어가기로 했다. 숲은 위험해서 발라라마가 자정까지, 크리슈나가 새벽까지 교대로 불침번을 서기로 했다. 발라라마가 경계를 서고 있는데 멀리서 으르렁거리는 소리가 들렸다. 그러더니 갑자기 괴물이 나타났고, 발라라마는 공포에 사로잡혔다. 발라라마가 두려워할수록 괴물은 더 커졌으며, 더욱 크게 으르렁거렸다. 두려움에 너무 놀란 발라라마는 기절하고 말았다.

중간에 잠이 깬 크리슈나는 발라라마가 누워 있는 것을 보고 잠자고 있다고 생각했다. 그때 그 괴물이 또 나타나 노려보며 으르렁거렸다. 크리슈나는 미소를 지으며 괴물에게 "안녕, 친구. 어서 와. 원하는 것이 뭐야?"하고 물었다. 괴물은 자신이 할 수 있는 최대한으로 소리를 높여 으르렁거렸다. 하지만 크리슈나는 상대방이 원하는 것이 무엇인지 이해하려고 노력하면서 질문을 되풀이했다. 크리슈나가 다정한 호칭으로 부를 때마다 괴물은 작아졌고, 마침내는 매우 작아졌다. 심지어는 귀엽게 보이기까지 했다. 크리슈나는 작아진 괴물을 집어 자신의 호주머니 안에 넣었다.[67]

---

67   류시화, 『좋은지 나쁜지 누가 아는가』, 도서출판 더숲, 1판 18쇄 2019, p.157에서 인용.

크리슈나가 괴물에게 당하지 않은 것은 괴물을 괴물로 보지 않고, 대화할 수 있는 친구로 보았기 때문이다. 우리 사회에서도 비슷한 일이 있었다. 1991년, 사람들이 많이 놀고 있던 여의도 광장에 승용차가 질주하여 스물세 명의 사상자를 낸 일이 있었다. 범인은 범행 이유에 대해, 시력이 나쁘다는 이유로 일하는 직장마다 번번이 쫓겨나고, 무시당하고 냉대당하는 것 같아서 사회에 복수하고 싶었다고 했다.

이때 사망한 유치원생 어린이의 할머니가 있었다. 범인에 대한 사형선고가 난 후, 할머니는 손자를 죽게 한 범인을 만나러 감옥으로 찾아갔다. 그곳에서 할머니는 공포에 떨고 있는 범인을 보았다. 그리고 그런 범죄를 저지르게 한 책임이 우리 사회에도 있다는 것을 깨달았다.

할머니는 그를 용서하기로 했다. 범인이 잘못을 진심으로 뉘우치고 있는 것을 보았고, 그의 불우한 처지[68]를 측은하게 여겼기 때문에 아량을 베푼 것이다. 이후 할머니는 그를 위해 기도를 하고, 김수환 추기경과 함께 법무부에 그의 형벌을 감해 줄 것을 요청하는 편지를 써서 보내기도 했다. 시력이 나쁜 그를 위해 안경도 맞춰 주고, 양자로 삼기까지 했다.[69]

---

68   범인은 시각장애와 소극적인 성격으로 초등학교에서 집단따돌림을 당했고 결국 초등학교만 졸업하고 중학교 진학은 하지 못했다. 이후 서울, 부산 등을 돌아다니며 공장, 나이트클럽 등에서 일을 하지만 시력 장애로 일을 길게 하지 못하고 금방 직장을 잃고는 했다. 결국 마지막으로 다니던 서울 화곡동 양말 공장에서 해고된 뒤 세상에 대한 복수를 결심을 하게 되고, 끔찍한 일을 저지르고 만다.

69   〈여의도광장 차량 질주 사건〉 https://librewiki.net(2019. 10. 29 참조).

나라면 귀한 손자를 죽인 사람을 용서할 수 있을까? 쉽지 않은 일이다. 할머니는 하셨다. 가해자의 실체를 보았기 때문에 가능했다. 만약에 할머니가 측은한 마음으로 그를 바라보지 않았다면 어찌 되었을까? 불쌍한 범인은 마음의 짐을 덜어내지 못하고 생을 마감했을 것[70]이고, 할머니는 범인에 대한 증오를 하며 괴로운 날들을 살았을 것이다.

빗자루를 도깨비로 착각한 이장, 음악 소리에 발끈한 주민, 농로를 막았다고 다툰 농민의 일들은 실체에 비해 지나치게 무서운 결과를 낳고 말았다. 실제 일어난 일보다 감정을 과하게 쏟아 낸 탓이다. 여의도 사건 피해자 할머니는 달랐다. 할머니에게는 상대를 따뜻하게 바라보는 마음(사랑)이 있었다. 그래서 괴물의 횡포로부터 벗어날 수 있었다.

심리학에서는 사람의 의식과 무의식이 사물을 보는 시각을 지배한다고 한다. 인식하는 대로 본다는 말이다. 율촌 이장과 씨름한 도깨비나 크리슈나가 만난 괴물의 실체도 결국 같은 이야기다. 모두 내 마음이 지어내는 것이다.

산중에서 겪는 불편함도 어쩌면 내 스스로 지어낸 것일지 모른다. 이곳도 사람이 사는 곳인데 어찌 신선이 살 듯 조용하고 깨끗하기만 하겠는가? 낙원 같은 곳에서 살고 싶으면 이 세상에 나만을 위한 낙원은 존재하지 않는다는 사실부터 깨달아야 한다. 생활

---

70   1997년 12월 30일 김용제에 대한 사형이 집행되었다.

공간이 바뀌었다고 행복의 조건이 갖추어지는 것은 아니다. 행복은 저 산수자연에 있는 것이 아니라, 이 마음속에 있기 때문이다.

－서두에 말한 불편함이 있기는 하지만－그럼에도 불구하고 이곳은 여전히 나의 낙원이 될 만하다. 좋은 점이 나쁜 점보다 많기만 해도 살 만한 곳이라는데, 넉넉한 인심과 아름다운 산수까지 있으니, 더 바람이 있으면 안 될 것이다. 조금 불편한 것이 있더라도 '이 정도가 내 복이다.'라고 여기며 적당한 선에서 만족할 줄 아는 것이 답인 것이다.

주변을 이해하며 사는 것도 중요하다. 누군가가 이웃이 불편해하는 것을 알면서도 한다면 그 사람에게 어쩔 수 없는 사정이 있거나, 그러한 사람이기 때문에 그리 하는 것이다. 사정이 있다면 이해를 해야 할 것이고, 본래 그런 사람이라면 그것은 내가 어찌할 수 있는 것이 아니다. 신의 소관이니 놓아두고 평가마저도 하지 않는 것이 좋다.

우리는 모두 잠깐 동안 각자의 방식으로 지구별을 여행하고 있다. 그러니 나를 괴롭히는 문제가 생겼다면 당한 것처럼 발끈할 것이 아니라, 문제 해결의 답이 내 마음속에 있다는 것을 먼저 기억해야 한다. 그렇게 한다면 나의 낙원은 안녕할 것이다.

남을 아는 사람은 지혜로운 사람이고,
자신을 아는 사람은 더욱 명철한 사람이다.

남을 이기는 사람은 힘이 있는 사람이고,

스스로를 이기는 사람은 더욱 강한 사람이다.

『道德經』 제33장

2019. 10. 30.

말

장자가 대화하고 싶어 하는 사람은

말의 뒤편에

침묵의 여백을 가진 사람.

'맑은 삶을 살았던 사람'하면 도연명이 떠오른다. 도연명은 중국 동진(東晉)시대 사람이다. 팽택이라는 시골의 현령(縣令)을 지냈는데, 현의 업무 감찰을 하러 나온 관리가 마중을 나오라고 하자, "오두미(五斗米, '쌀 다섯 말')의 녹봉 때문에 어찌 허리를 굽히겠는가?"라고 하며, 사표를 내고 고향으로 돌아가 농사를 지으며 살았다.

부유하게 살 수 있는 길을 버리고, 빈한한 삶을 선택한 것이다. 이러한 점 때문에 천팔백 년이 지난 지금도 사람들은 청빈의 표본으로 도연명을 기억한다. 그의 삶을 엿볼 수 있는 시가 한 편 있다.

마을 어귀에 초가를 짓고 살아도, 우마차 소음 들리지 않네.

묻노니, 어찌 그러한가? 마음이 멀어지니 땅 또한 치우쳐지기 때문이지.

동쪽 울타리 밑에서 국화꽃 따다가, 아득히 남산을 바라보네.

날은 저물어 산 기운 더욱 아름다운데, 새들은 더불어 돌아오누나.

이 가운데 참뜻이 있어, 한마디 하고 싶으나 말을 잊었네.[71]

마을 어귀는 사람과 우마차 출입이 잦은 곳이다. 그곳에 초가를 지었으니 소음이 컸을 것이다. 그러나 시인은 시끄럽지 않다고 했다. 그럴 수 있었던 비결은 세상사로부터 마음을 멀리했기 때문이라는 것이다. 마음을 비워 내니 사는 곳도 따라서 외져지게 되고, 그렇게 마음이 고요해지니 국화도, 남산도, 석양도, 집으로 돌아오는 새들도 넉넉하게 느낄 수 있었다. 자연의 맑은 삶을 살아갈 수 있는 비결은 바로 비움이었던 것이다. 이 시에서 중요한 단어 하나를 꼽으라 하면 마지막 연의 말을 잊었다고 한 '망언(忘言)'을 들 수 있겠다.

그로 하여금 말을 잊도록 한 사건은 해 질 녘 집으로 돌아오는 새들의 행렬이었다. 저녁이 되면 모든 생명체는 집으로 돌아간다. 시인은 평범한 일상 속에서 삶의 참뜻을 깨달았다. 경이로움을 경험하는 이 순간에 더 이상 말을 하지 않겠다고 했다. 할 말이 없어

---

71   도연명, 「음주 5」: 結盧在人境而無車馬喧 問君何能爾心遠地自偏 採菊東籬下悠然見南山 山氣日夕佳飛鳥相與還 此中有眞意欲辨已忘言.

서가 아니다. 감흥을 말로써 뱉어 내지 않고, 가슴에 묻어 두겠다는 의도를 가진 것이라 할 수 있다.

-도가사상을 지닌 도언명이기 때문에 장자(莊子)가 말한 망언(忘言)을 차용했을지도 모른다는 추정을 하며-망언에 대해서는 장자도 말한 바 있다. "말의 목적은 뜻을 전하는 것에 있으니, 뜻을 얻었으면 말을 잊으라."[72]고 했다. 장자가 이 말을 한 뜻은 말소리에 치중하느라 그 속에 담긴 말의 진의를 잃어버리지 말라는 것이다.

삶에 있어서 말은 없어서는 안 될 중요한 수단이다. 말은 생명을 유지할 수 있게 하는 도구이고, 존재 가치를 확립시키는 무기이며, 세상 속으로 나아가게 하는 다리와 같다. 태어나면 말부터 배우는 이유가 이것이다. 말을 할 줄 알게 되었으면, 다음으로 익혀야 할 것은 말을 잘하는 법이다. 말은 마음을 표현하는 수단이다. 나를 내보이는 도구인 것이다. 이러하니 말에 신중을 기하지 않을 수 없다.

나이를 먹어 가면서 신경 쓰이는 것이 말이다. 말로써 후회하는 일이 종종 일어나기 때문이다. 산촌에 들어온 후로는 혼자 지내는 시간이 많다. 그렇다 보니 말을 할 기회도 줄었다. 그래서 그런지 혹 대화할 기회가 생기게 되면 나도 느끼지 못하는 사이에 말이 폭주하는 일이 종종 일어난다.

한참 대화를 하다 보면 나 혼자 떠들고 있을 때가 있다. 내가 내는 소리에 머리가 뜨끈해지고 나서야 말이 넘치고 있다는 것을 깨닫게 되는데, 이쯤 되면 말이라 할 수 없는 지경에 이른 것이다. 들

---

72   『莊子』「雜篇」外物13 : 言者所以在意 得意而忘言.

는 이는 꽤나 괴로웠을 것이다. 시끄럽다는 말도 못 하고 듣고 있었을 테니 말이다. 게다가 누군가에게 상처가 되는 말이라도 했다면, 그것은 더 큰 일이다.

이렇게 말실수를 하고 나면, "아차, 또 실수했군." 하고 깊은 후회를 하게 된다. 이럴 때면 말하기 직전의 상태로 돌아가고 싶어진다. 내뱉어진 말을 주워 담고 싶지만, 땅에 쏟아진 물을 바가지에 다시 담을 수 없듯이 이미 불가능한 상태가 되고 난 후다. 튀어나간 소리는 말의 격을 떨어뜨렸고, 실추된 그 말 속에 내가 들어 있으니, 안타깝지 않을 수가 없는 것이다.

이러한 실수를 줄이려면 말이 나가기 전에 자신이 무슨 말을 하고 있는지 헤아릴 수 있어야 한다. 밥이 맛있게 되려면 뜸 들 시간이 필요한 것처럼, 말도 숙성될 여유가 필요한 것이다. 말을 하는 중에도 수시로 살펴서 필요 없는 말이 나가지 않도록 단속하는 것이 중요하다. 그다음으로 중요한 것은 침묵도 중요한 대화법이라는 것을 깨닫는 일이다.

빛은 어둠이 있어서 밝고, 산은 골짜기 때문에 높다. 긴 것은 짧은 것 덕분에 길고, 강함은 약함으로 인해 강하다. 남자는 여자가 있어서 남자일 수 있고, 여자는 남자가 있기 때문에 아름다운 것이다. 만물은 서로 마주 보고 짝을 이룸으로써 안전하고, 완전함을 이루고 있다. 말 또한 예외가 아니다.

침묵이 없는 말은 귀함을 지닐 수 없다. 말은 침묵이 뒷받침해 줄 때 소중해지는 것이다. 소리로 나와야만 말이 되는 것은 아니라는 사실을 깨달아야 한다. 침묵으로 대화하면 서로의 마음을 바라볼 여유를 가질 수 있다. 침묵 중에 가끔 나오는 말이 아름다울 수밖에 없는 것은 바로 이 때문이다.

장자는 "나는 어찌하면 말을 잊은 사람을 만나서 더불어 말을 나눌 수 있을 것인가?"[73]라고 했다. 이 말로 볼 때, 장자가 대화하고 싶어 하는 사람은 말의 뒤편에 침묵의 여백을 가진 사람이라는 것을 알 수 있다. 고상한 사람이라는 소리를 듣고 싶다면, 말을 하기 전에 그 말이 지닌 의미를 신중히 생각하고, 또 침묵 가운데 무겁게 말하는 버릇을 기르지 않을 수 없는 것이다.

말을 많이 하여 부끄러워진 입을 닦기 위해 감히 도연명의 시를 내세웠다. 손에 묻은 더러움을 씻어 내기 위해 맑은 시냇물에 손을 담근 기분이다. 시내의 맑음이 나의 더러움 때문에 혼탁해질까, 그것이 두렵다.

2018. 12.

---

73   『莊子』「雜篇」外物13 : 吾安得夫忘言之人而與之言哉.

산책길

암자 하나쯤 있다 해도 어색할 것 없는 곳인데 그마저도 없다.
인간의 흔적이라고는 화전민의 집터였음을 알려 주는
이끼 낀 돌무더기 두어 곳이 있을 뿐이다.

재미있는 일도 반복해서 하면 싫증이 나는 법이다. 산골생활이 조용하고 깨끗해서 좋기는 하지만 이것도 지루해질 때가 있다. 감정이 정체되었다는 신호다. 같은 공간에서 어제가 그제 같고, 오늘이 어제 같이 지내다 보니 그럴 수밖에 없을 것이다.

천지만물은 잠시도 쉬지 않고 흐른다고 한다. 형태 없는 감정이라고 이 이치에서 벗어날 수는 없는 모양이다. 머무르고 있으니 고이게 되고, 고이게 되니 시들해지는 감정. 이것을 풀어낼 방법은 일상에 변화를 주는 것일 것이다. 산골에서는 기분전환을 할 수 있는 것이 많지 않다. 그래서 걷는다.

의사들은 육체뿐 아니라 정신건강에도 걷기가 좋다고 한다. 걸음은 뇌를 자극하여 건망증을 극복할 수 있게 하고, 의욕이 살아나게 하고, 그래서 뇌가 젊어진단다. 몸이 찌뿌드드하거나, 마음이 울적하면 걸으라고 한다. 나는 이 의견에 적극 동의하는 바다.

기분이 가라앉는다 싶을 때, 찾아가는 곳이 있다. 치악산 부곡(釜谷)지구 골짜기다. 우리 동네에서 출발하여 달고개(月峴)를 넘어 주천강, 강림천을 따라 자동차로 삼십 분쯤 가면 산 입구가 나온다. 치악산은 큰 통로가 네 곳이 있다. 주 통로는 북쪽으로 난 구룡사 골짜기다. 이곳이 정문인 셈이다. 부곡지구는 동쪽으로 난 길이다. 치악산의 옆문 정도 된다 하겠다.

이 골짜기를 들어서게 되면, 두 갈래로 길이 나뉜다. 정상 비로봉 가는 길과 곧은재(고둔치) 가는 오솔길이다. 일 년에 두어 차례는 비로봉을 가기도 하는데, 평소에는 곧은재 쪽으로 걷는다. 정상쪽은 예닐곱 시간 정도 소요되는 거리의 등산로로 도시락을 준비하는 등 등산채비를 단단히 해야 한다.

곧은재 방향은 비교적 간편하게 걸을 수 있는 코스다. 골짜기를 따라 4km 정도 오르면, 옛날 안흥 방면에서 원주로 장 보러 갈 때 넘나들던 고개가 나온다. 치악산 주능선 허리를 가로지르는 해발 850m의 안부(鞍部)로, 이곳에서 물 한 모금 마시고는 발길을 돌려 되돌아온다. 왕복 세 시간 정도 걸리니 산책하기에 적당한 거리다.

이 길을 갈 때는 대체로 혼자서 간다. 간혹 아내에게 권해서 동반할 때도 있지만, 그렇지 않으면 홀로 간다. 여럿이 함께 걸으면 말을 해야 하고, 그러다 보면 고즈넉한 분위기를 놓칠 수 있기 때문이다.

내가 이 길을 좋아하는 것은 깨끗함 때문이다. 암자 하나쯤 있다 해도 어색할 것 없을 만큼 깊은 곳인데 그마저도 없다. 인간의 흔적이라고는 화전민의 집터였음을 알려 주는 이끼 낀 돌무더기 몇 곳이 있을 뿐이다. 과하지도 부족하지도 않은 절제된 천연의 아름다움이 있는 것이다. 그곳에서 살아가는 생명의 몸짓, 냄새, 그리고 소리만으로 가슴을 가득 채울 수가 있다.

이 길에 들어서면 오직 감각에만 집중하려고 노력한다. 잡념을 없애고 지금, 이곳의 것만을 느끼려 신경을 모은다. 후각·청각·시각·촉각만의 시간이 될 수 있도록 감정을 몰아가는 것이다.

입산통제소를 지나 숲으로 들어서면 가장 먼저 나타나는 것은 소나무와 낙엽송이다. 하늘 높이 뻗은 잘생긴 나무가 길 양편에 늘어서 있는 곳에 들어서면 숲 냄새가 가슴으로 훅하고 밀려든다. 이때부터 호흡에 집중한다. 공기가 폐의 가장 깊은 곳에 닿을 수 있도록 숨을 평소의 두 배가량 길고 깊게 쉰다. 숲의 기운을 최대한 흡입하고자 하는 것이다. 이렇게 시작된 호흡은 산책하는 내내 이어질 수 있도록 정신을 모은다.

정상으로 가는 갈림길을 지나 부곡폭포 근처에 다다르면 귀의 자극이 시작된다. 물소리가 귀를 두드리는 것이다. 이때부터는 듣는 것에도 신경을 모은다. 이곳에는 우렁찬 계곡의 물소리, 그와 어우러진 새소리, 나무를 스치고 지나가는 바람소리 등, 오직 천연의 소리만 있다. 그것에 집중하다 보면 불쑥불쑥 솟아오르던 잡념들이 하나씩 사라지기 시작한다. 그래도 간간이 고개를 들고 찾아

드는 생각이 있기는 하지만, 그때마다 소리 쪽에 신경을 모으며 잡념을 몰아내곤 한다.

길과 시내는 만났다 헤어지기를 반복한다. 시내가 멀어지면 숲의 정경으로 눈을 채우고, 다시 시내를 만나면 물의 모습을 즐긴다. 물의 움직임은 오묘하기도 하다. 넉넉한 모습으로 흐르다가도 바위를 만나면 부딪쳐 솟구친다. 절벽에서는 아우성을 지르며 떨어지고, 굴곡진 곳에서는 휘돌아 감아 흐른다. 물은 잠시도 쉬지 않는다. 그 거대한 힘은 낮은 곳으로만 흐르는 겸손함에서 나오는 것임을 알 수 있다. 물을 보고 있으면 마음이 차분해지는 것은 아마도 낮게만 흐르려는 물의 겸손한 성질 때문일 것이다.

땅의 부드러운 촉감을 느끼는 것도 좋다. 낙엽 쌓인 흙의 부드러움은 인간의 손으로 만든 어떤 양탄자도 흉내 내지 못할 것이다. 그 느낌은 마음을 평화롭게 하는데, 특히 지리산 주능선을 걸을 때 종종 느꼈던 느낌이다. 그때의 평화로움은 하늘의 맑은 기운과 발바닥으로 전해져 오는 땅의 부드러움이 만나 가슴을 울리는 것이라고 생각했었다.

이곳에서도 그 기운을 느낄 수가 있다. 그래서 이 길을 걸을 때면 땅의 기운을 가능하면 많이 느낄 수 있도록 온 신경을 발바닥으로 모은다. 이때 내 몸이 대지와 하나 되는 것 같은 느낌을 받게 된다. 마치 갓난아기가 엄마의 품속에서 살을 부비며 모체를 확인하는 것처럼, 이 순간 나는 생명의 어머니인 대지와 교감을 하는 것이다.

산책을 할 때, 생각이 흩어지지 않도록 집중한다고는 하지만 사실 그것이 쉽지는 않다. 말로는 그럴듯하게 하지만, 그 상태가 몇 분(分)도 유지되지 못하는 것이다. 시냇물을 보며 그 소리에 집중하다가도,

"저 물이 어디로 가더라? 아아, 두산교로 흘러가지."

"두산교 다리 밑 물의 양이 예전 같지가 않아. 너무 가물었어."

"물? 아아, 나도 고구마밭에 물 쥐야 하는데."

"근데, 고구마가 몇 개나 남았지? 집에 돌아가면 고구마나 쩌 먹을까?"

"고구마는 김치와 함께 먹어야 하는데, 김치를 김치냉장고에서 꺼내야 하나?"

"에이 생각이 또 튀었네. 집중, 집중!"

이상하게도 생각은 의도를 가지고 몰면 더 엉뚱한 곳으로 튀는 것 같다. 그래서 명상을 제대로 하기 위해 수도자들이 정진을 하는가 보다. 그런데 티베트 승려 욘게이 밍규르 린포체는 명상이 어려운 것이 아니라고 한다. "수행이 잘 되든 안 되든 상관없다. 중요한 것은 명상을 하려는 의지다. 그것만으로도 충분하다."[74] 스님의 말이 그렇다면 다행이다. 내가 하는 것이 비록 엉터리 명상일지라도 열심히 흉내는 내고 있으니 말이다.

흉내만 내는 명상일지라도 그 순간 느껴지는 만족감은 있다. 자연과 교감하며 환희를 느낄 때, 나는 내가 사는 이 별이 얼마나 아름다운 곳인가를 실감하게 된다. 어쩌다 지구의 생명으로 태어나

---

74 류시화, 『좋은지 나쁜지 누가 아는가』, 더숲, 1판 18쇄, 2019. p.150.

이 아름다움을 누리는가 하는 생각이 들기도 한다. 살아 있는 것 자체가 경이로움이요, 신의 축복이라는 생각이 절로 드는 것이다.

　어쨌든 이 산책길이 내게는 명상길이다. '지금, 이 순간'을 놓치지 않고 느끼려고 감정의 촉을 모으는 것만으로도 명상이다. 걷는 그 순간, 내 감각이 다른 곳으로 달아나지 않도록 붙잡는 것, 그로써 그 시간 속에 내가 머무르고 있다는 것을 깨닫는 공부를 나는 이 길에서 한다.

숲 향기 코에 스며드는 순간이,
새소리 귀에 닿는 순간이,
물결이 눈에 부딪는 순간이,
땅의 촉감이 가슴을 울리는 순간이,
살아 있음이다.
나는 지금 이곳에서 아름다운 지구별을 걷고 있다.

2019. 10. 8.

백로

간소

많이 가져야만 행복한 것은 아니다.

간소한 생활로

삶의 본질을 찾는 것이 중요하다.

나무가 살아가는 모습은 참 간소해 보인다. 모든 것을 운명으로 여기는 듯, 한 자리에 뿌리내리고 묵묵히 살아간다. 그 간소함은 겨울에 더욱 두드러진다. 이파리 모두 떨구고, 새봄에 틔울 움만을 달고 어려운 계절을 난다. 간결함으로 생명을 유지하는 지혜다. 이에 비하면 인간이 살아가는 모습은 지나치게 복잡해 보인다.

최근 '미니멀리즘(minimalism)'이라는 신조어가 관심을 끌고 있다. 소유하는 물건을 줄이자는 운동이다. 인류는 살아남기 위한 전략으로 대량생산을 좋은 정책으로 삼아 왔고, 많이 가지는 것을 미덕으로 여겨 왔다. 이런 인류의 이력에 비추어 볼 때, −작금에 와서-넘치는 것이 문제가 된다고 생각하게 된 것은 많이 만들어서 풍족하게 사는 것 뒤에는 그에 대한 대가가 따를 수 있다는 일종의 신호로 여길 수 있겠다.

칠팔십 년 전, 인류는 두 차례의 세계대전을 겪었다. 전쟁이 끝난 이후 전 세계는 극심한 경제난에 시달렸다. 위기를 벗어나려는 국가들의 목표가 대부분 경제부흥에 초점이 맞추어져 있었다는 것은 당연한 시대적 흐름이었을 것이다. 산업혁명 이후 향상된 생산기술과 전후 경제부흥의 바람, 그리고 많이 가지는 것이 미덕이라는 의식이 맞물리면서 과학과 산업은 발전의 기류를 탈 수 있었다. 그 결과 이 시대의 사람들은 역사상 유례가 없는 풍요를 누리며 살 수 있게 된 것이다.

최근 방영된 넷플릭스사의 「미니멀리즘」이라는 프로에 의하면, 물질만능주의 하면 서구, 특히 미국을 우선 생각하지 않을 수 없다. 그들은 역사가 짧은 국가로서 강대국의 지위를 점유하기 위해 빠른 산업발전과 거대한 기업의 이익창출을 목표로 삼아 달려왔다. 그만큼 유물론적 가치관이 강한 것이다. 최근, 이런 미국에서조차 과소비에 문제가 있다는 소리가 일부에서 나오고 있다는 것이다.

미국의 경우 지나친 소비가 일어난 것은 1990년대부터라고 한다. 인터넷쇼핑과 대형매장의 등장, 그리고 중국으로부터 대량으로 유입되고 있는 값싼 물건을 원인으로 들고 있다. 물건을 손쉽게 구매할 수 있게 된 것이 과거에 없던 부작용을 생겨나게 했다는 것이다. 생활공간의 활용도를 예로써 살펴보면, 1950년대에 비해 집 면적이 세 배로 늘어났는데도 실제 사용할 수 있는 공간은 오

히려 줄었다고 한다. 이들이 실제로 사용하는 공간은 전체 집 면적의 40%에 불과하다는 것이다.[75]

과다한 소유가 문제가 된다고 생각하게 된 것은 그것이 개인이나 사회에 해를 끼칠 수 있다는 인식에 이르렀기 때문일 것이다. 그렇다면 문제의 해결을 위해 먼저 물건이 지니는 의미를 생각해볼 필요가 있다.

물건의 가치는 필요의 정도에 따라 결정된다. 필요도가 클수록 가치가 높아지고 소중해진다. 간절한 마음이 들 때 물건을 구매하면 그만큼 만족도가 커지는 것이다. 앞에서 말했듯이 현재 우리는 과거에 비해 물건을 소유하기가 쉬운 시대를 살고 있다. 필요하다는 생각이 들면 바로 구할 수 있는 길이 항시 열려 있는 것이다. 그 편리함이 소중함을 빼앗아 가고 있는지 모른다. 간절한 마음이 채들기도 전에 획득함으로써 소중한 마음이 생길 여유를 가지지 못한다는 것이다.

그렇게 쌓인 물건들은 쾌적함을 침해하는 문제를 만들고 있다. 우리의 생활은 공간이 적당히 확보되어야 쾌적함을 유지할 수 있다. 물건이 쌓이는 만큼 여유 공간은 줄어들게 되고, 그만큼 쾌적함을 잃게 되는 것이다. 풍요 속의 빈곤이라 할 수 있다. 꼭 필요한 물건인가를 신중하게 짚어 보고 구매해야 하는 이유가 여기에 있다.

또 한 가지는, 삶의 본질이 지나친 소유욕으로 인해 왜곡될 수 있다는 점이다. 물건이란 모종의 행복감을 얻어 내기 위한 수단이다.

---

75   맷 다벨라 감독, 「미니멀리즘(비우는 사람들의 이야기)」.

소유 자체가 행복의 목적이 될 수는 없다. 막연히 소유하는 것만으로 즐거움을 얻을 수 있을 것이라고 생각한다면, 그것은 본질은 놓치고 껍데기만을 얻고서 잠깐 기분 좋아하는 것과 같은 것이다.

더욱 안 좋은 것은 물건을 사기 위해 원치 않는 일도 해야만 한다는 점이다. 만약 구입한 물건이 원했던 만큼의 기쁨을 주지 못한다면, 그 물건을 구하기 위한 자금을 모으기 위해 쓴 내 시간들은 날아가 버리는 결과가 된다. 어쩌면 그 시간은 행복을 누릴 수 있는 소중한 순간이었을지 모른다. 그렇게 소중한 시간을 써야 하고, 또 일로써 스트레스까지 생겨 건강까지 해치게 된다면 결코 현명한 행동이라 할 수 없다.

릭 핸슨이라는 신경심리학자는 과도한 구매심리를 '생물학적 기반을 둔 허망한 갈망'이라고까지 말한다.[76] 물건을 가지고자 하는 욕구는 결국 살려는 의지에서 나오는 것인데, 그 순수한 욕구를 자신의 내부에서 발생한 불만을 해소하는 도구로 착각한다는 것이다. 물건을 소유하면 만족할 것이라 믿지만, 과연 그 믿음대로 되었는지는 추후 스스로에게 물어보면 알게 될 것이다.

효용성 저하와 삶의 본질이 왜곡되는 것이 개인적 문제라면, 인류생존을 위협하는 사회적 문제도 생길 수 있다는 점을 생각해야한다. 대가 없이 얻어지는 것은 없다. 풍족하게 살았다면 풍족의 반대되는 무언가가 우리를 향해 다가올 수 있다는 것이다. 그중 한가지가 인류를 위협하고 있는 자원의 고갈과 환경문제다.

---

76   위 방송.

물건을 만드는 데 쓰이는 대부분의 원료는 자연에서 생성된 천연자원이다. 이 자원이 생성되는 데에는 수백만 년에서 수억 년 이상의 시간이 필요하다[77]고 한다. 탁자 위의 휴지 한 장만 보더라도 알 수 있다. 그것을 뽑아 쓰는 데 걸리는 시간은 단 몇 초면 되지만, 원료인 나무가 종이로 완성되기까지는 수십 년이 걸린다. 태양과 대지와 구름과 바람, 그리고 긴 시간이 투자되어 형성된 자원인 것이다. 지구는 약 사십억 년 전에 생겨났고, 수백만 년 동안 인류가 생명을 부지해 온 터전이다. 또 지금은 우리가 기대어 살고 있지만, 이후로는 후손들이 살아가야 할 터전인 것이다. 우리만 살다 가면 되는 것이 아니다.

환경 또한 생각하지 않을 수 없다. 플라스틱 등 쓰레기 범람이 인류의 생명을 위협하고 있다는 우려가 나온 지 이미 오래되었다. 위험이 눈앞에 닥쳤는데도 여전히 생산자는 자신의 이익을 얻기 위해, 소비자는 욕구를 채우기 위해 행위를 멈추지 않고 있다. 환경을 마치 다른 세상의 일인 것처럼, '그것은 내 문제 아니야. 누군가 해결하겠지. 나는 그저 내 삶을 누릴 뿐이야.'라고 생각해서는 안 된다. 소비는 생활에 꼭 필요한 것이지만, 필요 이상의 소비로 우리가 사는 터전을 잃을 수도 있다는 사실을 기억해야 한다.

경제학자이며 환경운동가인 슈마허는 '작은 것이 아름답다.'고 했다. 인류의 행복을 위해서는 어느 나라건 스스로 조절하고 통제할 수 있을 정도의 경제구조를 유지해야 한다는 것이다. 이렇게 했

---

77   현재 세계적으로 가장 많이 사용하고 있는 지하자원인 석유를 기준으로 삼았다.

을 때 쾌적한 자연환경 속에서 행복을 누릴 수 있는 공존의 경제 구조가 확보된다는 것이다.

많이 가져야만 행복한 것은 아니다. 간소한 생활로 삶의 본질을 찾는 것이 중요하다. 여행전문가들은 말한다. 여행을 최대한으로 즐기려면 짐을 최소화하라고. 짐이 많으면 활동하는 데 어려움이 있어 마음껏 즐기지 못할 뿐 아니라, 정신도 자유롭지 못하다는 것이다. 많이 가지는 것에 관심 두지 말고, 순간순간을 신바람 나게 느껴야 한다. 이것이 이 별에서의 여행을 후회 없이 하는 비결이다.

찔레와 억새의 덤불 속에 무언가가 있다. 풀숲을 헤치고 가만히 보니 새 둥지다. 그 덤불 속은 무수히 많은 작은 새들이 사는 곳인데, 억새 줄기 중간쯤에 둥지를 엮어 놓았다. 안을 들여다보니 새끼손가락 끝 마디만 한 크기의 푸르스름한 빛깔의 깨진 껍질 네 개가 놓여 있다. 생명이 탄생했던 흔적이다. 주인들은 부화해 날아가고 흔적만 남겨져 있는 것이다.

둥지를 보니 그것을 엮은 어미 새의 노고가 느껴진다. 잔가지와 부드러운 풀로 엮었는데, 그 정교함에 감탄하지 않을 수가 없다. 생명을 이어 가기 위한 노력의 증거다. 그렇게 애써서 만든 둥지지만 새끼를 부화하고 나면 그들은 미련을 두지 않고 떠난다. 홀홀 털고 가버린다. 간소함으로 날아가는 자유를 얻은 것이다.

2019. 1. 17.

3
부

가보지 않은 길

"그대가 사랑하는 것이 그대를 끌어당길 것이다.

그것을 말없이 따라가라.

그대는 길을 잃지 않을 것이다."

국망봉에 도착하니 오후 한 시다. 풍기의 희방사 골짜기에서 새벽 세 시 반에 출발하여 연화봉, 비로봉을 거쳐서 오는 길이다. 원래 계획했던 대로라면 이곳이 능선 길로는 마지막 지점이다. 이제는 남쪽으로 방향을 틀어 죽계구곡을 지나 경북 영주의 소수소원 쪽으로 내려가야 한다. 그곳은 예전에 가보았던 길이다.

동쪽으로 계속 흐르는 능선을 보니, 사람이 다닌 흔적이 희미하게 보인다. 그 길로 가면 소백산 동쪽 끝 봉우리가 나올 것이다. 지도를 펴놓고 보니, 그곳에서 충북 단양의 구인사로 내려가는 등산로가 보인다. 희미하게 나 있는 발자취가 표지처럼 마음을 이끈다.

가보지 않은 길을 가보고 싶어졌다.

사실 이 선택은 고생을 부르는 결정이었다. 이미 아홉 시간 넘게 걸었기 때문에 체력이 바닥난 상태였고, 시간도 촉박했다. 앞으로 서너 시간은 더 걸어야 할 판인 데다, 지도만 보고 짐작해서 가는 길이어서 자칫 길을 잘못 들어서기라도 하면 낭패스러운 일이 벌어질 수 있다. 어둡기 전에 산을 빠져나가지 못할 수도 있는 것이다. 당일 산행 준비만을 해 온 터라 그리되면 난감한 일이 벌어질 수도 있었다. 얼마 가지 않아 그렇게 한 선택에 회의가 들었지만 돌이킬 수가 없었다. 한번 정한 발길을 돌려 되돌아오기란 쉽지 않은 일이었다.

마음이 급하니 앉아서 물 한 모금 마실 여유가 없었다. 목이 마르면 그냥 허둥허둥 걸어가며 마셨다. 발을 헛디뎌 앞으로 엎어지는 일도 빈번해졌다. 다리 근육이 풀리고 있다는 신호다. 급한데 신발 끈은 어찌 그리 잘 풀리고, 오줌은 또 왜 그리 마려운지. "소낙비는 나리구요, 업은 애기 보채구요, 허리띠는 풀렸구요, 광주리는 이었구요, 소코뺑이 놓치구요, 논의 뚝은 터지구요, 치마폭은 밟히구요, 시어머니 부르구요, 똥오줌은 마렵구요."라고 하는 노랫말이 떠올랐다. 이때의 상황이 딱 그러했다.

걷고 또 걸었다. 그야말로 신발 끈이 풀리면 주춤주춤 걸어가며 묶어야 하는 상황이었다. 어둡기 전에 산을 빠져나가자면 어쩔 수가 없었다. 시작이 있으면 끝도 있는 법이라고, 고꾸라지고 구르다 보니 사람의 흔적이 보이는 평평한 솔밭이 나타났다. 드디어 산자락에 이른 것이다.

온몸이 땀에 젖어 축축하고, 숨은 차고, 다리가 풀려 쓰러질 지경이었다. 그렇지만 산을 거의 내려왔다는 것만으로도 안도가 되었다. 그런데 이번에는 폭 2~3m가량 되는 거센 물살의 도랑이 가로막고 섰다. 위아래로 오가며 건널 만한 곳을 찾아보았으나 징검다리 하나 보이질 않는다. 하는 수 없이 그중 폭이 좁은 한 곳을 골라 뛰어 건너기로 했다.

한쪽 다리가 불편하니 멀리 뛸 수는 없었다. 물길에 휩쓸리는 것만이라도 면해야겠기에, 배낭은 미리 던져 놓고 건너편 둔덕의 풀이라도 잡을 수 있도록 몸을 날렸다. 나는 뛴다고 뛰었다지만, 정확히 말하면 몸을 엎었다는 표현이 적절했을 것이다. 하체는 물에 떨어져 젖었지만, 그래도 지긋지긋한 산은 벗어날 수가 있었다.

이십여 년 전, 소백산에서의 일이었다. 사오십 대 시절에 나는 산을 많이 다녔다. 홀로 하는 등산을 좋아했는데, 혼자 조용히 다녀야 산을 오롯이 느낄 수 있기 때문에 그리한 것이다. 그래서 산에 대한 기억 중에는 혼자 갔을 때의 기억이 더 진하게 남아 있다.

산은 내게 자연의 법칙을 가르쳐 준 스승이며, 그 안에서 평화를 느끼게 해준 은신처다. 활력을 채워 주는 충전소이며, 아련한 그리움의 대상이기도 하다. 지금도 예전에 가보았던 산을 멀리서라도 바라보게 되면 그리운 친구를 보는 것 같은 아련한 향수에 빠지게 된다.

소백산도 그중 한 곳이다. 특히 이날의 산행이 그러한데, 신선봉에서의 기억이 유난하다. 신선봉(1,389m)은 그날 지나쳐 온 여러 봉우리 중 마지막 봉우리였다. 북쪽(단양 방향)으로 틀어 내려가는 일만 남은 지점이었다. 내리막길로 들어서면 숲속을 걸어야 하기 때문에 드넓은 하늘을 가깝게 볼 수 있는 곳이 없을 터였다. 시간이 아무리 촉박해도 그냥 지나칠 수가 없었다. 바위 위에 잠시 몸을 눕혔다.

눈 위로 구름 낀 회색 하늘이 펼쳐져 저 먼 곳에서 땅끝과 맞닿아 있었다. 쓸쓸한 것이 세상에 홀로 있는 기분이었다. 종일 사람을 보지 못했기 때문에 그랬는지, 서늘한 외로움이 가슴으로 밀려들었다. 외로움도 가끔은 필요하다고 한 법정스님의 말이 생각났다. "사람은 때로 외로울 수 있어야 합니다. 외로움을 모르면 삶이 무디어져요. …… 외로움은 옆구리로 스쳐 지나가는 마른 바람 같은 것이라고 할까요. 그런 바람을 쏘이면 사람이 맑아집니다."[78]

가슴이 맑아져서 그랬는지, 아니면 너무 지쳐 정신이 혼미해져서 그랬는지, 불현듯 '하늘 끝 정자의 나그네(天涯亭過客-천애정과객)[79]'가 떠올랐다. 내가 딱 그 나그네 같다는 기분이 들었다. 무리를 이루고 살아가는 지구 생명으로 태어나기 이전의 내 정체가 저러지 않았을까 하는 상상도 들었다. 우리는 본디 우주 가운데 고독한 존재라고 하지 않던가? 삶이라는 이름으로 지구별을 걷고 있는 외로운 나그네!

신선봉에서의 기억이 각별한 것은 그곳에 머문 동안, 내가 나를

---

78   법정, 최인호 공저, 『꽃잎이 떨어져도 꽃은 지지 않네』, 도서출판 여백, 2015, p.142.
79   중국의 제백석(齊白石)이라는 작가가 제작한 전각의 내용.

만날 수 있었기 때문이었을 것이다. 신선한 고독감이 그러한 상황으로 나를 몰아갔던 것이다. 그날의 느낌을 나는 시절인연이 준 선물이며, 산이 허락한 보물이라고 생각하고 있다. 그런 의미에서 그날의 산행은 행운을 가져다주었다고 할 수 있다. 고생은 했지만, 대신 하늘 끝을 걸어가고 있는 나를 보는 느낌을 경험했으니 말이다. 시인 루미는 노래한다. "그대가 사랑하는 것이 그대를 끌어당길 것이다. 그것을 말없이 따라가라. 그대는 길을 잃지 않을 것이다."라고.

그날의 행운은 가보지 않은 길을 택했기 때문에 얻을 수 있었다. 예정하지 않았던 곳에서 진귀한 것을 얻을 수 있는 것이 길의 묘미인 것이다. 인생길 또한 그러할 것이다.

가장 위대한 여행은 지구를 열 바퀴 도는 여행이 아니라,
단 한 차례라도 자기 자신을 돌아보는 여행이다.

─마하트마 간디─

2019. 11. 21.

사십육 년 만에
완성된 사진

소싯적 친구가 좋은 것은 그들만의 이야기가 있기 때문이다.

그 이야기는 그들의 역사가 되고,

각자를 건강한 성인으로 성장할 수 있도록 자양분이 되었다.

문장대(文藏臺), 정상임을 알리는 비석 옆으로 족두리 모양의 암봉이 솟아 있다. 가파른 철 계단을 올라 하얀 너럭바위 위에 올라서니, 숨소리조차 조심해야 할 것 같은 고요가 펼쳐져 있다. 속리(俗離-속세를 떠나다)라는 산 이름이 허명은 아니구나 하는 기분이 드는 풍경이다.

사방이 초록과 하양의 조화를 이루며 펼쳐져 있다. 숲은 숲대로 바위는 바위대로 무심히 제 자리를 지키고 있는 것이다. 순수무구한 자연의 조화 앞에 인간의 욕망 같은 것은 끼어들 틈이 없어 보인다. 그 속에서 나는 아주 작은 존재일 뿐이다. 자연의 깊은 고요에 나를 맡기고 찬찬히 능선들을 바라본다.

동쪽으로 달리는 능선 끝에 평화로이 솟아 있는 봉우리 하나가 눈에 들어온다. 속리산의 주봉인 천왕봉이다. 오늘은 평화지만 그날은 고행이었던 곳이다. 이곳에 왔다가 두 친구는 왔던 길로 바로 내려가지 않고 그곳으로 돌아내려 갔다. 그날 그들은 배가 고파서 큰 고생을 했다고 한다. 여러 차례 들어 왔던 회고담 속의 어린 두 친구 생각이 나 마음이 짠해진다. 사십육 년 전, 우리는 이곳엘 왔었다. 여행의 마지막 코스였다.

작년 어느 날 TV를 보고 있는데, 속리산 문장대 가는 길목의 점방에 대한 이야기가 소개되고 있었다. 한 사내가 팔 물건을 지게에 지고 산을 오르는 장면이 나오는데, 마지막 계단을 오르자 점방의 전경이 화면에 비쳐졌다. 순간, 나는 "거기다!"라고 소리를 질렀다. 오래된 일이라 기억이 정확하다고 단정 지을 수는 없지만, 그곳일 것이라는 믿음이 가는 기억의 장소였다. 내 기억은 이내 사십육 년 전으로 내달렸다.

고등학교 2학년 여름방학, 친구 다섯 명이 태어난 이후 가장 긴 여행을 떠날 것을 도모했다. 부모님의 보호를 벗어나 이곳저곳을 자유롭게 돌아보자는 계획이었다. 학생 신분이었기 때문에 여행 경비며 장비가 충분할 리 없지만, '그렇기 때문에 청춘'이라는 마음으로 출발했다.

영등포역에서 완행열차를 타고 대전으로 내려가 유성의 여인숙에서 첫 밤을 보내는 것으로 여행이 시작되었다. 여러 날 동안 계룡산 동학사 계곡, 삼불봉, 공주 갑사, 금강의 장계 유원지 등지에서 텐트를 치고, 냄비에 밥을 해 먹으며 거쳐 왔고, 마지막 코스가 속리산이었다. 법주사 사하촌에 민박을 정해 마지막 밤을 보내면서는 다음 날 먹을 쌀만을 남기고 나머지는 탈탈 털어 막걸리로 바꾸어 먹었다. 학생 신분이었지만 여행의 마지막 밤인데, 그 정도의 일탈마저도 없을 수 있겠는가 하는 기분이었다.

드디어 마지막 날이다. 새벽 일찍 준비하여 출발했는데 시작부터 난관이다. 법주사 앞을 지나가야 하는데 입장료를 내야 한단다. 전날, 자금을 모두 모아 먹고 마셔 버렸기 때문이기도 했지만, 애당초 요금을 내고 정문으로 걸어 들어가는 것이 사치로 여겨지는 처지였다. 당연히 무임통과를 해야 하니, 정문이 아닌 산속으로 침투할 수밖에 없었다.

험하고 덤불이 심한 산속을 넘어지고 구르면서 한 시간 넘게 전진하여 겨우 입산통제소를 통과하여 정상도로에 내려섰다. 온몸은 땀과 흙으로 범벅이 되었다. 시작도 하기 전에 기진맥진한 것이다. 그러나 그런 것쯤은 장애가 되지 못했다. 체력이 떨어지면 걸어가며 충전을 하던 시절이었으니, 오직 나아가는 길만 있을 뿐이었다.

정상에 거의 다 왔다 싶을 즈음, 야트막한 지붕의 점방이 나타났다. 좌판 앞마당에서 아주머니 한 분이 대야 위에 도마를 가로질러 놓고 묵을 자르고 있었다. 배가 고파서 먹고 싶었지만, 우리에게는 묵 맛을 누릴 만한 돈이 없었다. 그때 넉살 좋은 한 친구가 썰다가 도마 아래로 떨어진 묵 한 조각을 얻어먹었다. 이를 본 친구 두엇이 아주머니가 똑같은 자비를 베풀어 주기를 기대하며 따라서 옆에 앉았다. 그렇게 해서 묵 조각을 얻어먹었는지 기억이 나지는 않는다. 잠시 뒤 누군가가 "올라가자."하고 외치자 우리는 우르르 돌계단을 다시 오르기 시작했다.

그렇게 50m쯤 갔을까, 사진을 담당하던 친구가 "카메라!"하고 외치며 뛰어 내려가는 것이었다. 모두들 뒤를 따라 내려갔지만 없었다. 방금 전, 묵을 얻어먹으려 앉았을 때 도마 옆에 카메라를 잠시 내려놓았다가 그냥 올라갔던 모양인데, 그새 없어진 것이다. 아주머니께 물어보아도 모른다는 것이었다. 많은 이가 오가는 등산로이다 보니 없어진 물건을 찾을 도리가 없었다.

모두들 풀이 죽었다. 집안 어른께 사정하여 카메라를 가져왔던 친구의 입장이 걱정되기도 했고, 또 한 가지는 필름을 잃어버렸기 때문이었다. 그 안에는 그동안 찍었던 필름과 문장대에서 찍을 빈 필름 두어 컷이 남아 있었다. 사진이 귀한 시절이라 필름을 두 통 썼는데, -그나마 현재 남은 사진은 두 장뿐인-전반부 한 통만 남고, 나머지 한 통은 카메라와 함께 기억 속으로 잠기게 된 것이다. 덕분에 우리는 목적지를 눈앞에 두고 마지막 사진을 남기지 못한 채 여행을 끝내게 되었다.

그 사건은 우리에게 추억과 숙제를 안겨 주었다. 소싯적 친구가 좋은 것은 그들만의 이야기가 있기 때문이다. 그 이야기는 우리의 역사가 되고, 각자를 건강한 성인으로 성장할 수 있도록 끌어 주는 자양분이 되었다. 맹자는 친구를 이렇게 말한다. "나이가 많음을 (옆구리에) 끼지 않고, 귀함을 끼지 않고, 형제를 끼지 않고 벗하는 것이다. 벗함은 그 덕(德)을 벗하는 것이니, 끼임이 있어서는 안 된다."[80] 여기서 '끼지 않는다.'는 것은 의도나 기대가 없다는 뜻이다.

친구 사이에는 조건이 없다. 그냥 좋은 것이다. 친구라고 하면서 조건이 있다면 그것은 친구가 아니다. 친구라는 아름다운 이름을 이용한 거래일 뿐이다. 그래서 오래된 인연은 가만히 보면 그 사이에 순수가 두툼하게 깔려 있는 것을 알 수 있다. 학창시절의 기억들, 얼마나 순수한가. 순수함이 그들의 감성을 하나로 묶어 주었고, 언젠가 다시 가보리라는 생각까지도 함께하고들 있었으니 말이다.

친구들이 모인 자리에서 TV에서 본 그 점방 이야기를 했더니, 한번 가보자는 것이었다. 그렇게 우리는 또다시 속리산행을 모의하게 되었다. 이번에는 그때 동행하지 않았던 친구도 함께 가기로 했다. 그는 수학을 좋아하여 우리가 여행을 간 사이에 수학 문제만 풀며 여름방학을 지낸 친구였다. 함께 모이면 당시의 여행 이야기를 자주 하니, 가지 않았는데도 함께 갔던 것으로 착각한다는 친구다. 그러니 함께 가지 않을 수가 없었다.

그렇게 우리는 묵을 팔던 점방을 다시 찾았다. 점방에는 오십 대 초반의 사내가 자리를 지키고 있었다. 사십육 년 전에 이곳에서 묵을 팔던 아주머니를 아느냐고 물어보았다. 그분은 그곳에서 오십 년 넘게 장사를 하다 칠 년 전에 하산하셨단다. 사실 우리가 그곳엘 가려 했던 것은 카메라에 대한 미련 때문만은 아니었다. 여린 정이 서려 있었던 곳이라 그냥 한번 가보고 싶었다. 산을 내려가셨

---

80   『孟子』「萬章 下」3장 : 孟子曰 不挾長 不挾貴 不挾兄弟而友 友也者友其德也 不可以有挾也.

다는 이야기를 들은 친구들 표정은 덤덤해 보였다. 세월의 바람이 모든 것을 실어 갔다고 여기는 듯했다.

문장대에는 마침 우리만 있었다. 바위에 편히 누워 땀을 식히며, 오래된 회포를 풀기 좋은 상황이었다. 마침내 사진도 찍었다. 사십육 년 전의 여행이 완성되는 순간이었다. 그 모습을 보니 웃음이 나왔다. 17세 까까머리 소년들이 세월로 숙성된 초로의 모습이 되어 그곳에 다시 섰으니 말이다.

하산 길에는 그 점방에서 묵을 주문해 막걸리를 한잔했다. 물론 이번에는 당당하게 돈을 내고 말이다. 제철 산나물을 듬뿍 넣어 무친 묵 맛이 일품이었다. 돈이 없어 묵을 얻어먹으려다가 카메라를 잃었던 한을 푼 기분이었다. 카메라를 잃었던 친구가 한마디 한다. "묵 맛 좋다. 이제는 되었다."라고. 그때 찍지 못한 마침표를 비로소 찍었다는 뜻이리라. 평화로운 시간이었다.

그런데, 그곳에 앉아 있던 모두는 평화로움 속에 아쉬움 한 자락씩을 안고 있었다. 건강이 좋지 않아 이번 여행에 동참하지 못한 친구 생각 때문이다. 십오 년 전부터 투병생활을 해오고 있는 그는 우리에게 아픈 손가락과 같은 친구다. 가끔 주문을 외듯 그가 하는 말이 있다. "조금만 더 살자." 처음 그 소리를 들었을 때는 슬펐다.

그런데 몇 번 듣다 보니 허약한 감상에서 나온 말이 아니라는 것을 알게 되었다. 그는 생명의 소중함을 잊지 않고 매 순간을 알차게 살고 있는 것이었다. 누죽걸산(누우면 죽고, 걸으면 산다)을 외치며 체력이 떨어지지 않도록 매일 자전거를 타거나 걷기운동을 하는데, 그 모습이 치열하기까지 하다. 말로만 외치는 것이 아니라 몸으로 직접 부딪히는 것이었다. 내가 보기에 그는 백척간두에 선 기분으로 '지금'을 알뜰하게 살고 있는 것이다.

건강하여 영원히 살 것처럼 살아도 지금을 놓치고 산다면 건강한 것이 무슨 소용이 있겠는가? 최근에는 나도 가끔 '조금 더 살자.'의 의미를 상기해 보곤 한다. 한순간이라도 허투루 보내지 않기 위해 마음을 단속하는 것이다. 친구란 본디 서로 배우고 끌어주며 커가는 사이이니, 실로 그는 좋은 친구이며 스승인 것이다. 비록 이번 여행에 몸은 함께하지 못했지만, 사십육 년 전 이곳에서 함께 했던 것처럼 그도 함께 있었다. 아마 그도 친구들과 함께 있었을 것이다. 우리는 친구이기 때문이다.

함께 있으면 편안하고, 기분 좋아지는 사람이 있다. 그와 함께 있음으로써 내가 나다워지고, 그래서 나 자신을 더욱 좋아하게 되기 때문이다. 지구별을 여행하며 우리는 많은 사람과 만나고 헤어지지만, 오래도록 함께 걸으며 그를 통해 나를 느낄 수 있는 사람은 그리 많지 않다. 오래된 친구가 좋다는 것은 바로 이런 이유 때문일 것이다. 오래된 이야기를 공유하는 친구가 있다는 것, 지구별을 여행하는 나그네로서 큰 복이 아닐 수 없다.

2020. 6. 7.
여행 다음 날

※ 잃어버리기 전에 챙겨 두어야겠기에, 큰딸에게 부탁하여 과거에 찍은 사진 두 장과 이번에 찍은 사진 몇 장을 골라 앨범 여섯 권을 엮어서 친구들에게 보내 주었다. 제목은 「사십육 년 만에 완성된 사진」이다.

동감(同感)의 착각

한마디 말을 더 하고 싶어 입이 근질거리거든,

그 말을 하고 싶어 하는 나의 진심을 먼저 들여다보고,

그 말을 들을 상대의 감정 상태를 살필 줄 알아야 한다.

한여름에 하는 밭일은 고역이다. 쌓아 놓았던 비료 더미가 무너져서 길을 가로막고 있어 정리하던 중이다. 비료 냄새로 머리가 지끈거리고, 온몸이 땀으로 끈적거린다. 찜질방의 훈증 같은 공기는 숨을 턱턱 가로막는다. 이럴 땐 쉬어야 한다.

잠깐 허리를 펴고 숨을 돌리는데, SNS로 문자가 왔다. 지인이다. "뭐 하세요?"하고 묻는다. 나는 "일을 하는데 많이 덥네요."라고 답장을 보냈다. "까똑!"하고 문자 들어오는 소리가 또 들린다. 열어 보니, 푸른 바다를 배경으로 맥주잔 들고 있는 사진이 다시 왔다. 이어서, "시원한 맥주 한잔하세요."라는 글이 날아왔다.

문자를 받고 나니 더 더워진다. 게다가 갈증까지 난다. 작열하는 태양이 야속할 뿐이다. 그 사람은 땀 흘리며 일하는 사람을 위로하려고 그린 문자를 보냈겠지만, 그분의 바람처럼 나는 시원하지가 않다. 그런 사진을 받으면 바닷가에서 자신이 느끼는 기분을 상대도 느낄 것이라고 생각했겠지만, 나는 그럴 상황에 있지 못했기 때문이다. 문자를 보내신 분은 아무래도 동감(同感)의 착각을 한 것 같다. 차라리, "덥지요? 나도 지난주에 땡볕에서 일하다가 쓰러질 뻔했어요. 시원한 물 한 잔 마시고 잠깐 쉬었다 하세요."라고 했다면 어땠을까 싶다.

내 경험에 비추어 볼 때, 동감의 착각은 대체로 표현하는 쪽의 감정이 들떴을 때 많이 일어나는 것 같다. 감정이 고조되면 그 기분을 누군가와 공유하고 싶어지고, 또 드러내고 싶어진다. 이때 받는 쪽에서 마음의 여유가 있어 그 기분을 공감(共感)할 수 있으면 다행인데, 그렇지 못하면 감정이 어긋나게 된다.

정도의 차이는 있겠지만, 이러한 실수는 누구라도 저지를 수 있는 일일 것이다. 그런데 이것이 습관이 되면 곤란해질 수도 있다. 경솔한 언행을 자주 하면 사람이 가벼워질 수 있기 때문이다.

요즘은 무선 통신망의 발달로 굳이 얼굴을 마주하지 않더라도 대화할 수 있는 통로가 많이 있다. 따라서 이런 실수를 할 소지도 많아졌다 하겠다. 얼굴을 보며 대화를 해도 실수를 하는데, 상대의 얼굴 표정을 보지 못하고 대화를 하니 동감의 착각을 일으킬 소지가 많아진 것이다. 최근에도 나는 실수를 했다.

우리나라의 기후가 열대성으로 변하고 있는지, 비가 내렸다 하면 기습폭우다. 사흘 전에도 그런 비가 내렸다. 저 아래 계곡의 물 내려가는 소리가 골짜기를 울릴 정도로 우당탕하고 내린 것이다. 요즘 같은 폭염 중에는 그런 빗소리를 듣고 있으면 가슴이 시원해진다. 상쾌하게 감정이 솟아오르는데, 혼자만 느끼기에 아깝다는 생각이 들었다.

기분을 나누고 싶은 상대를 생각하다가, 윗 골짜기에서 과수원을 하는 지인이 생각났다. 오랜만에 안부도 물을 겸, "비가 오니 시원합니다."하고 문자를 보냈다. 답장이 왔다. "비가 너무 많이 와서 과수원 축대가 무너졌어요. 새벽부터 물길을 막다가 방금 들어왔습니다."라고 한다. 아뿔싸! 나는 푼수 짓을 하고 말았다.

그분은 비가 전혀 시원하지 않았을 것이다. 물길을 막느라 부부가 밤새 고생을 했다는데, 가서 돕지는 못할망정 공감 못 할 소리를 했으니 푼수도 이런 푼수가 없는 것이다. 신중하지 못했던 언사를 후회해 봐야 이미 엎질러진 물이다. 비가 와서 시원하면 혼자 조용히 즐길 일이지 뭐 한다고 그런 문자를 보냈을까. 이런 실수를 하고 나면 나의 가벼움이 드러난 것 같아 쥐구멍이라도 찾아 들어가고 싶어진다.

마음이 진중하지 못했던 것이 문제다. 내가 진중했더라면 틀림없이 상대의 감정 상태를 살폈을 것이다. 옛 성현들은 말을 조심하라고 가르쳤다. "말이 아직 남음이 있을 때 다 쏟아 내지 않고 참으면, 말은 행실을 돌아보게 되고, 행실은 또 말을 돌아보게 된다."[81]

---

81   『中庸』13장 : 有餘不敢盡 言顧行 行顧言.

말을 삼가고 무겁게 할 때, 행동도 진중해지고, 내 마음의 위치를 스스로 파악할 수 있다는 가르침이다.

한마디 말을 더 하고 싶어 입이 근질거리거든, 그 말을 하고 싶어 하는 나의 진심을 먼저 들여다보아야 한다. 그 말을 들을 상대의 감정 상태를 살필 줄 알아야 한다. 혹시 지금 하려는 말에 욕심이 깔린 것은 아닐까, 그 말이 상대의 마음에 닿았을 때 상대는 어떻게 느낄 것인가를 헤아리는 여유가 필요하다는 것이다.

상대를 위로하듯 점잖게 말은 하지만 그 속에 나를 자랑하고 싶은 마음이 묻어 있다면, 그것은 나와 상대 모두를 기만하는 것이다. 덕은 이런 틈을 통해서 달아난다. 제 입으로 덕을 잃는 것, 이것이 푼수다.

2019. 8. 11.

말복

"꼬끼오"

같은 소리라도 어느 때는
고통을 주는 소리가 될 수 있고,
또 어느 때는 고통을 거두어 주는 신호가 될 수도 있다.

마당 한구석, 산등성이에 붙어 있는 작은 방이 하나 있다. 본체가 완공된 다음 해에, 두산리에 사는 친구가 좋은 생각이 있다면서 지은 곳이다. 마당의 수돗간 위에 정자를 올리면서, 절반은 트인 공간으로 하고, 나머지 절반은 벽을 세워 방을 만들었다.

친구는 우리가 이곳에 땅을 마련할 때부터 집을 모두 지을 때까지, 도편수 같은 역할을 하며 마치 본인 집 짓듯이 나서서 모든 일을 챙겨 주었었다. 그렇게 본체를 짓고 나서 너무 좁다고 아쉬워했는데, 이번에 방을 짓고는 내가 머물 곳을 마련해 준 것 같다며 흡족해했었다.

세 평 정도의 좁고 난방도 안 되는 곳이지만, 책상과 책장을 들여 정리하고 나니 동굴처럼 아늑한 나만의 공간이 되었다. 방에서 남쪽으로 낸 작은 창을 열고 보면 능선을 타고 흐르는 솔숲이 펼쳐진다. 그곳에는 새소리, 바람소리 등 자연의 소리가 있다. 숲의 풍경과 자연의 소리는 나를 즐겁게 했다. 그 방에 머무는 동안 평화를 누릴 수 있었으니, 나에게는 낙원과도 같은 곳이었다.

작년 초여름 어느 날, 고요를 빼앗아 가는 소리가 등장했다. 멀지 않은 곳에서 닭소리가 들리기 시작한 것이다. 고맙게도, 훗날 주인의 배려로 닭이 치워져 고요를 되찾기는 했다. 그러나 그렇게 되기까지는 신경이 곤두서는 날들을 보낼 수밖에 없었다. 조용히 앉아 책을 읽다가도 "꼬끼오~~" 소리가 들리면 고요하던 평화는 여지없이 부서지는 것이었다. 불편함은 계속 발전하여, 닭소리가 언제 울릴지 모른다는 불안감에 싸이는 지경까지 되었다. 그렇게 닭소리는 나의 낙원을 빼앗아 가는 도깨비가 되었다.

어느 날 TV를 보다가, '다 좋은 것이다.'라는 주제의 인문학 강좌 한 편을 듣게 되었다.[82] '이 세상 모든 것이 좋지 않은 것이 없다. 모든 사물은 세상을 대하는 각기 다른 기준이 있게 마련이다. 사물 간의 접촉으로 인해 발생하는 불편을 해소하기 위해서는 그 사물의 기준을 이해하는 것이 중요하다. 상대에 대한 이해는 곧 갈등을 해소하는 해결책이 된다. 이렇게 풀어 나가면 세상 모든 것이 다 좋아지게 된다.' 대충 이런 내용이었다.

---

82   강사 : 성균관대학교, 전헌 교수.

강연을 들은 후, 닭소리 때문에 불편했던 마음이 다소 편안해지는 것 같았다. 불현듯, "가만, 이 편안한 느낌은 뭐지? 강연이 닭소리를 없애 준 것도 아닌데."하는 마음이 들었다. 가만 생각해 보니, 이전까지는 닭소리에 대한 느낌이 꼭 나빴던 것만은 아니었다. 좋은 기억도 있었다.

고등학생 시절, 친구 네 명이 1박 2일 일정으로 낚시를 간 적이 있었다. 대어를 낚을 것이라는 기대를 안고 호기롭게 떠난 여행이었다. 장항선 완행열차를 타고 영등포역을 출발하여 온양 아래 신창역에서 내려, 들길을 따라 삼사십 분 정도 걸어 저수지에 도착했다.

가을이라 수심이 깊은 곳에서 낚시를 하고 싶었던 우리는 제방 위에 자리를 잡았다. 둑 위에 2인용 A형 텐트를 치고, 낚시 준비를 했다. 낚시 시작하고 한 시간가량 지났을까, 바람 부는 것이 심상치 않았다. 우리는 몰랐었는데 태풍 예보가 있었던가 보다.

바람은 점차 거세지더니 낚싯대를 제대로 던질 수 없을 지경까지 되었다. 낚시를 포기하고 흔들리는 호수 수면을 야속한 마음으로 바라보며 서성이는 사이에 해가 저물었다. 저녁밥을 겨우 끓여 먹고 2인용 텐트 안에 네 명이 몸을 구겨 넣듯이 들어갔다. 바람이 거센 데다 텐트를 친 곳이 하필 바람을 많이 받는 둑방이었다.

날아갈 듯이 요동치는 텐트를 쓰러지지 않게 네 사람이 귀퉁이 하나씩을 잡고 버티며 밤을 지새워야 할 판이었다. 밤은 깊어 가는데 바람은 잦아들 기미가 없었다. 모든 것을 날려 버릴 듯 달려드는 괴물 같은 태풍 속에, 오직 시꺼먼 호수와 우리만 있는 것 같은 기분이 들었다. 버티다 버티다 참기 어렵다고 생각한 한 명이 제안했다. "야, 저기 불빛이 있는 곳으로 가자." 이 말을 신호로 모든 것을 텐트에 담아 메고 희미한 불빛을 향해 달렸다. 둑이 끝나는 곳에서 멀지 않은 곳에 민가가 있었다.

주인은 부를 엄두도 내지 못하고, 몰래 숨어들 곳을 찾았다. 헛간이 보였다. 재래식 변소에 붙어 있는 헛간이었다. 변소 냄새가 났지만, 이 상황에서 그것마저 없기를 바라는 것은 사치였다. 무서운 바람을 피할 수 있는 것만으로도 황송했다. 둑에서 받았던 혹독함을 생각하면 안온함마저 느껴지는 장소였던 것이다.

그러나 그것도 잠시였다. 밤이 깊어 가자 판자 틈으로 스며드는 바람이 매서웠다. 추위에 떨다가 덮을 것이 없을까 하고 주위를 둘러보니 한쪽에 빈 가마니가 쌓여 있었다. 그것을 내려서 덮었다. 조금 낫기는 했지만 가마니의 성긴 구멍을 뚫고 들어오는 바람까지 막을 수는 없었다. 그렇게 우리는 주인에게 들킬까 봐 말소리도 내지 못하고 고통스러운 밤을 버티고 있었다.

어둠이 지긋지긋하다고 느껴질 즈음, 우리를 해방시켜 주는 소리가 들렸다. "꼬끼오!"였다. 닭 홰치는 소리에 이어 개소리도 들렸다. 십 예닐곱 인생을 살아오며, 숱하게 들어 왔을 그 소리가 그날처럼 반가웠던 적은 없었다. 마치, '밤이 끝났노라.'고 선언하는 구세주의 목소리 같았다.

인간이 사는 낙원으로 돌아온 것 같은 안도감을 느끼며, 우리는 헛간을 대충 정리하고 주인이 깨어나기 전에 몰래 빠져나왔다. 그리고는 닭소리를 신호로 어둠이 걷혀 가고 있는 평화로운 들판을 보며, 신창역 대합실을 향해 터벅터벅 걸었다.

　같은 소리라도 어느 때는 고통을 주는 소리가 될 수 있고, 또 어느 때는 고통을 거두어 주는 신호가 될 수도 있다는 것을 깨달은 경험이었다. 살다 보면 소음에 신경 쓰느라 소중한 순간들을 얼마나 많이 놓치고 사는지 모른다. 놓쳐 버리는 그 순간은 평화에 잠길 수 있는 시간일 수도 있고, 행복을 느낄 수 있는 경이로운 순간일 수도 있는 것이다.

　베트남의 틱낫한 스님은 소리를 수양의 도구로 삼았다고 한다.[83] 종소리가 들리면, "들어 봐! 들어 봐! 이 멋진 종소리가 진정한 나의 본가로 데려다주는구나."라고 하며 호흡에 집중했다고 한다. 종소리뿐 아니라 생활 속의 모든 소리가 수양의 도구였다는데, 어떤 소리가 들리면 그것으로 스스로를 돌아보는 신호로 삼았다는 것이다. 소리를 통해 삶의 본질을 놓치지 않도록 하여 늘 깨어 있겠다는 마음가짐이었던 것이다.

　어떤 이에게는 고통일 수 있는 소리가 스님에게는 수양의 도구가 되었다 하니, 세상만사가 마음먹기에 달린 것이다.

2018. 2. 8.

83　마인드풀니스 환기법(Bells of Mindfulness) : 뇌 휴식법. 호흡에 집중함으로써 잡념에서 벗어나 '지금 나'에 집중하는 법.

군대 이야기

한순간도 헛되이 버려지는 시간은 없었다.
뜨거운 가슴이 있는 청춘의 일부였고,
거룩하게 진행되었던 내 삶의 한 구간이었다.

군대 이야기만큼 재미없는 이야기도 없다고들 한다. 그런데도 오늘은 재미없는 그 이야기를 하고 싶다. 모병제를 해야 한다는 말이 나오고 있다. 모병제는 어쩐지 우리나라에서는 어울릴 것 같지 않은 어색한 단어다.

우리나라 남자들은 유사 이래로 병역으로부터 자유로웠던 적이 없었을 것이다. 외부의 침략이 많았던 터라 언제든 전쟁터에 나가야 하는 숙명을 안고 살아왔다. 모병제라 하면 원하는 사람만 군대를 가는 것이니, 어쩌면 끌려가는 것 같은 억압으로부터 벗어날 수 있는 새로운 시대가 열릴지 모르겠다. 그리되면 군대 때문에 아까운 청춘을 허비한다는 불만은 사라질라나?

〈이야기 1〉

자대배치를 받고 얼마 지나지 않아 비상훈련이 있었다. 전쟁이 발발하게 되면 24시간 안에 ○○사단이 막고 있는 휴전선 방어지역으로 예비사단인 우리 부대가 투입하는 훈련이다. 새벽 네 시에 출동을 하니, 전날 저녁에 훈련 나갈 준비를 모두 마쳐야 한다.

야전에서 일주일가량 지내는 훈련이므로 챙길 것이 많다. 총과 대검, 탄창을 점검하고, 옷이며 양말, 수건 등 개인 물품을 군장으로 꾸리고, 숙영을 할 수 있도록 침구까지 챙겨야 한다. 한마디로 비상발령 전날 밤은 부대 전체가 난리법석을 겪게 된다. 생전 처음 겪는 일이라 내 장비 꾸리기도 정신이 없는데, 졸병들은 이리저리 불려 다니며 심부름까지 해야 한다.

그때까지도 사회물이 덜 빠지고, 군기가 덜 들어서 그런지 잠을 자야 하는 시간에 하는 작업이 힘들었다. 무엇보다도 쏟아지는 잠을 참기가 어려웠다. 졸려서 정신을 못 차리며 허둥대고 있는데, 잠깐 숨을 수 있는 장소가 떠올랐다. 중대 건물 뒤의 창고였다. 마침 심부름할 것도 있어 나왔다가 그곳으로 갔다.

그날따라 여름비가 세차게 오고 있었다. 창고 슬레이트 지붕 밑에 쭈그린 상태로 모로 누워 졸다가는 잠이 들었다. 낙숫물이 튀어 질펀해진 땅바닥에서 잠이 든 것이다. 아마 일이십 분가량 눈을 붙였을 것이다. 나는 평생 잊지 못할 꿀맛 같은 잠을 그곳에서 잤다.

꿀잠을 잤던 그 자리, 실은 몸을 눕힐 만한 곳이 못 되는 곳이었다. 그곳은 한밤중 본 건물에서 떨어져 있는 화장실까지 가기 귀찮을 때, 고참들이 간단히 실례를 하던 곳이었다. 물구덩이에 지린내까지 나는 그곳에서 잠을 잤던 것이다.

군대는 없어야 한다. 군대가 없었다면 어느 집안의 귀한 자식이 비 오는 날 오줌 구덩이에서 잠을 자는 일이 있었겠는가!

〈이야기 2〉

1980년 5월, 우리 부대는 군단 탄약고 경계임무를 맡아 파견 나가 있었다. 한 날은 군장을 싸고 비상대기하라는 명령이 떨어졌다. 영외 생활을 하는 지휘관들을 통해 들으니, 광주에서 북한 세력과 폭도들에 의해 소요사태가 났는데, 진압하러 투입될지도 모른다는 소식이었다.

며칠 후 오후, 나는 경계근무 비번이라 쉬고 있었는데, 같은 소대의 고참 W병장이 오더니 잠깐 바람 쐬러 나가자는 것이었다. 당시는 대대 전체가 야전으로 경비 파견을 나와 소대별로 떨어져 있었기 때문에 울타리를 넘어가서 라면 등을 사 먹을 수 있는 여유(?)가 있었다.

부대 근처 구멍가게로 몰래 나가 막걸리 한 병을 나누어 마시고는, W병장은 책을 살 것이 있어 홍천읍엘 다녀오겠다며 버스정류장으로 가는 것이었다. 외출증이 있어야 하지만, 가끔 돌출행동을 하는 선임병이었던지라 후임이었던 나로서는 말릴 수가 없었다. 그렇게 나가고 나서 W병장은 그날 밤 돌아오지 않았다.

하루, 이틀, 사흘이 지나도 돌아오지 않았다. 그를 본 마지막 병사가 나이다 보니, 소대장은 나를 다그칠 수밖에 없었다. 당시 상황을 몇 번이나 되풀이해 추궁하고 나는 답변하지만 어찌 된 일인지를 알 도리가 없었다. 며칠이 지나도 돌아오지 않자 소대장은 긴장하기 시작했다. 걱정을 하면서도 속수무책으로 기다리기만 했다. 탈영보고를 하지 않는 것이었다.

그렇게 초조한 가운데 대엿새[84] 지나고 나서야 연락이 왔다. 광주에 있다는 것이었다. 소대장은 휴가증을 발급받아 데리러 갈 것이니, W병장에게 그곳에서 움직이지 말라고 했다. 그는 불가능하다고 했다. 데리러 올 수 있는 상황이 아니므로 혼자 돌아오겠다는 것이었다. 결국 사나흘이 더 지난 후에야 돌아왔다.

그가 광주엘 간 것은 부모님의 안부 때문이었다고 했다. 병사들은 그곳의 진실에 대해 알 수가 없었다. 당시 군대는 외부의 소식을 들을 수 있는 통로가 없었다. 오직 영외에서 생활하는 간부들에 의해서 전해 들을 뿐이었다. 그러나-나중에 그에게서 들은 바로는-북한공작원과 폭도들에 의해 소요가 일어났다는 소문은 거짓이라는 것을 그는 알고 있었다. 광주시민이 많이 다치고 있다는 사실을 알고 있었고, 그래서 가족의 안부가 걱정되었단다. 나와 헤어지기 전, 내게서 만 원인가를 빌려 간 이유를 그때서야 알았다. 강원도 홍천에서 광주까지 가는 여비로 쓰려 했던 것이다.

그는 그날 나와 헤어지고 나서, 부대를 나가 민간인 옷을 구해

---

84   기억을 더듬어 쓰는 것이라 몇 날인지, 어느 지역이었는지 등은 정확하지 않다. 그러나 크게 벗어나지는 않을 것이다.

(아마도 훔쳤을 것) 갈아입고, 차편으로 대전인지 정읍인지까지는 갈 수 있었단다. 거기서부터는 군이 도로를 통제하고 있어서 낮에는 산으로, 밤에는 길로 걸어서 갔단다. 그렇게 집에 도착하여 가족이 무사하다는 것을 확인하고 나서야 소대장에게 전화를 한 것이다. 죄송하다고, 돌아가서 벌을 받겠다는 말과 함께. 그리고는 갔던 길을 되짚어 돌아왔다.

돌아온 날, W병장은 병사(兵舍) 통로에서 부대원이 모두 보는 가운데 소대장에게 무지막지하게 맞았다. 소대장이 그렇게 심하게 화내는 모습은 그날 처음 보았다. 다칠 정도로 심하게 맞으면서도 그는 매를 피하지 않았다. 응징을 마땅하게 받아들이는 모습이었다. 자신을 지켜 주기 위해 탈영보고를 하지 않았던 소대장의 마음을 알고 있었기 때문이었을 것이다.

소대장은 사흘, 나흘이 지나면서는 탈영보고를 할까 하고 고민했었던 것 같았다. 자신의 책임을 조금이라도 면하려면 보고를 해야 했다. 하지만 W병장의 앞날을 생각해 차마 하지 못했던 것으로 보였다. 보고를 하지 않음으로써 자신에게 닥칠 일신의 위험을 감수했던 것이다.

그날 소대장이 휘두른 주먹과 발길질은 화풀이이기도 했지만, 어쩌면 안도의 마음이 폭발한 것인지도 모른다고 나는 느꼈다. W병장은 실컷 맞고 돌아서 나오며 나와 눈이 마주쳤는데, 그냥 한 번 웃을 뿐이었다.

이래서 군대는 없어야 한다. 군대만 없었다면 부모의 안부가 걱정되어 탈영하는 병사가 있었을 것이며, 부하 병사의 장래를 걱정하여 자신이 위험을 감수하는 일이 일어났겠는가!

어떤 이들은 군대의 시간은 아무 소용이 없다고 한다. 그럼에도 그냥 버리기에는 너무 아까운 시간이라는 것이 내 생각이다. 국가에 충성한다는 사명감까지는 아니더라도 그때를 생각하면 찡하게 다가오는 그 무언가가 있는데, 어찌 아무 가치가 없는 시간이라고 버릴 수 있겠는가.

처음 입대할 때, '제대'는 입에 달기도 두려운 단어였다. '33개월 뒤'라는 시간은 좀처럼 내 앞에 나타날 것 같지 않은 기나긴 터널 속 어둠이었다. 그러나 잊고 걷다 보니 결국 터널의 끝이 나왔다. 그 어둠을 지나고 보니 모든 것은 추억이 되어 있었다. 한순간도 헛되이 버려지는 시간은 없었다. 뜨거운 가슴이 있는 청춘의 일부였고, 거룩하게 진행되었던 내 삶의 한 구간이었다.

나는 오래된 기억을 더듬어 가며 이 글을 쓰고 있다. 나도 모르게 기억을 조작해 감상을 부풀리기 쉬운 상황이다. 그래서 넘치지 않도록 조심하며 쓰고 있다. 흑백영화처럼 남아 있어야 맛이 날 이야기를, 공연히 다양한 색채의 화려한 영상으로 만들어 맛이 퇴색되어 버린다면 그만큼 애석한 일도 없을 것이기 때문이다.

그 자체만으로도 충분히 소중한 기억이다. 군대가 아니었다면 극한의 상황에서도 단잠을 잘 수 있는 탁월한 재능이 내게 있다는 것을 어찌 알았겠는가? 그때의 일들은 훗날 어려움에 처했을 때마다, "그런 적도 있었는데 뭐."하고 스스로 참아 낼 수 있는 인계점 (忍界点)이 되어 주었다.

군대는 극한 상황에서도 정이 있기 때문에 인간이구나 하는 것을 깨닫게 한 도장(道場)이기도 했다. 강하고 곧은 피아노 줄 같은 법과 규칙을 때로는 슬쩍슬쩍 건드리며 위태롭게 나아가면서도 뜨거운 인정이 있었다. 눈물과 웃음이 있었다. 이것이 우리 시대의 군대였다.

우리나라도 모병제가 실시되기는 할 모양이다. 그리되면 사내들은 병역의 의무라는 굴레에서 자유로워지고, 강요된 희생으로 억울해하는 일도 없어질 것이다. 아울러 생면부지의 사내들이 모여 고통 속에서 지어낸 인간애 같은 이야기 또한 전설이 될지 모른다.

눈물이 난다. 그때는 고되다고 눈물 한 방울 흘린 적이 없었는데, 글을 쓰고 있자니 그런 기분이 든다. 처마 밑의 오줌 구덩이에 웅크리고 잠든 한 청년의 모습이, 소대장님에게 죽어라 얻어맞으면서도 평안한 표정을 짓던 W병장님의 모습이 떠올라서다.

군대생활,
그래서 청춘이다.

눈물이 있고,
웃음이 있어서,
아름다운 청춘이다.

2019. 11. 27.

풀들의 투쟁

풀들의 투쟁을 보고 있노라면,

인간이나 풀이나

살아가는 모습들은 비슷하다는 생각을 하게 된다.

올봄 새싹이 솟아오를 즈음에 보니, 작년에는 그다지 많지 않던 풀이 유난히 눈에 띄었다. 명아주 싹이 떼로 솟아나고 있었다. 윗 골짜기에 사는 지인 부부가 놀러 왔다가 보고는 그렇게 된 까닭을 알려 준다. 모(某)회사의 퇴비에 명아주 씨앗이 섞여 있어서 그렇게 된 것이란다.

퇴비는 비료회사에서 말이나 소 등 가축의 분뇨를 발효시켜 만드는데, 아마도 거기에 명아주 씨앗이 뭉텅이로 들어가 있었던 모양이다. 그것 때문에 그 비료를 쓴 농가에서는 명아주가 농작물 틈에 자리를 잡아 농사를 힘들게 한다는 것이다. 늘 연구하고 실천하는 농부인 그분도 지난해에 명아주 때문에 밭농사를 망칠 뻔했었다면서 친절하게 자신이 해결했던 명아주 퇴치 방법을 알려 주었다.

농사 멘토(mentor)가 알려 주는 좋은 방법이니 따라야 했지만, 내 마음에 드는 방안은 아니었다. 농약을 사러 가야 하고, 또 그것을 세밀한 비율로 섞어 분무기 통에 담아 뿌리는 것이 귀찮았다. 그리고 무엇보다도, 가능하면 농약을 쓰지 않으려는 나의 기준을 지키고 싶었다.

대신 나는 눈에 뜨이는 대로 제거해 보자는 쪽으로 마음을 먹었다. 하루는 작심하고 큰 대야를 들고 밭으로 나섰다. 명아주 싹은 좋은 나물이라는 소리에, 싹도 제거할 겸 나물도 캘 겸 나선 것이다. 농사에 해로운 풀도 제거하고, 나물은 아내에게 가져다주면 칭찬도 들을 수 있으니 얼마나 기가 막힌 생각인가. 그렇게 종일 캐고 나니 대야로 한가득이 되었다. 그런데 일주일 뒤에 다시 보니 싹을 뽑은 만큼 또 자라 있는 것이었다. 풀의 생명력은 참으로 강하다.

풀과 함께 살다 보니 자연스럽게 그들이 살아가는 법을 보게 된다. 가끔 풀들의 생명력에 감탄할 때가 있다. 그럴 때면 풀은 약하고 하잘것없을 것이라는 내 생각이 잘못되었다는 것을 인정하게 된다. 내가 느끼는 바로는, 인간이나 풀이나 살기 위해 애쓰는 것은 비슷하다. 그들도 인간처럼 살아가는 방식이 다양하고, 치열하다. 그리고 때로는 잔인하기까지 하다. 인간 못지않은, 살아남기 위한 몸부림이 있는 것이다.

모든 생명은 태양과 대지로부터 에너지를 받아 살아간다. 그중에서도 식물은 전적으로 햇빛과 물에 의존해 살아간다. 생명의 원천이 햇빛과 물이니, 그것을 얻기 위해 전력을 다하지 않을 수 없다. 그 과정에서 투쟁이 생긴다. 뿌리는 수분을 원만히 빨아들이기 위해, 잎은 햇빛을 많이 받을 수 있도록 위치를 확보하기 위해 다툰다. 이때 그들은 누대로 체득된 나름의 기술을 발휘한다.

뿌리의 역할은 매우 중요하다. 광합성 작용에 필요한 물을 뽑아 올리기도 하고, 자신의 몸체를 땅 위에 버틸 수 있게도 한다. 그 역할을 마땅히 수행하기 위한 나름의 기술들을 가지고 있다.

뽑아도 뽑아도 땅속에 뿌리 끝을 남겨 그곳에서 다시 싹을 붙여 올리는 쇠뜨기 같은 녀석이 있는가 하면, 쉬이 뽑히지 않도록 구불구불한 모양으로 뿌리를 내리는 명아주가 있다. 뿌리를 깊게 내리지 않는 대신 가늘고 무수히 많은 가닥으로 흙을 옭아매 뽑히지 않고 버티는 바랭이풀이라는 종이 있는가 하면, 뿌리를 이리저리 얽고, 그것도 모자라 빽빽이 밀생하여 다른 종의 씨앗이 뿌리를 내리지 못하게 하는 잔디 같은 종도 있다.

뿌리가 땅속에서 버티는 동안 잎은 하늘의 빛을 확보하기 위해 투쟁한다. 햇빛을 많이 받을 수 있는 유리한 위치를 차지하기 위해 다투는 것이다. 이 기술 또한 다양하다. 대체로 키를 높여서 목적을 달성하는데, 일부는 옆의 식물에 편승하는 놈들도 있다. 옆의 키 큰 식물을 감아 오르는 방법을 이용하는 것이다.

감는 방식도 다양하다. 조용히 접근하여 은근슬쩍 감아 오르는 야생 넝쿨콩 같은 종이 있는가 하면, 소나무를 옥죄어 제 자리를 확보해 가며 오르는 무지막지한 송담 같은 종도 있다. 또 옆으로 기기도 하고 오르기도 하면서 넓은 잎으로 근방을 점령하는 칡넝쿨 같은 욕심꾸러기가 있는가 하면, 줄기에 가시를 내어 떨어지지 않게 찍으며 오르는 환삼덩굴 같은 잔인한 종도 있다.

식물은 정적이고 수동적인 순종성 때문에 사랑과 동정을 받는다. 사람들은 생명을 이어 가기 위한 풀들의 고요한 노력을 어여삐 여긴다. 그런데 그 가운데에는 이웃 식물에 피해를 주어 미움을 사는 종도 있다. 덩굴식물이 그렇다. 그중에서도 환삼덩굴이 가장 심한 것 같다.

환삼덩굴도 처음 싹이 나올 때에는 무척 여리게 시작한다. 유약한 별 모양의 작은 잎이 살며시 나와 흙 위에서 홀로 버티는데, 그 모습은 짠해 보이기까지 하다. 그러다 줄기에 힘이 생겨 뻗을 만해지면 옆의 식물에 슬쩍 들러붙는다. 그렇게 한번 붙어 위치가 확보되었다 싶으면 사정없이 휘감으며 세력을 확장해 나간다. 그러다 세력이 더 왕성해지면 너덧 갈래씩 줄기를 펴가며 주변을 점령해 버린다.

환삼덩굴이 그렇게 주변 식물을 장악할 수 있는 것은 타고 오를 수 있는 줄기가 있기 때문이다. 줄기에는 다른 식물에 달라붙어 올라갈 수 있도록 아주 작은 갈고리 모양의 가시가 달려 있다. 그 가시는 다른 식물의 줄기에 들러붙어 있기 때문에 환삼덩굴의 줄기를 당기면 붙어 있는 풀이 함께 뽑힐 정도로 독하다. 다른 식물을 강하게 얽기 위한 무기인 것이다.

풀들의 이런 투쟁을 보고 있노라면, 인간이나 풀이나 살아가는 모습은 비슷하다는 생각을 하게 된다. 대부분의 사람들은 제 자리를 지키며 선하게 살아간다. 그러나 더러는 자신의 작은 이익을 얻기 위해 타인의 자리까지 넘보며 피해를 주는 사람도 있다. 더불어 사는 공감능력이 떨어지는 부류인 것이다. 이런 문제는 개인뿐 아니라 단체나 국가 간의 관계에서도 나타난다.

지구의 대부분 국민들은 자기 민족의 풍속을 지키며 평화롭게 살기를 바랄 것이다. 그러나 어떤 국가(혹은 지도자)는 주변 국가에게 피해를 주지 않고는 만족하지 못하는 경우도 있다. 남의 국가를 침략하여 땅과 재물과 문화를 강탈해 갔던 정복자들이 그러하다.

'위대한'이라는 수식어가 붙은 이들, 알렉산더, 카이사르, 한무제(漢武帝), 칭기즈 칸, 콜럼버스, 나폴레옹, 히틀러, 스탈린, 일본의 천왕과 명치유신 세력들, 그리고 열거하지 못한 전쟁을 좋아하는 무리들. 이들은 자신들의 욕망을 채우기 위해서는 많은 생명의 희생이 따를 것을 알면서도 놀이로 여기듯 전쟁을 일으키거나 정복 사업을 펼쳤다.

이러한 사례는 멀리서 찾을 것도 없다. 우리의 이웃 국가만 보더라도 알 수 있다. 일본은 19세기 후반기에 들면서 자국의 근대화를 이룰 욕심으로 주변국의 영토를 침범했고, 급기야는 세계대전까지 일으키며 많은 생명을 희생시켰다. 자신들의 정치야망을 이루기 위해 지구를 살육의 전장으로 만드는 잔인한 짓을 서슴지 않고 한 것이다.

우리나라는 그런 일본의 곁에 자리 잡고 있다는 이유로 많은 피해를 받아 왔다. 삼국시대 때부터 바다를 건너와 노략질을 일삼았고, 임진왜란 때에는 칠 년간이나 전 국토를 유린했다. 또 최근에는 삼십육 년 동안 강점을 하면서 인간으로 해서는 안 될 못된 짓을 저지르기도 했다. 그러면서도 그들은 자신들이 저지른 행위(일본군 위안부, 강제징용노동자 등 문제)를 세상이 모두 알고 있는데도 부인하며 진정성 있는 반성도 사과도 하지 않고 있다. 뿐만 아니라 틈만 나면 자신들의 이익을 얻기 위해 이웃 나라를 곤경에 빠뜨리고는 한다.

최근에도 자신들의 정치적 입지를 높이기 위해 한일관계를 악화시키는 일본의 위정자들을 볼 수 있다. 현재 일어나고 있는 한일무역분쟁[85]도 일본 아베 수상의 정치적 욕망에서 나온 것[86]이라는 분석이 지배적이다. 일본은 제2차 세계대전 패망 이후 자위 차원의 군사력만을 보유하게 되어 있는데, 헌법을 개정하여 전쟁을 일으킬 수 있는 나라로 만들겠다는 것이다. 말하자면 이웃 나라의 경제를 옥죄어 자신들의 주전(主戰)적 정치 목적을 달성하고자 하는 것이 그의 구상인 모양이다. 현재 아베 수상이 이끌고 있는 자민당은 주전적 성향이 강한 정당이다.

그들이 전쟁욕심을 버리지 못하는 것을 보면, 이웃 국가를 침략하여 온 땅에 피비린내가 진동케 했던 그들 선조들의 악행에 대한 향수를 잊지 못하는 것이 아닌가 하는 생각을 하게 된다. 자신들의

---

85 〈뉴스1〉 주성호 기자, 2019. 7. 18. : 日반도체 전문가 유노가미 다카시 미세가공연구소장 "수출규제, 일본정부 스스로 무덤판다", "전 세계의 분노 직면", 한국의 대체재 확보 및 국산화 노력… "일본 기업에 피해"(https://www.news1.kr/articles/3673649 2019. 7. 20. 발췌)

86 2019. 7. 21. 실시되는 참의원 선거에서 자민당의 의원수를 개헌가능선인 2/3 이상으로 당선시키기 위해 보수층 결집을 위한 술책 등.

작은 이익을 얻기 위해, 남의 큰 피해를 헤아리지 못하고 있으니, 꼭 환삼덩굴 같다는 생각이 드는 것이다.

이 말을 환삼덩굴이 들으면 섭섭해 한마디 할지도 모르겠다. "나는 생명을 유지하기 위해 최소한의 투쟁만을 하지만, 그들은 필요 이상의 살육도 서슴지 않으니 제발 일본하고는 비교하지 말아 달라."고.

2019. 7. 21.
일본 참의원 선거일

※ 일본 참의원 선거에서 자민당은 2/3 확보에 실패했다. 그럼에도 아베 수상은 개헌을 할 수 있도록 계속 추진할 것이라고 장담했다.

자존(自存)과 자존(自尊)

우리는 전체 속의 개체로써 각자 다름을 지니고 산다.

자기만의 이야기를 가지고,

자기의 빛을 내며 사는 것이다.

"자존감 떨어지니 자존심 세운다." 얼마 전 TV에서 얼핏 들은 말이다. 발음이 같으면서 의미가 다른 두 단어, 묘하게도 며칠째 머리에서 뱅뱅 돌고 있다. 어쩌면 내 말을 하는 것 같아서 그런 것인지도 모르겠다. 앞의 자존과 뒤의 자존, 무엇이 다를까 생각해 보았다.

앞의 자존은 '自存'이고, 뒤는 '自尊'으로 이해하면 될 듯싶다. 두 단어는 최근 대중매체에 자주 등장하는데, 한 포털 사이트에서 발표한 바로는, 이삼십 대가 검색하는 10위권의 키워드 중 심리용어인 '자존감'이 포함되어 있다고 한다. 생활이 별 어려움 없이 무난한데도 재미가 없고, 공연히 불안하고, 무기력하고, 우울한 것은 자존감이 떨어지기 때문이라는 것이다. '풍요 속의 빈곤감'을 겪는다는 현대인의 정신문제가 여기에서 기인하고 있음을 짐작하게 하는 현상이라 할 수 있겠다.

자존감(自存感)을 한자의 의미로 풀어 보면 '스스로 존재하는 느낌' 정도 된다 하겠다. 스스로 살아 있다고 느낀다는 뜻인데, 이것이 감각에 비치게 되면, '내가 소중하다.'는 감정이 되는 것 같다. 첫 문장의 의미로 볼 때, 자존심(自尊心)은 자존감의 반대 개념이 되는데, 풀이하면 스스로 높이는 마음이다. '스스로 잘났다.'고 생각하는 것이다. 정신과 의사들은 자존심 강한 사람의 특징은 대체로 다음과 같이 나타난다고 말한다.

① 남에게 잘 보이기 위해 지나친 신경을 쓴다.
② 상대를 지나치게 의식하고, 상대의 기분에 나를 맞추려 한다.
③ 자신을 존중하지 못하면서, 스스로 비난하거나 질책한다.
④ 자신의 실수나 단점에 대해 너그럽지 못하다.
⑤ 핑계가 많고, 현재의 삶에 불만이 많다.
⑥ 자신이 좋아하는 일이나 즐거운 일을 주도하지 못한다.
⑦ 자신을 드러내기를 좋아한다.
⑧ 물질, 명예, 지위 등에 집착한다.
⑨ 남의 평가를 행복의 기준으로 삼는다.
⑩ 자존심 센 것을 좋은 것이라고 여긴다.
⑪ 강하지만 부드럽지 못하다.
⑫ 타인의 실수나 단점을 찾아 지적하고 비판하기를 좋아한다.

위 현상에서 두 가지 특징을 볼 수 있다. 첫째, 타인을 의식하는 모습이다. 이런 현상은 자신감이 없을 때 많이 나타난다고 한다. 약한 모습을 감추려는 심리작용이라는 것이다.

『논어』에 이런 이야기가 있다. 노나라 사람 미생고(微生高)에게 이웃 사람이 식초를 얻으러 왔다. 마침 자기 집에 식초가 없었는데, 이웃집에서 빌려다 주었다. 이것을 본 공자는 미생고가 정직하지 못하다고 지적했다.[87] 자기에게 없으면 그만이지, 빌려다 줄 것까지는 없었다는 것이다. 친절에 기대어 아부한 것이라고 본 것이다. 자신감이 떨어져 당당하지 못할 때 보이는 모습인 것이다.

또 한 가지는 잘난 것처럼 과장하여 자신을 좋게 보이려는 마음이다. 다른 사람의 단점을 지적하고 가르치려는 것도 그런 심리가 표출된 것이라 할 수 있다. 상대를 가르침으로써 자기가 더 훌륭하다고 여기고 싶은 것이다.

누군가가 '교수님, 판사님, 의원님, 회장님' 같은 호칭으로 불러준다면 기분이 좋을 것이다. 그렇게 불림으로써 명예와 지위와 부가 바로 자신의 가치라고 느끼기 때문이다. 그러나 냉정히 생각해 보면 기분 좋을 것이 없다. 그것은 사회적 역할일 뿐, 본래의 자기는 아니기 때문이다.

공자는 '다른 사람이 자기를 알아주지 않아도 성내지 않으면 군자'[88]라고 했다. 이 말에는 자신의 실체를 똑바로 인식하라는 가르

---

87 『論語』「公冶長」 23장 : "누가 미생고를 정직하다 하는가? 어떤 사람이 식초를 빌리러 오자, 그의 이웃집에서 빌어다가 주는구나!(子曰 孰謂微生高直 或乞醯焉 乞諸其隣而與之)"

88 『論語』「學而」 1장 : 人不知而不慍 不亦君子乎.

침이 담겨 있다. 자신의 진정한 가치는 안에 있고, 평가는 밖에 있다[89]는 것이다. 주변의 평가로 잠시 기분이 좋거나, 혹은 언짢을 수 있을지는 몰라도 진정한 나의 가치는 주변의 평가에 따라 변하는 것이 아님을 말하고 있다. 외부의 평가에 휘둘리지 않고, 본래의 내 가치를 바로 볼 줄 아는 마음, 이것이 자존감이다.

디오게네스(Diŏgenes)라는 그리스 철학자가 있었다. 자연주의자인 그는 옷도 거의 입지 않고 통 속에서 지내며, 동냥그릇 하나만 가지고 빌어먹으며 지냈다. 어느 날 목이 말라 냇가로 갔는데, 개가 강물을 시원하게 먹고 있었다. 이것을 본 디오게네스는 "저 개는 그릇도 없이 자유롭게 먹지 않는가?"라고 하며 유일한 재산인 동냥그릇을 던져 버렸다.

한 날은 디오게네스가 강둑 모래사장에 누워 일광욕을 하고 있는데, 알렉산더대왕이 찾아왔다. "선생, 당신을 위해 뭔가 해드리고 싶소이다. 뭘 해드리면 좋겠소?" 이 제안에 디오게네스는 "아, 조금만 옆으로 비켜 주시면 좋겠습니다. 햇빛을 가리고 계십니다."라고 대답했다. 알렉산더가 비켜서자, 디오게네스는 다시 말을 이었다. "대왕께서는 장차 어디로 가실 생각이십니까? 여러 달 동안 군대가 이동하는 것을 보았습니다." 알렉산더는 의기양양해서 대답했다. "세계정복을 마무리하기 위해 인도로 가는 길이요." 디오게네스는 또 물었다. "그다음에는 뭘 하시렵니까?" 알렉산더가 대답했다. "다 정복하고 나면 쉬어야지요." 디오게네스는 웃음

---

89   『論語』「學而」1장 尹敦 註 : 學在己 知不知在人 何慍之有.

을 터트리며 말했다. "나는 지금 여기서 쉬고 있는데요."

실제로 있었던 일인지는 모르겠다. 그렇다 하더라도 담긴 뜻만으로도 생각해 볼 만한 가치가 충분한 것 같다. 이 대화에서 겉으로는 겸손해 보이지만, 속은 우월감과 자만심으로 가득 찬 알렉산더를 볼 수 있다. 남보다 잘 나아야만 불안감에서 벗어날 수 있는데, 그러자니 자신을 드러내기 위해 무언가를 끊임없이 해야만 하는 것이었다.

반대로 디오게네스는 '지금, 이곳에' 존재하는 것만으로 충분했다. "나는 아무것 가지지 않아도 풍요를 누리고 있다. 진정한 마음의 평안은 많이 소유하는 것에서 얻어지는 것이 아니다."라고 한 그의 말에서 자유를 느낄 수가 있다. 여기서의 자유란 자연의 질서를 지킴으로써 얻어지는, 안으로는 당당함이요, 밖으로는 구애됨이 없는 것이다.

알렉산더는 돌아가는 길에, "내가 알렉산더가 아니었다면 디오게네스가 되었을 것이다."라고 했다 한다. 세상에서 가장 높은 사람이 가장 낮은 사람을 부러워한 것이다. 두 사람의 차이는 삶의 가치를 지향하는 방향에 있다 하겠다. 알렉산더는 밖에서, 디오게네스는 안에서 찾았다. 알렉산더는 최고로 인정받지 못하면 만족하지 못한 반면, 디오게네스는 '지금, 이곳'에 있는 것만으로 족했다. 알렉산더는 자존심이 강했고, 디오게네스는 자존감이 충만했던 것이다.

분석심리학자 칼 구스타프 융(Carl Gustav Jung)은 말한다. "우리가 외부세계를 변형시키고 싶어 하기 전에, 자신 안에 있는 부정적인 면을 변형시킬 필요가 있다. 이는 우리가 자기(self)를 찾아가는 과정에서 해야 할 일이다. 자기란 우리 인생의 목적과 우리가 가야 할 진정한 길을 알고 있는, 우리 안에 내재된 더 깊고 더 현명한 존재다."[90] 개성화 과정, 즉 자신만의 독특한 존재에 대한 의식적 자각과 실현이 있어야만 진정한 삶을 사는 것이라는 것이다.

똑같은 사람은 없다. 지구에 사는 77억 명의 사람이 모두 다르다. 우리는 전체 속의 개체로써 각자 다름을 지니고 있다. 자기의 이야기를 가지고, 자신만의 빛을 내며 살고 있다는 말이다. 우리는 스스로 존재(自存)하는 것만으로도 이미 삶의 큰 목적을 달성했다는 것을 인식할 필요가 있다. 그 인식이 있고 나서 비로소 내가 내 삶의 주인이 될 수 있는 것이다.

새해 첫날 뇌리를 스친 한 문장. 한 해를 살아가면서 새겨야 할 말로 이만한 가르침은 없을 듯하다.

2020. 2. 18.

'코로나19' 사태로 세상이 떠들썩한 즈음

90   『Carl Jung』 루스 베리 著, 양혜경 譯, 렌덤하우스 중앙, 초판 1쇄, 2004, p.129.

고통을 더 크게
키우지는 말아야

주어진 아름다움을 함께 즐기려 했다면,

그들은 따뜻한 이웃이 될 수 있었을 것이다.

그랬다면 그곳은 그들의 천국이 되었을 것이다

　최근, 소음으로 인한 이웃 간의 분쟁이 사회문제가 되고 있다. 도시로 인구가 몰리다 보니 아파트와 같은 공동주택이 많아질 수밖에 없고, 그러다 보니 층간소음 같은 불편한 일이 빈번히 일어나는 것이다. 뉴스에 나오는 사연을 보면, 그렇게까지 해야 했을까 하는 생각이 들 정도로 심각한 경우도 있다. 이웃 간에 외면하며 지내기도 하고, 그것이 더 발전하여 물리적 충돌이 일어나 사람이 다치기도 한단다.

　우리도 층간소음 문제로 두어 차례 고충을 겪었던 적이 있다. 성남 분당에 살 때인데. 한 번은 한참 잠을 자야 하는 시간에 절구 찧는 소리 같은 것이 들리는 것이었다. 위층에 할머니가 사셨는데, 밤잠이 없어서 그랬는지 한밤중에 마늘 같은 것을 찧는 것이었다. 또 다른 곳에서는, 밤 열한 시 넘어 잠이 들 만하면 러닝머신 돌아가는 소리가 들리는 것이었다. 중년 부부가 사는 집이었는데, 늦은 시각에 귀가하여 운동을 하는 것 같았다. 두 곳 모두 그 집에 몇 차례 이야기를 하고 나서야 고통에서 겨우 벗어날 수 있었지만, 그때까지는 뇌가 쉬어야 할 시간에 일하는 고통을 겪을 수밖에 없었다. 생각이 꼬리를 물고 이어지면서, 억울하게 잠을 놓친 원인과 해결 방안을 궁리했던 것이다.

'아니, 한밤중에 바닥을 울리며 운동하는 것이 말이나 돼? 날이 새면 찾아가서 따끔하게 한마디 해줘야지.'

'아니다. 어쩌다 한두 번 그러다 말지도 모르는데, 섣불리 말했다가 저쪽에서 거칠게 나오기라도 하면 어떡해. 며칠 더 지켜보다 계속 이어지면 그때 가서 이야기하는 것이 옳아.'

'그런데 그렇게 이야기를 해도 듣지 않으면 어떻게 하지? 무력으로 나오면 멋지게 제압할 수 있도록 무술이라도 익혔어야 했나?'

'아니야, 점잖은 체면에 무력이 웬 말이야? 밤중에 그러는 것은 지성인으로서 할 행동이 아니지 않느냐고 예의 바르게 말하는 것이 좋을 거야.' 등등.

이러한 상상들을 하는 동안 며칠이 지났고, 상황은 나아지지 않았다. 더 이상 참는 것은 비겁한 일이라고 느껴질 때쯤, 드디어 결심하고 찾아가 말을 했다. 그러나 단번에 소리가 그쳐지지 않았다.

처음에는 줄어드는가 싶다가도 며칠 지나고 나면 여전히 들리는 것이었다. 이쯤 되고 보니, 피치 못해 내는 소리가 아니고 나를 괴롭히기 위해 일부러 내는 소리로 여겨졌다. '저 사람들이 나를 무시하는 것 아냐?'하는 생각까지 드는 것이었다.

사람의 마음은 문제가 생겼을 때, 문제의 본질보다 충격을 스스로 더 크게 키우는 경향이 있다고 한다. 괴테의 소설 『파우스트』 끝부분에 이런 이야기가 나온다.

파우스트가 자신의 영지에 있는 작은 교회와 노부부의 집 때문에 근심하는 대목이다. 주인공 파우스트는 전쟁에서 세운 공로로 바닷가에 너른 영지를 받는다. 그는 해안선을 말끔히 정리하여 제 마음에 드는 아름다운 땅으로 꾸미고 싶었다.

그런데 오래전부터 언덕 위에 있던 작은 교회의 목회자와 오두막의 노부부가 동의하지 않았다. 그냥 살아왔던 대로 살 것이니 가만 놓아두라며 영주 파우스트의 말을 듣지 않았던 것이다. 파우스트는 오직 그것 때문에 자신의 영지가 완벽하지 못하다고 여기게 되었다. 그리고 그것은 마침내 근심거리가 되고 말았다. 작품 속 대사를 통해 파우스트의 감정 상태를 엿볼 수가 있다.

저주스런 종소리로다! 음흉한 화살처럼, 너무나도 치욕스럽게 내게 상처를 입히는구나. 눈앞에는 내 영토가 무한히 전개되어 있는데, 등 뒤에서는 불쾌감이 나를 조롱하는구나. 저 시기에 찬 종소리를 들으니 이런 생각이 나는구나. 나의 지고한 영토란 순수하지 못할지니, …… 저것은 내 눈엣가

시요, 발바닥의 가시로다. 아아! 나 이곳에서 멀리 떠났으면 좋겠다.[91]

부유한 가운데 결핍을 느낀다는 것은 우리의 고통 중에 가장 혹독한 것이
다. 저 작은 교회의 종소리, 저 노부부 집의 보리수 향기가 교회나 무덤 속
인 양 나를 휘감고 있다. 강력한 의지로 선택한 자유도 여기 이 모래에 부
딪히면 산산이 부서져 버린다. 어떻게든 저걸 내 마음에서 몰아내야겠다!
저 종소리가 울리면, 나는 미칠 것만 같구나.[92]

파우스트는 넓은 영지의 군주로서, 자신의 뜻대로 하지 못한 것
은 오직 이것뿐이었다. 완전하지 못하다고 여긴 마음이 그를 가난
하게 만들었고, 집착은 근심이 되었다.

파우스트는 눈엣가시를 제거하기 위해 악마 메피스토펠리스의
힘을 빌리는데, 메피스토펠리스는 문제를 해결한답시고 그곳에
불을 지르게 된다. 그 바람에 노부부가 죽고 마는데, 파우스트가
직접 죽인 것은 아니어도 사소한 욕심 때문에 큰 죄를 짓는 결과
를 낳고 말았다. 그의 말대로 부유하면서도 결핍을 느낀 것이 괴로
움을 키운 것이다.

파우스트는 순간순간 찾아오는 유혹을 이기지 못해 고통의 순간
을 살아왔다. 그 대가로 얻은 것은 장님이 되는 형벌이었다. '근심'
의 정령이 나타나 "근심은 행복도 불행도 시름으로 변하게 하고, 풍

요한 볼프강 폰 괴테(Johann Wolfgang von Goethe), 이인웅 역, 『파우스트』 2, ㈜문학동
네, 1판 7쇄, 2016. p.407~408.

92   위의 책, p.411~412.

고통을 더 크게 키우지는 말아야

요 속에서도 배고파 굶주리게 하며, 즐거운 일이든 괴로운 일이든 모조리 다음날로 미루고 오로지 미래만을 기다릴 뿐 완성된 날이라곤 결코 없을 거예요."[93]라고 하며, 파우스트의 눈을 멀게 한다.[94]

집착은 근심을 낳았고, 근심에 갇히니 눈을 뜨고 있어도 천국의 아름다움을 보지 못했다는 것에 대한 형벌이었다. 작품에서는 천국에 있으면서도 천국의 행복을 놓쳐 버리는 인간의 우매함을 지적하고 있다.

파우스트가 언덕 위 교회의 목회자와 오두막 노부부의 입장을 이해하고 주어진 아름다움을 함께 즐기려 했다면 그들은 따뜻한 이웃이 될 수 있었을 것이다. 그랬다면 그곳은 그들의 천국이 되었을 것이다.

며칠 전 큰딸이 새 아파트를 장만하여 이사를 했다. 결혼한 이후 줄곧 좁고 추운 집에 세 들어 살다가 자기 집을 마련하여 입주했으니 얼마나 좋았겠는가. 여섯 살배기 손녀는 신이 났다. 좁은 곳에서 살다 깨끗하고 너른 곳에 오니 기분이 좋았던가 보다. 응접실에서 껑충껑충 뛴다. 그 모습을 보고 제 어미는 아래층에 울림을 줄까 봐 너무 심하게 뛰지 말라고 제지를 한다. 그러자 손녀는 동작을 줄이고 살살 뛰는 것이었다. 그 모습이 안타까웠다.

어릴 때는 혈기가 왕성하기 때문에 감흥을 펴줘야 하는 것인데, 아랫집을 생각하면 마냥 놓아둘 수도 없는 노릇이었다. 이런 분위

---

93   위의 책, p.425.
94   위의 책, p.426.

기를 이해하고 조심히 뛰는 모습이 마음을 더 짠하게 했다. 안타깝지만 어쩔 수 없는 일이다. 이것이 더불어 살아갈 수 있는 최선의 방법일 테니.

이웃 간에 화목하게 지낼 수 있는 방법, 나도 잘 모른다. 그저 이해해 줄 수 있는 좋은 이웃을 만나기를 바랄 뿐이고, 나도 좋은 이웃이 되기 위해 노력해야 한다는 것 정도만 알 뿐이다. 한 가지 더 생각할 것이 있다면, 내가 완벽하게 만족을 느끼며 살아갈 수 있는 곳은 없다는 것을 인정하는 일이다. 주어진 환경에 적당히 만족하며 사는 지혜를 키우는 것이 중요하다는 말이다.

그리고 더 중요한 것은 문제가 생겼을 때, 고통을 스스로 더 크게 키우지는 말아야 한다는 것이다.

2018. 10. 17.

잊어서는 안 되는 역사

과거를 잊어서는 안 된다.

구한말 시작된 오욕의 역사가

친일파들의 매국 행위에서 시작되었음을 기억해야 한다.

뉴스에 나온 대통령의 발언에 마음이 간다. 3·1 만세운동 백 주년을 맞아 열린 국무회의에서 "친일을 청산하고 독립운동을 제대로 예우하는 것이 민족정기를 바로 세우고 정의로운 나라로 나아가는 출발"이라고 했다는 소식이다.

일제강점으로부터 해방된 지 칠십사 년이 지난 지금, 아직도 우리 스스로 이런 말을 해야 하는 것인가 하는 마음이 들어 부끄러워진다. 우리 국민정신의 흉터를 보는 것 같은 기분이 들기 때문이다.

친일청산은 해방 직후에 해결이 되었어야만 했다. 살다 보면 꼭 정리하지 않아도 될 문제도 있지만, 짚고 넘어가지 않으면 안 되는 일도 있다. 이 문제가 그렇다. 친일세력을 반드시 청산해야 하는 이유 두 가지만 들어 보자.

첫째는 과거의 오류를 되풀이하지 않기 위해서다. 과거의 오류를 바로잡을 의지가 없다면 그런 일을 다시 겪지 않게 되기를 바라서도 안 된다. 밝은 미래를 희망한다면 부끄러운 과거사는 반드시 정리되어야 한다는 것이다. 구한말 일본이 우리나라에 들어와 무력으로 활개를 칠 수 있었던 데는 친일파의 도움이 일조했다는 사실을 상기하면 간단히 알 수 있는 일이다.

둘째는 지금도 남아 있는 친일적 사고로 인해 일어나고 있는 현실적 문제다. 국론과 민심이 분열되고 있는 현상이 그것이다. 현재 우리 사회의 고질병이 된 민심분열 문제가 바로 친일정신에 뿌리를 두고 있다는 사실[95], 잊지 말아야 한다.

나라를 빼앗긴 것도 부끄럽지만, 오욕의 역사를 청산하지 못하는 것 또한 부끄러운 일이다. 민족정신이 결여된 국민임을 스스로 인정하는 것이기 때문이다. 해방이 되고 나서 과거를 정리할 수 있는 기회가 있었지만 놓쳐 버린 중요한 사건이 있다. 반민특위해체 사건이다. 해방 직후, 친일청산의 필요성에 대해서는 대부분의 국민이 뜻을 같이하고 있었다. 제헌국회가 세워지고 나서 곧바로 반민족행위처벌법이 제정된 것을 보면, 친일청산이 무엇보다도 먼

---

95   〈오마이뉴스〉 2019. 3. 6. : "색깔론은 친일잔재" 동의 55.1% - 반대 32.3%. 우리 국민의 과반 이상은 '빨갱이-색깔론은 청산해야 할 친일잔재'라는 문 대통령의 인식에 동의하는 것으로 나타났다(http://www.ohmynews.com/NWS_Web. 2019. 3. 6. 검색).

저 해결되어야 할 중요한 일로 여겨졌다는 것을 알 수 있다.

이 법에 따라 1948년 10월 22일 반민족행위특별조사위원회(反民族行爲特別調査委員會-약칭 '반민특위')가 꾸려져 청산작업을 시작했다. 그러나 아쉽게도 팔 개월 만에 좌절되고 말았다. 처벌 대상이었던 친일 경찰 등이 오히려 반민특위 위원들을 습격하면서 무력화된 것이다.

그렇게 된 배경에는 당시 정권을 잡고 있던 정부[96]와 미국이 있었다. 미국은 국내에서 공산주의가 싹트지 못하게 할 목적으로 강점기 일제에서 경찰이나 관리를 지냈던 인물이 국가 일을 맡기를 바랐다.[97] 정부 또한 북쪽의 김일성 정부와 대립을 한 상황이었기 때문에 공산주의를 배척하는 친일파의 도움이 필요했다. 사상적 이익을 추구하는 두 정부의 뜻이 맞아떨어지면서 민족정신을 바로 세울 기회를 잃게 된 것이다.

당시의 대통령은 대국민 담화를 통해 친일행적에 대한 사면의 의지를 적극적으로 밝힌 바 있다. "내가 말하고자 하는 것은 왜정시대에 무엇을 하던 것을 가지고 친일이다 아니다 하는 것을 결정하는 것이 아니고, 일본을 위하여 열정적으로 일한 사적이 있을지라도 지금 와서는 그 일을 탕척 받을 만한 일이 있어 증명받을 만하면 전에 일은 다 불문하고 애국하는 국민으로 대우해 줄 것이다."[98]라고 선포했다.

---

96   『한국사』 교과서, 금성출판사 : "반민특위는 범국민적 호응을 받으며 1949년 1월부터 활동을 개시하였다…반민특위 활동이 이처럼 미미하였던 것은 이승만 정부의 비판적인 태도가 큰 원인이었다. 이승만 정부는 친일파 청산보다는 반공이 우선이라는 주장을 펴며 반민특위 활동을 공개적으로 반대하였다. 일부 경찰들은 반민특위 사무실을 습격하기도 하였다."([JTBC] 2019. 3. 15자 뉴스.)

97   일본은 공산주의와 배치되는 정책을 씀으로써 미국과 이해를 같이 하고 있었다.

98   이승만 1954. 4. 7 담화.

과거에는 친일을 했더라도 현 정권에서 충실히 일하면 과거의 잘못은 문제 될 것이 없다는 이 발표로 친일청산의 막은 내려졌다 할 수 있다. 이런 정치적 역학관계로 인해 친일을 청산할 수 있는 기회는 멀어지고 말았다. 여기서부터 꼬이기 시작한 청산작업의 영향으로 인해 친일파가 순국선열들의 영면처인 국립현충원에 묻히는 부끄러운 일까지 일어나게 되었다.[99]

반민특위 활동의 실패는 민족의 입장에서 볼 때 아쉬움이 많이 남는 사건이다. 일제강점의 오욕을 씻고 갈 수 있는 좋은 기회를 잃은 것이기도 하고, 그 여파가 오늘날까지 이어지고 있기 때문이다. 친일인사들이 거리낌 없이 권력을 잡아 국정을 운영하는가 하면, 일제강점기 때 발휘했던 힘으로 주요 지위를 차지하기도 했다. 기득권을 놓지 않고 대대로 누리려는 악습이 오늘날까지 이어지고 있는 것이다.

그들은 일본이 쓰던 정책을 흉내 내기도 했는데, 그중 한 가지가 민심분열책이라 하겠다. 일제강점기에 일본은 식민통치방식으로 민족정신분열책을 사용했다.[100] 이 술책은 해방 이후 일부 정치인들에 의해 조장되고는 했는데, 정치적 목적을 달성하기 위해 좌·우, 혹은 진보·보수의 이념대립과 동·서 지역 간 대립이 일어나도

---

99   민족문제연구소가 2009년 발간한 친일인명사전 수록 친일인사 중 서울에 37명, 대전에 26 명으로 총 63명이 현충원에 안장되어 있다.

100   『한국독립운동의 역사』 「1920년대 일제의 민족분열통치」 김삼웅/한시준 저 : 문화통치 이면에서 총독부는 민족상층부를 회유하여 식민지통치에 협력하도록 유도하고 민족운동계에서 이탈시켜 민족분열 통치를 강화해 나갔다. 그리고 조선을 식민통치하는 데에서 나아가 대륙침략의 전초기지로 다지기 위해 고도의 기만적 정치기술을 연출했다(http://blog.daum.net/dreamaway/7249399. 2019. 3. 1. 검색).

록 국민을 선동한 것이다.

현재도 선거 때만 되면 이런 술책을 쓰는 정치인이 있다. 나라가 남과 북으로 갈린 것도 억울한데, 민심을 동과 서로 또 쪼개고 있으니 애석하지 않을 수가 없는 일이다. 정권을 잡기 위해 민심을 갈라치기 하는 것은 소수의 작은 이익을 얻기 위해 전체의 큰 이익을 잃게 하는 악책이다. 정권다툼의 틈바구니에서 백성들은 그 본질을 깨닫지 못하고 휘둘림을 당하고 있는 것이다.

백성에게 정치 이념은 아무런 가치가 없는 것인지도 모른다. 태평성세를 상징하는 요순시대의 정치를 "해 뜨면 나가 일하고, 해지면 들어와 쉬고, 우물 파 물 마시고, 밭 갈아 밥 먹으며 사네. 임금의 역할이 내게 무슨 소용 있을쏘냐."[101]라고 표현한 바 있다. 그저 배부르고 등 따숩게 하는 것이 백성에게는 좋은 정치라는 것이다.

친일청산에는 국가적 차원의 개선과 시행으로 바로 잡아야 할 외형적 청산이 있는가 하면 미래를 대비하는 내적문제도 있다 하겠다. 내적문제란 국가관과 민족정신을 고양하고, 우리의 입장과 주변의 정세를 제대로 인식할 수 있는 안목을 키우는 일이다.

이것이 필요한 이유는 늘 문제를 일으켜왔던 해당국의 태도가 변하지 않고 있기 때문이다. 제2차 세계대전이 종료된 후 대부분의 전범국은 진정한 반성의 태도를 보이고 있는데, 일본만은 여전히 제국주의의 향수를 잊지 못하고 있는 것 같다. 우리에게는 여전히 위협적인 이웃인 것이다.

---

101   『樂府詩集』「擊壤歌」: 日出而作日入而息 鑿井而飮耕田而食 帝力于我何有哉.

이렇기 때문에 우리는 과거를 잊어서는 안 된다. 구한말 시작된 오욕의 역사가 친일파들의 매국 행위에서 시작되었음을 기억하고, 친일의 잔재를 청산하여 역사를 바로 세워야만 과거의 실수가 되풀이되지 않는 것이다.

우리의 정신과 문화를 누리고 싶어도 하지 못하던 때가 있었다. 그때에 비하면 지금은 복된 시대라 할 수 있다. 민족정신을 향유할 수도 있고, 얼마든지 지킬 수도 있기 때문이다. 그런데도 우리의 것을 누리지 못하고, 또 지키려는 노력도 하지 않는다면 그것은 과거에 경험했던 치욕의 역사로 돌아가도 좋다는 뜻과 다르지 않은 것이다.

일본이 중국 쪽으로 전장을 확장시켜 나갈 때, 안중근 의사는 전쟁의 피해를 막기 위해 자신의 목숨을 바쳐 전쟁의 원흉인 이토 히로부미(伊藤博文)를 포살했다. 안 의사는 일본군의 법정에서 재판을 받고 사형을 당하며 이런 유언을 남겼다고 한다. "조국의 독립이 오면 하늘나라에서라도 노래하고 춤을 출 것이다."라고.

독립은 되었지만, 일제의 잔재가 아직도 이 나라에 남아 있다면 안 의사께서 노래하고 춤을 출 수 있을지 의문이다. 우리나라의 독립을 위해 헌신했던 분들의 희생이 헛되지 않게 할 책임이 우리에게 있음을 잊지 말아야 할 것이다.

2019. 3. 1.
3·1절 백 주년에 즈음하여

삶보다 더한 죽음

나라가 존망의 위기에 처했을 때,

목숨을 포기하면서까지 투쟁에 나섰던 분들은

인간으로서의 부끄러움을 남기지 않기 위해 죽음을 택했다.

삶과 죽음을 선택해야 한다면 대부분의 사람은 삶을 택할 것이다. 그러나 드물게는 삶을 버리고 죽음을 택하는 이들도 있다. 그것도 자신을 위해서가 아니라 타인을 위해서. 일제의 침략에 저항했던 분들이 그랬다.

19세기 말은 외세의 침탈이 극심한 시기였다. 조정에 힘이 없어 침략에 대응할 수 없을 때, 뜻있는 지사들은 한 사람의 힘이라도 보태야 한다는 마음으로 투쟁에 나섰다. 그들의 행동방식은 다양했다. 직접 전투에 참여하는 적극적 방법을 택하는 이들이 있는가 하면, 자결을 하여 침략국의 부당함을 널리 알리는 간접적인 방법을 택한 이들도 있었다. 방식은 달랐지만 목적은 같았다. 나라를 구해야 한다는 마음이었다.

대표적인 사례 두 가지만 살펴보자. 일제의 침략(을사늑약 체결 등)이 노골화되자, 면암 최익현 선생은 나라를 잃게 된 것은 하늘이 우리에게 벌을 내린 것이라고 했다. 의병을 일으키겠다고 왕(고종)에게 올린 상소문에 그것이 나타나 있다. "신도 마땅히 죽음을 달게 받아 사나운 귀신이 되어 원수인 오랑캐를 쓸어 없앨 것입니다."[102]라고, 나라가 위험에 빠진 잘못에 대한 반성을 스스로 하고 있다. 이대로 나라가 일본에 짓밟히게 된다면 죽음으로써 보속을 받겠다고도 했다. 당시의 상황에서 나라를 구할 수 있는 최선의 방법은 죽음을 각오하고 싸우는 것이라고 판단한 것이다.

면암 선생은 의병활동 중 일본군에게 체포되어 대마도로 끌려간다. 그 길에서, "인(仁)을 구하여 인을 얻었으니 금일 죽어도 여한이 없다."[103]라고 자신의 심정을 토로한다. 인이란 인간다움[104]이다. '인을 구하여 인을 얻었다.'는 말은 곧 인간답게 살기 위해 최선을 다했다는 것이다. 그것이 목숨을 걸고 투쟁한 이유다.

그래서 일본군에게 잡혀가는 것조차도 투쟁이라고 여겼다. 국가가 힘이 없어 일본 땅으로 끌려가지만 그 자체가 하나의 저항방식이었으며, 비록 그곳에서 목숨을 잃을지라도 그것 또한 자신이 선택한 투쟁이었던 것이다. 결국 면암 선생은 대마도에서 일본의 음

102　『勉菴集』5권, 倡義討賊疏：臣亦當甘心受死 爲厲爲鬼 以期掃淸讎虜.
103　『勉庵集』부록 4권, 年譜(74세 7月條)：正是求仁得仁 雖今日斬頭穴胷 固當含笑入地.
104　『중용』27장：仁者人也.

식은 먹지 않겠다고 선언한 후 순국한다. 오직 인간답기(仁) 위해 마땅한 길(義)을 간 것이다.

1904년 일본은 러시아와의 해전에서 승리한 후, 그 기세를 몰아 전쟁을 확장할 계획을 꾸미고 있었다. 안중근 의사는 일본의 전쟁정책으로 인해 동양 전체가 살육의 위험에 빠질 것이라고 판단했다. 그래서 할 수 있는 최선책으로 하얼빈 거사를 구상했다. 전쟁을 이끌고 있던 일본 총리대신 이토 히로부미(伊藤博文)를 하얼빈역에서 포살한 것이다. 옥중에서 쓴 자서전을 보면 의거를 일으킨 이유를 알 수 있다.

하늘이 백성(蒸民-증민)을 낳으니 사해(四海)가 모두 형제가 되었다. 각각 자유를 지키며 삶을 좋아하고 죽음을 싫어하는 것은 인간 모두의 상정(常情)이다. 그러나 현금(現今)의 시대에는 그러하지 못하여, 소위 상등사회의 고등한 인물들이 논하는 것은 경쟁에 관한 것이요, 연구하는 것은 인간을 죽이는 기계이다. 그러므로 동서양 육대주에 포화의 연기와 탄환의 빗발이 끊일 날이 없으니 어찌 개탄스럽지 않겠는가. 지금에 이르러 동양의 대세를 말하자면 비참한 형상이 더욱 심해져 참으로 기록하기조차 어렵다. 소위 이등박문(伊藤博文)은 세계의 대세를 깊이 헤아리지 못하고 잔혹한 정책을 남용하여 동양 전체가 장차 어육지장(魚肉之場)이 될 것을 면하지 못할 것이다.[105]

105　안중근,「韓國人 安應七 所懷」: 天生蒸民四海之內 皆爲兄弟各守自由 好生厭死人皆常情 現今時代不然 所謂 上等社會高等人物者 所論者競爭之說 所究者殺人機械 故東西洋六大洲砲煙彈雨無日不絶 豈不嘆哉 到今東洋大勢言之 則慘狀尤深 眞可難記也 所謂伊藤博文 未能深料天下大勢 濫用殘酷之政策 東洋全幅 將來未免魚肉之場.

안 의사는 모든 사람은 하늘로부터 생명을 부여받았기 때문에 근원이 같은 형제라고 여겼다. 형제와 같은 모든 사람이 자유를 누리며 살기 위해서는 평화가 절대적으로 필요하다고 생각했다. 당시는 힘의 논리가 작용하던 시대였다. 제국주의자들은 선진화된 무기를 가지고 약소한 국가를 침략하면서, 그것을 문명이라 여겼다.

안 의사는 그들의 문명관을 비판하고 있다. 문명이란 물질적 선진화가 아니고, 인간에게 주어진 본성을 깨달아 부여된 천명을 지키고, 자유와 평화를 누리며 행복하게 살아가는 것이라는 주장을 펼친 것이다. 결국 일본의 제국주의 정책은 천리(天理)에 위배되는 것이며, 이를 지속하게 되면 동양의 모든 국가가 함께 망하게 될 것이라는 생각을 했다. 이것이 일본의 전쟁정책을 지휘하던 수장 이토 히로부미를 제거한 이유다.

두 의사가 지닌 뜻에는 공통점이 있다. 자신의 목숨을 버리고 의(義)를 취했다는 점이다. 『맹자』에 이런 이야기가 있다. "물고기도 내가 원하는 바요, 곰발바닥도 원하는 바다. 하지만 이 두 가지를 모두 얻지 못할 때에는 물고기를 버리고 곰발바닥을 취할 것이다. 삶도 내가 원하는 바요, 의(義)도 원하는 바다. 하지만 이 두 가지를 모두 얻을 수 없을 때에는 삶을 버리고 의를 취하겠다."[106]

물고기는 보통 먹거리다. 곰발바닥은 귀한 음식이다. 할 수만 있다면 귀한 곰발바닥 요리를 먹고 싶어 하는 것이 인간의 자연스러운 감정이다. 더 나은 것을 골라 먹는 것이 옳은 것이다. 생명은 소

---

106 『孟子』「告子 上」10장 : 魚我所欲也 熊掌亦我所欲也 二者不可得兼 舍魚而取熊掌者也 生亦我所欲也 義亦我所欲也 二者不可得兼 舍生而取義者也.

중하다. 그러나 때에 따라서는 생명보다 귀한 것이 있을 수 있다. 삶은 당연히 지켜야 하지만 삶보다 더 심한 것이 있을 때에는 삶을 구차히 얻으려 하지 않고 죽음을 선택한다.[107] 삶을 버리고 의를 따르는 사생취의(捨生取義) 정신인 것이다.

나라가 존망의 위기에 처했을 때, 목숨을 포기하면서까지 투쟁에 나섰던 분들은 천리에 어긋나지 않기를 원했다. 인간으로서의 부끄러움을 남기지 않기 위해 죽음을 선택한 것이다. 의(義)를 지키는 것은 스스로 부끄럽지 않기 위한 도리였던 것이다.

그분들의 헌신은 헛되지 않았다. 우리는 결국 해방을 맞이할 수 있었다. 물론 일본이 연합국에 항복함으로써 얻어진 것이기는 하지만, 그 저변에 우리의 노력이 분명 있었다는 점을 기억해야 한다. 그 역할을 한 것은 국외(중국 상해)에 있던 임시정부다. 일본의 항복은 갑자기 이루어졌다. 이때는 공교롭게도 중국에 있던 임시정부 요원들과 대한광복군이 미군과 연합하여 국내진입작전을 시도하기 직전이었다.[108] 당시 임정요원들은 작전을 개시하지 못하고 일

---

107   『孟子』「告子 上」10장 : 生亦我所欲 所欲有甚於生者 故不爲苟得也.

108   광복군은 1945년 5월 미국 정보기관인 OSS(Office of Strategic Services)와 연합하여, 한반도 진입을 위한 '독수리 작전'에 착수했다. 이는 광복군이 미군의 특수훈련을 받은 다음 국내로 잠입하여 지하공작을 전개하다가, 미군이 상륙할 때 항일세력을 총궐기시키고, 상륙군과 합류하여 일본군을 공격한다는 계획이었다. …… 광복군과 OSS의 합작은 임정이 연합국의 일원으로 대일전에 참여할 수 있는 기회가 될 수도 있었다. OSS와의 합작훈련은 2지대와 3지대에서 시행됐다. …… 8월 4일 1기생 훈련이 종료되자, 임정과 OSS는 8월 20일 안으로 특공대를 조직하여, 낙하산이나 잠수정 등을 통해 한반도에 침투시킨다는 계획을 수립했다. 한편 3지대의 경우 7월 7일 입황(立煌) 오가점(吳家店) 부근의 미군 부대에 도착한 22명의 대원들이 3개월 예정으로 훈련에 착수했지만 기초교육 과정이 진행되던 중 일제 패망을 맞이했다(『대한민국임시정부자료집 13권』「한국광복군 Ⅳ」, 報告 : 今番國內進入經過에 關한 件. 발신일 1945년 9월 8일 1945년 09월 08일. 발신자 總司令 李, 第二支隊長 李範奭. 국사편찬위원회 한국사 데이터베이스 인용).

본이 항복하게 된 것을 매우 안타깝게 생각했다고 한다. 우리의 힘으로 이룬 완전한 자주독립이 아니라고 생각했기 때문이었다.

그러나 그만한 준비마저 없었다면, 해방 이후 연합국으로부터 국권을 돌려받는 과정에서 혼란을 겪을 수도 있었을 것이다. 우리는 국가의 주인으로서 국권을 돌려받을 준비가 갖추어져 있었으니, 그 주체가 되었던 것이 바로 대한민국임시정부다.

상해의 임시정부는 나라의 권리를 모두 빼앗긴 우리 민족에게 실낱같은 희망이었다. 1919년 일어난 3·1 만세의거는 전 국민의 독립 의지가 담긴 운동이었다. 그 운동에 힘입어 열매를 맺게 된 것이 달포 뒤 상해에서 수립된 임시정부다.

이십육 년간 약한 등불 같은 망명정부의 어려움을 겪으며 명맥을 이어 온 덕에 일본이 항복하자마자 국권을 돌려받을 수 있었다. 우리가 떳떳한 국민의 지위를 확보할 수 있었던 것은 임시정부가 있었기 때문에 가능했던 것이다. 결국 독립은 수많은 지사들의 헌신으로 이루어진 것이다.

구한말부터 외세침탈에 맞서 싸워온 의병들, 자결로써 저항했던 지사들은 그 싸움에서 반드시 이길 수 있으리라는 계산이 서서 투쟁에 나선 것이 아니다. 그렇게 하지 않고는 참을 수 없었기 때문이었다. 그들은 자신의 희생을 대가로 무엇도 바라지 않았다. 오직 스스로 부끄럽지 않기 위한 몸부림이었다. 여기에 인간으로서의 가치가 있는 것이다.

"나는 물고기를 포기할 수 없어."라고 하는 사람이 있을 것이다. 그렇다. 일제강점기에는 세상이 그랬다. 떳떳하지 못하다는 것을 알면서도 살자니 어쩔 수 없이 일제의 정책에 따를 수밖에 없던 시대였다. 그것을 죄라 할 수는 없을 것이다. 그러나 "나는 곰발 바닥을 먹어야겠어."라고 한다면 지나친 것이다. 목숨을 부지하기 위해 슬며시 못 본 체한 것을 죄라 할 수는 없지만, 나라가 환난에 처했는데도 침략국에 적극적으로 빌붙어 기름진 삶을 살았다면 부끄러운 것이다.

오늘날 우리가 자주국(自主國)의 국민으로 당당하게 살아갈 수 있는 것은 많은 지사들의 헌신이 있었기 때문에 가능했다. 후손으로서 이것을 잊는다면 이 또한 부끄러움을 모르는 것이다.

2019. 4. 11.
대한민국임시정부 수립 백 주년 즈음하여

4부

오랜 벗

벗은 소중하다.

어릴 적 가지고 놀던 궤짝 속 유리구슬 같다고나 할까?

세월이 지어낸 보석 같은 존재인 것이다.

거울 속 인물을 보고 화들짝 놀랐다. 모처럼의 서울 나들이, 종로3가 지하철역 화장실에서의 일이다. 기름기 없는 허연 머리, 거무튀튀한 안색, 허둥지둥한 걸음걸이. '저 앞의 촌부 어디선가 본 적이 있는데, 누구더라?'하다가, 그만 실소를 하고 만다. 나였다. 화장실 통로의 전면 거울에 비친 내 모습을 본 것이다. 살아온 세월의 값이 저것이구나 하고 생각하니 웃음이 나온다.

본 김에 자세히 뜯어보았다. 푸석한 초로의 모습이 낯설기는 해도 그리 싫을 정도까지는 아니다. 나를 신고 예순세 해를 견뎌 온 몸이 아닌가? 그 노고를 생각하면 이만도 안 하기를 기대할 수는 없을 것이다. 마음에 들고, 들지 않고를 떠나서 생소하게 느껴진 내 마음이 오히려 더 어색했다. 늘 나와 함께 다닌 몸인데, 유독 이 날은 어째서 그리도 생경했던 것인지 모르겠다. 촌에 살면서 몸이 움직이는 모습을 대형 거울로 볼 기회가 없어서였을까? 아니면 몸의 늙음을 마음이 따라가지 못했던 것일까? 그도 아니면 내가 내 몸을 잊었던 것일까?

가만 생각해 보니, 이 기분 어디선가 느꼈던 적이 있다. 아하! 생각이 났다. 올봄, 어린 시절부터 함께 세월을 보내 온 벗들을 만났을 때였다. 소싯적 놀던 골목엘 가보기 위해 모인 것인데, 약속장소인 영등포 로터리 횡단보도 건너편에 서 있는 벗들의 모습을 보고 이 느낌을 받았었다. 함께 늙어 가는 벗의 얼굴에 내 세월의 흔적이 비쳐졌던 것이다.

우리들의 인연은 중·고등학교 시절부터 시작되었다. 대충 오십 년가량 된 셈이다. 이 벗들과는 영등포 당산동을 근거지로 소년기에서 청년기까지 함께 지냈었다. 성인이 되어 각자 직업을 갖고, 가정을 꾸려 제 길 찾아 떠나기 전까지는 많은 시간을 함께했었다. 그러니 서로의 모든 것을 훤히 알고 있을 정도다. 성격, 습관, 말투, 학업, 연애사까지 피차 뚜르르 꿰는 사이다.

그러던 벗들이 사회진출을 하면서 연락이 다소 뜸해졌었다. 그러다가 최근 들어 만남이 다시 빈번해졌다. 다양한 사회통신망이 생겨 소식 나누기가 편리해진 면도 있고, 하나둘씩 은퇴를 하면서 대화할 여유가 생겼기 때문이기도 하다.

얼마간 뜸하게 지내다가 최근 자주 소식을 주고받게 되니, 자연히 과거와 현재를 비교해 보게 된다. 의외인 것은 그동안 살아온 길이 다르고, 교류가 뜸했던 기간이 짧지 않았음에도 불구하고 지니고 있는 습성들이 변하지 않았다는 것이다. 마치 시간이 멈춘 것 같은 느낌이었다. 만나면 사오십 년 전의 이야기를 많이 하는데, 그런 이야기를 하며 편하게 웃을 수 있는 것도 모두가 변함이 없기 때문일 것이다.

오래된 벗을 만나면 마음이 편하다. 이 편안함 역시 옛날 그대로다. 한번은 술자리에서 벗이 술을 따르는데 두 손으로 받은 적이 있다. 순간 어색함이 감돌았다. 다시 받을 때는 한 손으로 받았다. 편했다. 한 손을 내밀어도 상대가 언짢아하지 않을 것이라는 믿음이 있었기 때문이다.

이러한 무례(?)는 친한 벗 사이에서나 통할 수 있는 특권 같은 것이다. 사회생활 중에 격식을 갖추는 것이 오히려 어색한 경우는 그리 흔하지 않다. 가족처럼 가까운 사이에서나 가능한 것이다. 그만큼 벗은 소중하다. 마치 어릴 적 가지고 놀던 궤짝 속 유리구슬 같다고나 할까? 세월이 지어낸 보석 같은 존재인 것이다.

벗들과의 관계는 작은 세상 같다. 여섯 명이 각자 저마다의 독특함을 지니고 사는 것을 보면 그러한 생각이 든다. 마음에 들 때도 있고, 거스를 때도 있다. 밀접하다가도 소원해지기도 한다. 좋고, 싫은 것이 섞여 있는 것이 꼭 세상살이 같다. 세상의 다양성을 인정할 때, 그 안에서 나를 지켜갈 수 있듯이 벗과의 관계도 마찬가지다. 있는 그대로 인정하고 서로 맞추며 지낼 때 좋은 관계가 유지될 수 있다.

오래도록 사귐을 잘 유지하려면 상대방을 공경하라는 말[109]이 있다. 사귐이 오래되면 친함을 내세워 공경심을 내려놓을 수가 있다. 오래된 관계일수록 지켜야 할 선을 넘지 않는 것이 좋다. 감정을 조심히 다룰 필요가 있는 것이다.

얼마 전 분당의 한 음식점에서 본 일이다. 오십 대 중반의 사내 네 명이 술을 마시고 있었다. 처음에는 어린 시절 이야기를 하며 따뜻하게 대화가 오가는 듯했다. 그런데 한순간에 분위기가 험악해졌다. 정치 이야기를 했던 것이 잘못된 것 같았다.

두 사람이 경쟁하듯이 목소리를 높이는가 싶더니, 한쪽에서 상대를 '꼰대 같은 생각'이라고 비난했다. 상대는 '빨갱이 새×'라고 되받았다. 다시 '토종왜구'라는 호칭이 건너갔다. 주먹이 오갈 듯 험악한 분위기가 되더니, 급기야 다시는 얼굴을 보지 않겠다고 주먹까지 불끈 쥐어 보이며 두 사람이 나가 버린다. 아마도 그들의 우정은 거기서 끝이 나지 않았을까 싶다.

어쩌다가 귀한 벗이 빨갱이가 되고, 왜놈이 되었는지. 그들에게 잘못이 있다면 나눌 만한 가치가 없는 이야기를 나누었다는 것이다. 인연을 아끼고 싶다면 이런 실수는 하지 말아야 한다.

좋은 인연은 그냥 얻어지는 것이 아니다. 진솔한 마음이 뒷받침되어야 한다. 그리고 상대를 공경하는 마음이 있어야 한다. 흔히들 가까운 사이일수록 함부로 대하게 되고, 더 나아가다 보면 감정을 건드리게 된다. 감정을 건드리는 선까지 가서는 안 되는 것이다.

---

109   『論語』「公冶長」16장 : 善與人交 久而敬之.

살아온 날이 육십 년 넘고 보니, 이 별에서의 마지막 순간을 상상해 볼 때가 있다. 그때가 되면 나는 어떤 것들을 소중하게 기억하고 있을까? 이 별에서의 내 이야기도 작은 시집 한 권 분량은 될 것이다. 벗들 이야기도 그중 한 편이 될 것이고.

오월 산골의 아침은 뻐꾸기가 연다.
앞산에서 울리는 뻐꾹! 소리로 신의 선물 하루가 시작된다.

그날이 그날 같지만 결코 같은 날은 없다.
새날을 허락받았으니 많이 느끼며 살고 싶다.

봄바람 훅! 부니, 송홧가루 하늘 높이 퍼진다.
그 가루 타고 木月이 노래한 외딴집 눈먼 처녀의 그리움 날아오른다.

그리움, 이런 정이 없다면 삶은 얼마나 팍팍할 것인가.
오늘은 멀리 있는 벗의 목소리라도 들어 보아야겠다.

2019. 5. 5.

섬엘 가면 섬사람이 되어야
(울릉도에서)

섬엘 가면 그 섬사람이 되어 보는 것이 좋다.

그러면 이해가 되고, 사랑하게 되며, 하나가 될 수 있다.

비로소 그곳이 나의 땅이 되는 것이다.

오전 아홉 시, 동해항을 출발한 배는 정오가 조금 넘어 도동항에 도착했다. 최근, 집에서만 조용히 지내던 참에 나른해진 신경을 깨워 볼까 하고 아내와 여행지를 물색했었다. 울릉도와 독도는 동쪽 바다 외딴 섬으로 언젠가는 가봐야 할 우리의 땅이라고 생각해 오던 곳이다. 이참에 오래도록 생각만 해오던 것을 풀어 보자 하고 2박 3일 일정으로 집을 나섰다.

항구 앞 식당에서 점심밥을 간단히 먹고, 내쳐 독도로 향했다. 독도는 기상이 안 좋으면 갈 수가 없기 때문에 가능하다면 독도부

터 다녀와야 한다고들 한다. 우리도 그 조언을 따르기로 했다. 독
도를 다녀온 후에는 버스를 타고 미리 예약해 두었던 내수전 골짜
기에 있는 펜션으로 가서 첫 밤을 보냈다.

다음날은 도동항으로 다시 나와 섬 일주관광버스를 타기로 했다.
울릉도는 몇 달 전 일주도로가 완전히 개통되어, 버스를 타고 한 바
퀴 돌면서 관광할 수가 있게 되었다. 군내버스를 이용하면 가격도
저렴하고 현지 풍물도 직접 접할 수 있어 좋을 것이지만, 시간이 많
이 든다는 단점이 있다. 2박 3일 안에 섬 한 바퀴를 둘러보자니 어
쩔 수 없이 쉬운 방법을 택할 수밖에 없었다. 첫날은 일주관광버스
를 이용하고, 둘째 날은 군내버스를 타고 둘러보기로 했다.

일주관광버스가 출발을 하자 헤드셋을 쓴 기사는 도동 언덕길
첫 모퉁이를 돌기도 전에 스피커를 열었다. 일단 자신의 말에 귀
기울여 줄 것을 바란다는 취지의 말을 했다. 간곡하기는 했지만 내
가 느끼기로는 자신의 말을 따르지 않는 사람은 여행할 줄 모르는
사람으로 간주하겠다는 듯이 들렸다. 물론 관광버스 기사로서의
의무를 충실히 이행하려는 마음에서 나온 말인 것 같기는 했다.

기사는 특정한 곳을 지날 때마다 자신의 머리에 짜놓은 대본을
마이크를 통해 충실히 풀어냈다. 버스가 지나고 있는 장소에 대한
설명과 웃음을 자아낼 수 있는 입담으로 청중의 분위기를 주도해
나갔다. 물론, 이런 자리에서 빼놓을 수 없는 음담패설도 거침없이
섞어 가면서 말이다. 버스 안의 여행객(스물 댓 명 정도)들은 맞장구
를 치며 흥겨워했다. 대체로 그런 분위기를 즐기는 것 같았다. 이
러니까 가이드가 그렇게 하는 것이겠구나 싶었지만 내가 바라던

분위기는 아니었다.

우리는 바다와 산과 하늘과 바람 등의 풍경을 차창을 통해 조용히 느낄 수 있기를 기대했었다. 그런데 버스 안의 분위기가 우리의 바람과는 달랐다. 섬을 일주하는 내내 어수선함 속에 앉아 있어야 할 것이 분명했다. 나는 버스 안의 분위기에 맞추는 감정공동체가 될 것인지, 아니면 내 감정에 충실한 외톨이가 될 것인지를 결정해야만 했다.

갈등의 순간에 아내의 판단은 빨랐다. 함께 웃고, 박수도 열심히 치며 버스 안의 분위기에 호응하는 것이었다. 어색하기는 했지만, 나도 박수를 치기 시작했다. 아내를 따라 그 분위기에 동참하기로 한 것이다. 조화를 이루지 못하는 창밖의 여행객이 되지 않는 것이 좋을 것이라고 판단한 것이다. 결국 우리는 느끼고 싶었던 것들을 포기할 수밖에 없었다. 고즈넉하게 음미하고 싶었던 풍경과 분위기는 기사의 입담 속으로 빨려 들어가고 만 것이다.

그런데 묘한 것은 당시에는 마음에 들지 않는 분위기였는데도 불구하고 지나고 보니 즐거운 시간으로 기억되었더라는 것이다. 기사가 어떻게든 분위기를 즐겁게 유지하기 위해 열심히 하는 모습이 좋았다. 특산품 파는 매장들을 들를 때는 울릉도를 사랑하는 마음으로 많이 구매해 줄 것을 청하는 등, 자신의 고장을 사랑하는 마음도 아름답게 느껴졌다. 또 그의 설명 덕분에 짧은 시간에 많은 것을 볼 수 있었던 점도 고맙게 생각하게 되었다. 결국 일주관광버스 여행은 우리의 기억 속에 좋은 느낌으로 남겨졌다.

울릉도는 도로가 많지 않은데도 불구하고 일반버스 운행체계가 약간 복잡하다. 도동항 차부에서 숙소가 있는 내수전으로 가려면 어느 차를 타야 하나 하고 서성이는데, 어느 모자(오륙십 대의 어머니와 이십 대 후반의 아들) 여행객이 다가와 말을 걸었다. 배차표를 보고 궁리하는 우리에게 다가와 자신들도 처음에는 그것을 몰라 애먹었다고 하며 운행체계를 설명해 주는 것이었다. 그러면서 버스를 기다리는 이삼십 분 동안 차부에서 자판기 믹스커피를 꺼내 먹으며 이야기를 나누었다.

그분들은 며칠째 군내버스를 타고 여행 중인데, 힘은 들지만 오히려 느리고 불편해서 더 좋더라는 것이다. 아울러 우리가 꼭 보아야 할 곳도 몇 곳 알려 주었다. 모자는 사이가 다정해 보였고, 여행을 즐길 줄 아는 분들인 것 같았다. 우리는 다음 날 그분들이 알려 준 대로 봉래폭포, 태하항과 전망대, 도동항의 독도전망대 케이블카 등을 군내버스를 타고 돌아보았다. 과연 그분들이 설명해 준 대로 좋았다. 여행은 그곳의 풍물뿐 아니라, 스쳐 지나가는 인연을 만나는 것으로도 좋은 추억이 될 수 있다는 것을 느꼈다.

두 섬의 느낌은 출발하기 전에 상상했던 것보다 좋았다. 독도는 파도가 높아 배를 접안하지 못해 땅을 밟아 보지는 못했지만, 근접하여 선회하는 배 위에서도 충분히 느낄 수 있었다. 그 느낌을 짧게 표현하자면, '웅장함'과 '신령스러움'이었다. 웅혼한 대양 위에 의연히 솟아 있는 모습에서 신비감을 느낄 수 있었다. 살아 숨 쉬고 있는 것 같은 느낌이 들었다. 독도가 우리 땅이라는 것이 자랑스러웠다.

울릉도는 인간에게 길들여지지 않은 자연미가 있었다. 섬 전체가 신이 빚어 놓은 예술품이라는 느낌이 들 정도였다. 세상에 요산요수(樂山樂水)는 없다고, 그 아름다움 이면에는 사람이 살기에 척박한 환경의 땅이라는 면도 있었다.

낮은 곳은 대부분 바다에 닿아 있는 절벽이어서 작물 하나 심을 만한 변변한 땅이 없었다. 나리분지처럼 널찍하고 평평한 곳도 일부 있기는 하지만, 대체로 가파른 산의 경사지를 개간한 밭들이 조금씩 있을 뿐이었다. 게다가 바다로 둘러싸인 섬인데도 불구하고 섬 연안은 물이 차서 고기가 많이 잡히지 않는단다. 그래서 경제적 어려움이 크단다. 그럼에도 불구하고 떠나지 않는 주민이 많은 것을 보면, 아마도 그분들은 풍족한 삶보다는 천연의 환경 속에서 살기를 원하는 마음이 크기 때문일 것이라는 생각이 들었다.

선회하던 선상 위에서 바라보던 독도의 신령한 느낌, 태하 전망대에서 바라본 망망대해, 내수전 골짜기에서 본 죽도 너머의 일출, 숙소가 있던 내수전 골짜기에서 저동항으로 걸어 내려오며 들었던 몽돌해변의 갈매기 소리, 일주관광버스 기사가 내려 준 나리분지의 주막집에서 먹은 산채부침개, 저동항 식당에서 주인이 먹으려고 삶은 오징어숙회를 빼앗아 먹다시피 사서 먹었던 맛, 그리고 차부에서 만난 모자여행객 등은 잊지 못할 추억거리가 되었다.

익숙해져 있던 시선으로만 그곳을 바라보았다면 그 여행은 어떤 기억으로 남겨졌을까? '울릉도는 좁고, 불편해. 그래서 힘들고, 불쾌했어.'라는 기억으로 남겨졌을 가능성도 있었다. 여행할 때는 가능하면 내게 익숙한 관습과 문화는 잠시 접어 두고, 익숙하지 않은 그곳 풍토에 젖어 들 수 있도록 노력하는 것이 좋은 것 같다. 내가 선택한 여행이라고 즐거움이 거저 얻어지는 것은 아니다. 내게 길 들여진 것을 고수하면서 그곳을 바라보게 되면 비교를 하게 되고, 비교 끝에는 불평불만이 뒤따르게 되어 있다.

  섬엘 가면 그 섬사람이 되어 보는 것이 좋다. 그러면 이해가 되고, 사랑하게 되며, 하나가 될 수 있다. 비로소 그곳이 나의 땅이 되는 것이다.

섬을 떠나기 전, 선창가에서 후박나무 묘목 두 그루를 샀다.
추운 곳에서 자랄 수 있는지 따져보지도 않고 끌어안았다.
울릉도가 좋아서.
그곳을 기억하고 싶어서.

먼 훗날까지 그 기억 한 자락을 남기고 싶었다.
아뿔싸! 후박나무는 따뜻한 지방에서만 살 수 있단다.
그래도 우리는 정성을 다해 심었다.
그 섬을 오래도록 기억하고 싶어서.

2019. 7. 5.

✣ 후박나무는 그해 강원도의 겨울 추위를 이겨 내지 못했다. 이듬해 봄, 그 미안함을 달래기 위해 옥천군 이원면의 나무시장에 가서 능수매화 한 그루를 사다가 그 자리에 심었다.

인생의 전환점

지리산 천왕봉은 내 인생의 전환점인 셈이다.

그곳에서 가졌던 한 생각이

인생여로의 방향을 틀게 한 결정적 순간이 되었다.

이 길로 오지 않고 다른 길로 갔더라면 어찌 되었을까 하고 옛일을 돌이켜 볼 때가 있다. 과거에 했던 선택을 되짚어 보는 것이다. 생각해 보면, 우리는 삶의 기로에서 많은 선택을 하며 살아간다. 일생이라는 여로에서 중요한 것은 갈림길에서 어느 쪽으로 발길을 향하느냐의 문제인지도 모른다. 한 사람이 현재 서 있는 자리는 그러한 선택들이 모여서 이루어진 결과라 할 수 있다. 그중에서 특히 큰 영향을 준 순간들이 있을 것이니, 우리는 이것을 인생의 전환점, 혹은 결정적 순간이라고 한다. 내게도 그러한 순간들이 있었다.

나는 보통 이 년에 한 번씩 근무처를 새로 발령받는 관공서에 근무했다. 이십삼 년 전에는 사무실이 성수동에 있었다. 잠실의 아파트에서 살 때였기 때문에 잠실역에서 성수역 방향으로 가는 2호선 지하철을 타고 출근했었다. 지하철인데도 이 구간은 지상의 고가로 난 철로로 열차가 지나가기 때문에 바깥 풍경을 내다보는 재미가 있었다. 열차가 강변역을 지나갈 때면 나는 차창을 통해 동서울터미널에서 출발하는 버스들을 바라보곤 했었다. 어디론가 떠나는 버스에 탄 이들을 부러워하면서 말이다.

쳇바퀴 돌 듯 늘 정해진 역에서 타고 내리는 차 말고, 저런 버스를 타고 어디론가 떠나면 가슴이 시원해질 것 같았다. 그중에서도 전주행 버스를 볼 때면, '저 버스를 타면 지리산도 갈 수 있는데.'라는 생각을 하며, 출근길이라는 정상궤도를 벗어나 지리산으로 달려가는 상상을 하고는 했었다.

어느 날, 그 상상은 현실이 되었다. 출근하는 시각에 나는 사무실로 가는 성수역이 아닌 강변역에서 하차했다. 버스를 타기 위해서였다. 버스를 타게 된 계기는 직장에 대한 불만 때문이었다. 사무실에서 진급 발표가 있었는데 누락된 것이 원인이었다.

모든 직장인들은 진급이라는 희망을 바라보고 열심히 일할 것이다. 나는 동기들에 비해 진급이 뒤처진 편이었는데, 늦은 진급을 만회해 보려고 최근 이삼 년간 열심히 일하며 공을 들였었다. 그런데 또 탈락한 것이다. 화가 났다. 아무 생각하지 않고, 그 기분에서 벗어나고 싶었다. 이때 생각난 것이 동서울터미널의 버스였다.

아침에 일어나 바로 실행에 옮겼다. 출근 준비를 하는 대신 배낭을 꾸리고, 사무실 대신 터미널로 갔다. 사무실은 터미널에서 전화를 했다. 집에 불가피한 일이 생겼다고 둘러대고, 이틀간 연가를 내달라고 부탁했다. 그리고는 전주행 버스를 탔다. 1995년 11월 초, 그렇게 나는 사무실로 가는 대신 지리산 쪽으로 발길을 향했다.

전주에서 내려, 남원군 인월면 가는 버스를 갈아탔다. 인월에서 다시 함양군 백무동행 버스를 타고 지리산 입구에 내렸다. 그 길로 바로 산행을 시작했다. 해가 지기 전에 정상에 도착하자면 서둘러야 했다. 장터목대피소에 도착해서는 산장숙박 예약을 해놓고 내처 천왕봉으로 향했다.

(아래에 있는 글은 당시에 썼던 산행기를 참고해서 다시 구성한 것이다)

서울에서 출발한 지 열두 시간 정도 걸려 지리산 정상에 도착했다. 천왕봉에서 서쪽을 바라보니 노고단 너머로 해가 넘어가고 있었다. 어두워 가는 정상의 바위에 홀로 앉아 사방을 둘러보았다. 온 세상이 어둠 속에 잠겨 가고 있는데, 남쪽의 바닷가 도시에서는 불빛이 하나둘 켜지고 있었다. 어둠 속에 가뭇가뭇 떠 있는 희미한 불빛 속의 그 세상은 사람이 사는 세상 같지가 않았다.

그동안 나를 하잘것없는 존재로 묶어 왔던 세상의 무게감은 느낄 수가 없었다. 거대한 숲에 떠 있는 가벼운 반딧불 정도의 무게라고나 할까? 그것을 보는 순간 내가 살고 있는 세상이 저렇게 미미한 것이었나 하는 생각이 들었다.

순간-출근 대신 나를 이곳으로 오게 했던 그 원인을 포함하여-세상살이 따지고 보면 별것 아닌데 무엇 때문에 이리도 심각하게 살고 있을까 하는 회의가 들었다.

　정상 바위에 앉아 그렇게 삼십 분가량 머물다 어둠을 더듬으며 장터목대피소로 돌아와 그곳에서 밤을 보냈다. 다음날은 가을비가 보슬보슬 내렸다. 하산을 하면서, 빗속의 산 풍경을 보고 한 느낌이 들었다. 다음은 당시에 썼던 산행기의 일부다.

　하산하는 길에는 늦은 가을비가 내리고 있었다. 비구름 사이로 나타났다 없어지곤 하는 단풍 숲의 모습이 꿈결 같았다. 사람의 감정을 흔들었다. 그것은 흔히 느낄 수 있는 감흥과는 달랐다. 은은히 밀려드는 묵직한 행복감이었다. 여태까지 이런 아름다움을 경험했던 기억이 없었다.

　그때 생각했다. '참으로 아름다운 세상이다. 이번 일 같은 것 때문에 감정을 소모하는 것은 이 아름다운 세상을 모독하는 것이다. 잘 살자. 후회 없이 잘 살자.'라고. 만약 잘 살지 못해 후회하게 된다면 죄가 될 것만 같았다.

　이때의 생각은 일상으로 돌아온 후에도 이어졌다. 잠시 느낀 감상이니 일상으로 돌아오면 잊혀질 법도 한데 묘하게도 지속되는 것이었다. 자연히 어떻게 잘 살 것인가를 궁리하게 되었다. 일단 생각한 것은 삶이 즐거워야 한다는 것이었다. 인생이란 단 한 번뿐인 삶의 기회를 부여받은 것이니, 설혹 안정과 호사가 보장된다 하더라도 평생토록 원치 않는 일에 얽매여 지루한 삶을 살지는 말자는 것이 큰 줄기였다.

그렇다고 하고 있는 일을 당장에 접고 다른 일을 하자는 것은 아니었다. 앞으로 펼쳐질 시간들은 가능하면 새로운 것을 하며 살아보자는 것이었다. 특히 가족을 부양해야 하는 경제활동은 공무원 생활로 끝내고, 퇴직 후에는 우리(아내와 나)가 하고 싶은 것을 하며 살 수 있도록 미리 준비하자는 것이었다.

가족 전체의 미래가 달린 문제이기 때문에 아내와 상의를 했다. 아내도 내 의견에 동의했다. 딸들에게도 알렸다. 그리고 무엇을 하면 즐거울 것인가를 궁리했다. 육 개월가량 고민한 끝에 시작한 것이 붓글씨 공부다. 이것을 시작으로 직업(=돈)과는 무관한, 삶을 즐겁게 해줄 만한 도구들을 얻기 위해 한 단계씩 나아갔다.

신은 우리가 가야 할 삶의 길을 미리 정해 놓았다고 한다. 우리는 신이 가리키는 쪽을 향해 걸어갈 수밖에 없다. 소설 『연금술사』에서는 그것을 '표지(標識)'라고 했다. 사람들은 신이 미리 써놓은 길(Maktub)을 따라 걸어가게 되어 있는데, 그 자리로 갈 수 있도록 이끌어 주는 무엇인가가 표지라는 것이다.

그것은 인물일 수도 있고, 사건일 수도 있다. 내게도 그런 표지가 무수히 있었다. 그중에서도 지리산 산행은 내가 지금의 삶을 살도록 이끌어 준 뚜렷한 표지였다 할 수 있다.

이런 의미에서, 지리산 천왕봉은 내 인생의 전환점인 셈이다. 그곳에서 가졌던 한 생각이 인생여로의 방향을 틀게 한 결정적 순간이 되었다. 공자는 "잘 아는 자는 좋아하는 자만 못 하고, 좋아하는 자는 즐거워하는 자만 못 하다."[110]라고 했다. 삶의 길 중에서 가장 좋은 것은 즐겁게 사는 것이라는 말일 것이다.[111]

나는 지리산을 다녀온 후로 직업(일)과는 상관없는 배움의 길을 걷기 시작했다. 지리산, 그곳에서 나는 내가 무엇을 좋아하는지 어렴풋이 느꼈다. 그리고 그 후로는 그것을 하려면 어느 방향으로 걸어가야 할지를 궁리하게 되었다. 천왕봉은 내가 새로운 표지를 따라 걷도록 해준 시발점이었던 것이다.

그날도 지리산 가는 버스를 타지 않고, "참는 사람이 이기는 거야."라고 하며 진급 누락의 서운함을 꾹꾹 누르고 더 열심히 일하자며, 여느 때처럼 사무실로 향했더라면 나는 지금 어떤 모습으로 살고 있을까? 지금과는 다른 삶을 살고 있을 것이다. 현직에서 해오던 일과 관련 있는 일을 계속하며, 도시의 삶을 살고 있었을 가능성이 크다.

모든 일은 이유가 있기 때문에 일어난다고 한다. 어느 날, 내 앞에는 진급탈락이라는 표지가 제시되었다. 그 표지를 읽고 나는 지리산으로 향했고, 그 산 정상에서 삶의 색다른 의미를 느꼈다. 그것을 나는 내게 깨달음을 주기 위해 신이 보여 준 손가락이라고 믿고 있다. 거기서부터 신이 가리키는 방향을 향해 나는 걸어가고 있다.

---

110   『논어』「옹야」18장 : 知之者不如好之者 好之者不如樂之者.
111   주석에서는 도(道)에 관한 것이라고 풀이하고 있다. 도란 결국 삶의 길일 터이니 이를 행복을 구하는 방도로 보아도 큰 오류는 없을 것이라 본다.

화려한 전등이 어둠을 밝히는 시각, 도시는 무장을 해제한다.

하루를 무사히 보낸 마음으로 위로처 찾는다.

삼삼오오 짝지어, 잔 나누는 공로의 잔치.

왁자한 무용담이 동료들 흥 돋운다.

땅거미 골짜기로 흘러내리면, 대지는 땡볕에서 탈출한다.

게으른 농부 호미 하나 집어 들고 밭으로 향한다.

풀들의 잔치 자리, 감자밭 고랑으로.

그곳엔 솔바람 타고 오는 뻐꾸기 소리 있다.

2019. 6. 20.

멈추어야 할 때

만족할 줄 알면 치욕을 면할 수 있고,
멈출 줄 알면 위태로움을 당하지 않아
영원할 수 있다.

대학원에서 학업을 마치고 나니, 축하한다는 말과 함께 이런 말을 하는 분들이 간혹 있다. "공부 마쳤어? 그럼 이제 강의하러 나가는 거야?"라고. 이 말을 들으면 부끄러워진다. 무능함이 탄로 난 것 같아서다. 그래서 "실력 있는 젊은이도 많은데 나까지 설 자리가 있겠어요?"라고 하며, 무능을 겸손으로 덧씌우고 어물쩍 넘어간다.

함께 공부했던 학우들 중에는 졸업 후 대학원에서 강의를 하는 이도 여러 명 있다. 그런 자리를 생각해 본 바 없었으면서도 남들이 한다니 부러운 마음이 든다. 그렇게 하지 못하는 게으름과 무능함에 부끄러운 기분이 들기도 한다. 그런데 가만 생각해 보면 그렇게 생각할 것이 아니다. 그분들은 나하고는 다르기 때문이다. 그분들은 학업을 시작할 때부터이거나, 적어도 졸업 이전에 그러한 계획을 세우고 준비를 해왔던 분들이다.

그밖에도 내게는 그분들처럼 될 수 없는 이유가 몇 가지 더 있다. 나는 미래의 계획이 있어서 공부를 시작했던 것이 아니다. 대학원에 입학하기 몇 달 전까지만 해도, 이러한 공부는 내 인생의 계획에 있지 않았다. 지금도 누군가가 나를 학위 호칭으로 부르면 부끄럽고 어색하다. 아마도 상상도 해본 적 없는 공부를 한 결과로 얻은 호칭이기 때문일 것이다. 공부에 목표 같은 것은 없었다. 그저 좋아서 한 것뿐이다.

대학원 공부를 시작한 것은 쉰 살이 되고 나서다. 십여 년 넘게 서예를 하는 동안, 해소되지 않는 갈증이 있었다. 서예작품의 글감이나 그 글을 쓴 작가의 삶, 서예이론 등, 대체로 그러한 것들이었다. 어느 날, 서예학원에서 성균관대학교 유학대학원엘 가면 그런 공부를 할 수 있다는 말을 들었다.

집에 돌아와 아내에게 그 이야기를 했다. 아내는 선뜻 나도 한번 해보라고 지지를 해주었다. 바로 석사과정 입학절차를 밟았다. 그리고 삼 년 후 석사를 마쳤다. 마치고 나니 서예 정신의 원뿌리인 유가철학(儒家哲學)이 또 궁금해졌다. 박사과정에 또 도전했다. 그렇게 조금씩 나아가다 보니 학위의 끝에 도달했다.

산행에 비유하자면, 가을날 오후 가벼운 복장으로 앞동산에 올랐다. 올라보니 그 앞에 더 큰 산이 보였다. 그 산이 또 마음을 끌었다. 등산화로 바꾸어 신고 다시 올랐다. 올라보니 그 앞에 더 깊고 큰 산이 또 있었다. 이번에는 아예 등산 장비를 갖추고 본격적으로 올랐다. 오르다 보니 꼭대기였다. 이런 기분이 드는 공부였다.

대학원 학업을 팔 년 동안 하면서 얻은 가장 큰 수확이라면 공부를 하며 느낀 감동이라 할 수 있다. 수업 시간에 마주한 새로운 지식들은 눈과 귀를 호강하게 해주었다. 수천 년 동안 쌓이고 걸러진 철학과 예술, 그리고 문화의 진수를 맛본 것이다.

강의를 들을 때뿐 아니라, 논문을 쓸 때도 마찬가지였다.『안중근의 의리정신에 관한 연구』를 논문의 주제로 삼았는데, '의를 이루기 위해서는 생명도 버릴 수 있다(捨生取義-사생취의).'는 정신이 과연 이루어질 수 있다는 것을 안 의사의 삶을 통해 확인했다. 자료를 수집하는 과정에서, 논문 심사를 받으며 나눈 토론에서, 논문을 작성하는 시간 중에 많은 것을 느꼈다. 공부를 시작하기 전까지는 상상도 하지 못했고, 있는지조차 모를 뻔했던 세계를 경험한 것이다. 그 감동만으로도 공부의 목적은 이룬 셈이다.

게다가 덤으로 얻은 것이 있으니, 책을 가까이하는 습관이다. 이습관은 앞으로 펼쳐질 내 노년의 시간들이 건조해지지 않도록 수분역할을 해줄지도 모른다. 그리만 된다면 이 또한 귀한 자산이 될 것이니, 대학원 팔 년의 투자로 결코 가볍지 않은 소득을 얻은 셈이다.

-그분들처럼 될 수 없는-또 다른 이유는 지금은 자리를 비워 주어야 할 때라는 것이다. 내가 박사과정을 시작할 때는 공직에서 삼십칠 년간 근무해 오고 있었고, 정년이 사 년 정도 남는 시점이었다. 그동안 한 사람이 이행해야 할 사회적 의무를 이행했고, 녹을받아 가정도 건사했으니 사회에서 누려야 할 혜택을 충분히 누린

시점이었다. 그럼에도 불구하고 무언가를 더 얻고 싶어 그 자리가 꼭 필요한 젊은이들의 몫을 넘본다면 욕심이 지나친 것이다. 지금은 나아갈 때가 아니라, 멈추어야 할 때다.

그리고 무엇보다도 중요한 것이 있으니, 바로 자질 문제다. 사실 앞에 한 이야기들은 이 문제를 은폐하기 위해 펼친 서설(絮說)일지도 모른다. 남을 가르치려면 배우는 학생보다 여섯 배 더 많은 지식이 있어야 된다고 한다. 『논어』를 강의한다고 하면, 『논어』만 읽었다고 되는 것이 아니다. 『논어』와 관련 있는 『사서삼경』은 물론이고, 『노자』, 『장자』, 『사기』, 『예기』, 『춘추』, 중국 역사, 서양철학까지 폭넓은 지식을 갖추고 있어야만 원만히 강의를 할 수 있다는 것이다.

강단에 서서 '학생들이 모를 거야.'라고 생각하며 대충 하고 넘어가면 될 것 같지만 그렇지 않다. 강의를 듣는 학생들은 안다. 강의를 하는 선생이 알고 하는 것인지, 그 부분만 겨우 외워서 읊는 것인지를. 실력이 갖추어지지 못했음에도 그 자리에 서는 것은 학생의 학비와 시간을 빼앗는 도적이 되는 것이다. 그리고 양심을 속였으니 자신을 기만한 것이다.

『맹자』에 이런 이야기가 있다.

제(齊)나라에 본처, 그리고 첩과 함께 살고 있는 한 양인(良人)[112]이 있었다. 양인은 출타하기만 하면 반드시 술과 고기를 배불리 먹은 후에 돌아오곤

---

112   지아비, 혹은 사내(朱子 註 : 良人夫也).

했다. 본처가 누구와 함께 먹는가 하고 물으면 모두 부귀한 사람이라고 대답하는 것이었다. 하루는 본처가 첩에게 말하기를, '지아비가 외출을 하면 반드시 술과 고기를 배불리 드신 뒤에 돌아오는데, 누구와 먹었는가를 물으면 모두 부귀한 사람들이라고 대답한다. 얻어먹었으면 한 번쯤은 대접해야 하는 것이 도리인데도, 우리 집에는 일찍이 현달한 사람이 찾아온 일이 없었다. 내 장차 지아비가 가는 곳을 쫓아가 보겠다.'라고 하였다.

어느 날 본처는 새벽에 집을 나서는 남편의 뒤를 몰래 따라갔다. 남편은 장안을 두루 배회하는데, 대화를 나누는 상대가 전혀 없었다. 마침내 장안을 벗어나 동쪽 성곽(북망산)의 무덤 사이로 가는 것이었다. 그곳에서 그는 남들이 제사를 지내고 남은 음식을 빌어먹었다. 먹고 부족하면 또 다른 곳으로 옮겨가며 배를 채웠다. 이것이 그가 술과 고기를 배불리 먹는 방법이었다.

본처가 돌아와서 첩에게 말하기를 '지아비란 우러러 바라보면서 일생을 마쳐야 할 사람인데, 지금 이 모양이다.'라고 하며, 첩과 함께 양인을 원망하며 뜰 가운데 서서 울고 있었다. 때마침 양인이 밖에서 돌아왔다. 그런 사실을 알지 못하는 그는 의기양양하게 또 처첩에게 교만을 떠는 것이었다.[113]

맹자는 이 이야기를 통해 허황된 명예를 좇느라 본성을 잃고 부끄러운 짓을 하면 안 된다고 가르치고 있다. 그렇다. 내가 내 실력

---

113   『孟子』「離婁 下」33 : 齊人 有一妻一妾而處室者 其良人出 則必厭酒肉而後反 其妻問所與飮
      食者 則盡富貴也 其妻告其妾曰良人出 則必厭酒肉而後反 問其與飮食者 盡富貴也 而未嘗有
      顯者來 吾將瞷良人之所之也 蚤起施從良人之所之 徧國中 無與立談者 卒之東郭墦間之祭者
      乞其餘不足又顧而之他 此其爲饜足之道也 其妻歸告其妾曰 良人者所仰望而終身也 今若此與
      其妾訕其良人而相泣於中庭 而良人未之知也 施施從外來驕其妻妾.

을 아는데, 그것을 숨기고 멋진 지위를 탐낸다면 나 또한『맹자』에 나오는 사내(양인)의 신세를 면하지 못하는 것이다.

　노자는 "만족할 줄 알면 치욕을 면할 수 있고, 멈출 줄 알면 위태로움을 당하지 않아 영원할 수 있다."[114]라고 했다. 가슴을 시원하게 해주는 말씀이다.

2018. 7. 16.

114　　『道德經』「상편」제44장 중 : 故知足不辱 知止不殆 可以長久.

연하장

새해가 열리기 전,

나는 연하장을 지으며 한 해 맞을 준비를 한다.

소중한 인연들께 마음을 전하며 한 해를 시작한다.

　한 해의 마지막 달이 다가오면, 고마웠던 분들과 인연을 계속 이어 가야 할 지인들에게 새해 인사를 전할 준비를 한다. 그 수고는 연하장이 맡아 준다. 먼저 받을 분들에게 보낼 우편봉투를 작성하면서 대상자를 정한다. 그러고 나면 받을 분들의 수만큼 연하장을 짓는다. 연하장을 짓는 데는 적잖은 시간이 소요된다. 본격적으로 짓기 수개월 전부터 마음속으로 새해에는 어떤 내용으로 지을까 하고 궁리를 한다. 그렇게 주제가 정해지고, 늦가을의 찬 기운이 돌기 시작하면 본격적인 작업에 들어간다.

　최근 몇 년간은 전각 작품을 넣어 짓고 있다. 붓글씨만으로 십수 년을 짓다 보니 소재가 고갈되어 지루해진 느낌이 있었다. 그래서 새로운 느낌이 들도록 꾀를 낸 것이다. 주제를 담을 내용의 전각을 파고, 찍고, 쓰고 하는데 보통 보름 이상 작업을 한다. '서예를 배웠으니.'하는 마음으로 시작했던 일이 어느덧 스무 해를 넘기고 있다.

연하장을 직접 지을 생각을 하게 된 것은 서예를 했기에 가능했다. 서예는 무엇을 하며 살면 재미있을까를 궁리하던 마흔 살 되던 해에 시작한 공부다. 1995년 지리산에서 한 결정[115] 이후, 실행에 옮긴 첫 번째 단계였던 셈이다.

의정부에 있는 서예학원에서 붓글씨를 십오 년, 전각을 이 년 동안 공부했다. 서울 광진구 구의동과 성남 분당구에 살면서 일주일에 한 차례, 퇴근길에 지하철과 버스를 이용해 오갔다. 몸이 피곤하거나 시간에 쫓길 때면 아내가 차를 운전하여 데리고 다니기도 했다. 참을성이 있는 것인지, 다른 선택을 못 하는 우유부단함 때문이었는지는 몰라도 무던하게 다녔다. 지금 다시 하라고 하면 꾀가 나서 못 할 것이다. 그때는 그렇게 했다.

그 공부는 서예 선생님이 학원 문을 닫으면서 중단되었다. 글씨를 제대로 이루지 못하고 그만둔다고 생각하니 그곳을 오간 세월이 아깝고 서운했지만 어쩔 도리가 없었다. 이 또한 하나의 과정이니 받아들이라는 표지(標識)로 여기고, 대신 학업에 전념하기로 했다. 당시는 성균관대학교 유학대학원 서예학과에서 석사를 마쳤고, 내친김에 철학 분야로 박사과정을 이어 갈까를 궁리하던 참이

---

115   4부 「인생의 전환점」 참조.

었다.

이때의 상황을 생각하면, 불가에서 전해 내려오는 이야기 한 가지가 떠오른다. 어느 불자가 평생 꿈꾸어 오던 곳으로 성지순례를 떠났단다. 목적지까지 가는 길은 수개월이 걸리는 긴 여로였다. 낮에는 걷고, 어둠이 찾아오면 발길이 멈춘 곳에서 자며 길을 나아갔다. 그러던 도중에 큰 강을 만났다. 길을 계속 가려면 강을 건너게 해줄 도구가 필요했다. 갈 길이 바빴지만 도리가 없었다. 나무를 베고, 칡넝쿨을 걷어 모아 며칠이 걸려 뗏목을 만들었다. 마침내 뗏목이 완성되었고, 강을 무사히 건널 수 있었다.

건너고 나서보니 애써서 만든 뗏목을 버리기가 아까웠다. 그러나 일주일 가까운 시간과 노력을 투자해 만든 뗏목에 더 이상 미련을 두지 않았다. 뗏목을 그곳에 놓아두고, 새로운 길을 가볍게 걸어 나아간 것이다. 그는 여행을 무사히 마쳤다. 여행을 잘 끝낼 수 있었던 것은 강을 건너게 해준 뗏목과 그것에 집착하지 않은 마음이 있었기 때문에 가능했다.

서예는 내게 이 이야기의 뗏목과 같다. 서예, 그 자체로도 가치가 크지만, 더 큰 학문의 세계로 나아갈 수 있도록 강을 건네준 도구였던 것이다. 그렇게 걸은 새 길에서 나는 많은 것을 보고, 듣고, 느꼈다. 글씨, 그림 그리고 음악 이야기, 사람답게 사는 도리, 세상이 운행되는 이치, 행복을 찾는 방법 등등. 그것들을 접하던 매 순간이 내게는 경이로움이었다. 그럴 때마다 나는 기쁨에 젖을 수 있었다. 또 앞으로 걸어가야 할 길에서는 그것들을 되새김질하며 걷게 될 것이다. 그러니 내가 접한 학문은 지구별을 걷는 나그네 입장으로 보자면 여행길이 지루하지 않게 해줄 귀한 도구인 것이다.

이야기가 빗나갔는데, 어쨌든 그렇게 서예를 공부한 덕에 연하장을 지을 수 있게 되었다. 말이 나온 김에 서예에 관한 이야기를 조금 더 하고 싶다. 어차피 연하장도-나의 경우에는-서예이니 말이다. 서예는 동아시아의 문화를 대표하는 예술이다. 글자가 예술적 가치를 지니게 된 것은 인간의 아름다움을 추구하는 마음 때문이라 할 수 있다. 뜻을 전달하는 실용성을 넘어, 사람의 마음을 즐겁게 해주는 예술성으로 확장되면서 진화하고 발전되어 온 것이다. 글자라는 실용을 아름다움의 가치로 승화시킨 고차원의 예술인 것이다.

영국의 미술 비평가인 러스킨(Ruskin)은 예술을 다음과 같이 정의하고 있다. "예술은 사람의 혼을 표현하며, 다른 사람과 대화하는 사회나 문화의 이해를 의미한다." 서양 사람의 예술론까지 빌려 가며 말하고 있는 것은 연하장 정도 쓰는 것을 가지고 예술가나 서예가인 척하려는 것이 아니다. 러스킨의 의견을 공감하며, 연하장에도 그러한 정신이 조금은 묻어 있다는 것을 말하고 싶어서이다.

새해가 열리기 전, 나는 연하장을 지으며 한 해를 맞을 준비를 한다. 이 별에서 맺은 소중한 인연들께 마음을 전하며 한 해를 시작하려는 것이다. 연하장은 세상을 향한 내 정을 담아내는 작은 그릇이다. 받는 이에게 '당신을 잊지 않고 있습니다. 저 건강하게 살아 있습니다.'라고 하는 최소한의 몸짓이다.

이 모든 것은 배움에 고단함과 시간을 투자를 했기 때문에 가능했다. 배움은 내게 자유를 주었다. 정감을 풀어 내고 싶을 때 그것을 할 수 있으니 자유다. 그리고 즐거움이기도 하다. 그로 인해 시시때때로 족함을 얻으니 즐거움인 것이다. 나는 서예공부로 십칠 년, 대학원 학업으로 팔 년의 시간을 투자했다. 그래서 얻은 것이 이 자유다. 물론 그것을 배우기 위해 한 투자의 가치는 아무도 알아주지 않는다. 그저 혼자 만족할 뿐이다.

연하장을 지을 때면, 그 안에 쓰인 문구의 뜻이 받는 한 분, 한 분에게 닿을 수 있기를 염원한다. 그리고 나도 마음에 새기고 한 해를 살아간다.

올해의 문구는 '虛舟游世(허주유세)'다. 『莊子(장자)』에 나오는 비움에 대한 이야기다. 이 연하장을 받은 분 중에는 마음에 갈등이 일어나는 일이 있을 때, 혹이 이야기를 기억하고 있다가 잠깐이라도 평화를 얻을 수 있었으면 좋겠다.

나도 '나를 비우고, 세상에서 노닐면(허주유

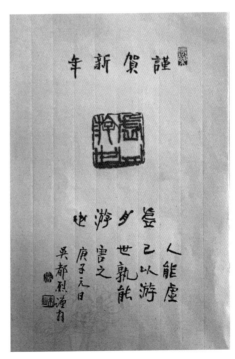

세)'을 마음속으로, 입으로 수시로 읊조리며 평화의 순간을 몇 초라
도 더 자주 누릴 수 있도록 노력할 것이다.

2020. 1. 7.

庚子年 연하장 마흔여덟 장을 보내고 나서

신의 대리자

신은 사랑 실천의 모델을 어머니로 정함으로써,

세상에서 사랑이 메마르지 않도록

장치를 해놓았는지 모른다.

아침 식탁에 오징어국이 올라왔다. 어제 제천 장에 갔다가 생선 가게에서 오징어를 보고, "오래간만에 오징어국을 먹어 볼까요." 라며 아내가 샀다. 무를 넣고 끓이니, 무의 부드러움과 오징어의 간간함이 어우러져 담백한 것이 겨울철 무료한 입맛을 달래기 적당했다. 어릴 적, 어머니가 끓여 주신 국 맛도 이러했었다. 아내가 끓인 국 맛이 어머니에 대한 기억을 불러 주었다.

초등학교 시절, 소풍을 가는 날이면 어머니는 오징어 국을 끓이셨다. 소풍 가는 날이라고 특별한 음식을 장만한다는 것이 당시 형편상 쉬운 일은 아니었다. 식당이나 가게에서 늘 바쁘게 지내던 어머니이셨기 때문이다. 그런 환경 속에서도 소풍날이면 자식 입맛에 맞는 음식을 따로 챙기셨다. 소풍 기분에 들떠 밥을 제대로 먹지 않을 것을 염려하신 것이다. 어머니의 신경은 온통 자식에게로 맞추어져 있었다. 자식의 삶을 마치 당신의 삶인 양 여기신 것이다. 어머니에게서 들은 말 중 가장 많이 들었던 것은 "아가, 밥 묵었냐?"와 "아가 밥 묵어라."이다. 얼굴 마주치면 하시던 그 소리는 요즘 시대에는 어울리지 않을 말이지만, 그때는 그랬다. 먹고살기 어려운 시절의 어머니 사랑법이셨던 것이다.

"신은 모든 곳에 있을 수 없기 때문에 어머니를 보냈다."는 말이 있다. 생명을 살려내는 신의 역할을 어머니가 대신한다는 뜻이다. 만물을 살려내는 것은 사랑이니, 어머니는 신의 사랑을 실천하는 대리자인 셈이다.

어머니는 늘 당신의 고통보다 자식의 불편함을 먼저 생각한다. 본능에 따라 맹목적으로 행동하는 것이다. 아주 오래전의 일인데도 희미하게 남아 있는 기억 하나가 있다. 가슴 깊은 구석에 비늘 조각처럼 남아 있는 기억이다.

초등학교 입학하기 전의 일이다. 광주에서 서울로 막 올라와 어머니는 영등포 시장 쪽에서 무언가 일을 하셨던 것 같다. 거처는 지금의 구로역 근처에 있는 단칸 셋방이었다. 당시는 막 상경하여 자리를 잡기 전이라 아버지는 고향에 남아 계셨고, 나머지 가족들도 함께 지내지 못했던 것으로 기억된다. 의지할 데 없는 곳에서의 살 방도라는 것이 시장 행상밖에 없으셨을 것이다. 새벽에 나가 장사를 하고 저녁이면 시오리 되는 길을-당시에는 늦은 시각이라

대중교통수단이 없었던 듯-걸어서 귀가하셨다.

　나는 집에 남아서 놀기도 했지만, 어떤 날에는 어머니를 따라나
서기도 했다. 어머니를 따라나섰던 한 날은 집으로 돌아가는 길에
내가 잠에 취해 돌부리에 채어 가며 허둥허둥 걷고 있었던가 보다.
어머니는 등을 내놓으셨다. 업기에는 다소 큰 몸이었지만, 자식이
힘들어하자 둘러업으신 것이다. 도중에 깨어 실눈을 뜨고 보니 경
인가도의 문래동 공장지대 근처였던 것 같았다. 무정한 공장 담벼
락만이 이정표가 되고 있는 깜깜하고 적막한 길을 힘겹게 걷고 계
셨다. 그 길이 얼마나 심란하고, 두렵고, 힘이 드셨을까? 어머니가
사시는 모습은 그러했었다. 육 남매를 그렇게 키우셨다.

　어머니는 자식이 고통스러워하면 당신이 그런 것처럼 힘들어하
시고, 자식이 평안하면 당신도 평안해 하신다. 자식의 행복과 삶
이 곧 당신의 행복이며 삶인 것이다. 당신과 자식을 하나로 생각하
기 때문에 의도하지 않아도 나오는 사랑인 것이다. 어머니를 신의
대리자라고 하는 것은 이런 이유 때문일 것이다. 신은 사랑 실천의
모델을 어머니로 정함으로써, 세상에서 사랑이 메마르지 않도록
장치를 해놓았는지 모른다.

　태어나 처음 사랑을 느끼게 해주신 스승은 어머니시다. 갓난아
기는 젖을 빨 때 어머니와 한 몸이 된다. 온몸을 밀착한 상태로 안
겨서 어머니의 기운을 흡입하고 전달받는다. 따뜻한 눈빛을 교환
하며 사랑을 표현하는 법을 배우고, 그윽한 말소리에서 평화롭게
대화하는 요령을 익힌다. 따스한 웃음소리로 사랑을 전하고, 함께
행복해지는 법을 터득하는 것이다.

『논어』에는 부모의 사랑이 중요한 이유를 언급한 글이 있다. 제자인 재아(宰我)가 부모의 상(喪)을 삼 년 동안 하는 것은 너무 긴 것 같으니, 일 년으로 하는 것이 어떻겠느냐고 묻는다. 공자는 '(부모의) 상중에는 맛있는 것을 먹어도 달지 않고, 음악을 들어도 즐겁지 않으며, 편히 지내면 마음이 불편한 것인데, 일 년 상만으로도 괜찮겠는가?'[116]라고 되묻는다. 재아가 '괜찮다.'고 하자, '그럼 그렇게 하라.'고 말하고는 돌아서 나와 한마디 한다. "재아의 인(仁)하지 못함이여! 자식은 태어나서 삼 년이 지난 뒤에야 부모의 품을 벗어나게 된다. 삼년상은 온 천하의 공통된 상(喪)이니, 재아는 삼 년간의 사랑이 그 부모에게 있었는가?"[117]라고.

재아가 불인(不仁)하게 된 원인은 부모로부터 사랑을 충분히 받지 못했기 때문이라고 본 것이다. 공자는 이 사례를 들어 사랑의 생성조건을 말하고 있다. 사랑이 충만하고, 정상적인 도리가 갖추어진 사람으로 성장하려면 어려서부터 부모의 지극한 사랑이 뒷받침되어야 한다는 것이다.

이십여 년 전쯤 어느 날, 어머니 꿈을 꾼 적이 있었다. 어머니 돌아가신 지 십오 년가량 지났을 무렵이었는데, 그날따라 어머니가 몹시 보고 싶었다. '꿈에서 어머니를 만날 수 있게 된다면 내가 살 수 있는 시간 중 일 년을 바치겠다.'라고 장난스럽게 빌며 잠이 들

---

116   『論語』「陽貨」21장 : 夫君子之居喪 食旨不甘 聞樂不樂 居處不安 故不爲也 今女安則爲之.
117   『論語』「陽貨」21장 : 子曰 予之不仁也 子生三年然後 免於父母之懷 夫三年之喪 天下之通喪也 予也有三年之愛於其父母乎.

었다. 신기하게도 꿈에 어머니가 나타나셨다.

꿈속 배경은 너덧 살 시절의 모습이었으니까 광주에서 살던 시절이었던가 보다. 화창한 봄날이었는데, 어머니 손을 잡고 논이 있는 푸른 들길을 걷고 있었다. 평화로운 풍경 속에서 어딘가 가는 길이었다.[118] 어머니는 하늘색 한복 차림이었는데 날씨만큼이나 밝고 아름다우셨다. 생전에 뵈었던 중 가장 아름다운 모습이었을 것이다.

어머니께서 그렇게 차려입는 것은 드문 일이었다. 절에 가시거나, 특별한 일이 있을 때나 갖추어 입으시고, 평소에는 늘 가게 일을 하시느라 마늘, 파 등 양념 냄새가 밴 앞치마 두른 작업복을 입고 사셨던 것이다.

꿈에서 깨어, 어째서 그렇게 아름다운 모습으로 나타나셨던 것일까를 생각해 보았다. 꿈이란 무의식적 자아가 나타나는 것[119]이라 하였다. 그렇다면 꿈에서 뵌 모습은 어릴 적부터 내 무의식이 갈망하던 모습이 아니었을까 하는 생각을 해보았다. 어린 자식의 눈에도 안타까울 만큼 신산한 세월을 사셨던 어머니시다. 오죽하면 하늘거리는 하늘색 한복을 갖춰 입은 모습을 보는 것이 어린 자식의 희망이었을까?

---

118   그곳이 어디인지는 단정할 수 없으나, 언젠가 어머니와 갔었던 무의식 속의 장소가 그날 꿈의 배경이 되었던 것은 아닐까 하는 추측을 한다. 삶이 녹록지 않던 시절이었기 때문에 어머니께서 즐거운 기분으로 나들이했던 기억은 남아 있는 게 없다. 꿈의 어머니 기분이 밝으셨던 것으로 미루어 볼 때 친정 동기간(이모 등)의 집에 가는 중이 아니었을까 하고 추측할 뿐이다.

119   빅터 프랭클 저, 정태현 역, 『무의식의 신』, 한남성서연구소, p.47.

꿈에서 깨고 보니 베개 위로 눈물이 흐르고 있었다. 뵐 수 있게 꿈속으로 찾아와 주신 것이 고마웠다. 소중한 선물을 받은 기분이었다. 약속대로 내 생명의 시간 중에서 일 년이 줄어든다 해도 서운하지 않을 만한 어머니와의 해후였다. 그 모습은 어머니에 대한 마지막 이미지로 지금까지 기억되고 있다.

지금도 그날 꾼 꿈을 생각하면 신기하게 느껴진다. 바란다고 꾸어진 것도 그렇고, 생전에 가장 보고 싶었던 모습으로 나타나신 것도 그렇다. 어머니께서 사랑을 베풀어 주신 덕분이라는 생각이 들었다. 그리움이 컸기 때문에 꿈을 꾸게 되었고, 그 그리움은 어머니께서 심어 주신 사랑의 울림이 컸기 때문에 내 가슴에 심어졌다는 것이다.

"아가 밥 묵어라." 소리는 아직도 귀에 쟁쟁하다. 오십 년도 더 된 일이지만 아직도 어머니 목소리의 색깔이 선명하게 기억되고 있다. 그것은 단순한 소리가 아니라, 사랑으로 가슴에 녹아 있기 때문일 것이다. 내가 세상을 따뜻하게 바라볼 수 있는 마음을 가졌고, 인간다운 정을 가지고 살고 있다면 그것은 바로 어머니의 사랑 덕분이다.

작은 꽃 하나도 홀로 피지 못한다.
흙의 희생과 구름의 자비와 해의 사랑이 어우러져야 비로소 피어날 수 있다.

나 또한 그렇다.

하늘과 땅과 구름과 바람과 비를 통해 생기를 나누어 받고,
새와 소나무와 들꽃을 통해 웃음을 얻는다.

내게는 가족과 지인과 사회라는 사랑의 울타리가 있다.
아내와 딸들에게서 사랑의 이치를 보고,
손주의 웃음에서 살아 있는 환희를 느낀다.

이렇게 나는 사랑 속에서 행복을 느끼며 살고 있다.
그 사랑을 가르쳐 주신 분, 어머니시다.

2019. 2. 19.

어머니의 밥

어머니가 나를 보고 하신 첫 말씀은 "보고 싶어서 왔다."였다.

정신이 번쩍 들었다. 그때서야 깨달았다.

내가 얼마나 멍청한 행동을 했으며, 큰 불효를 저질렀는지를.

비상훈련이다. 밤새 준비를 하고 새벽에 나가야 한다. 졸병 시절이니 군기가 바짝 들어 분주히 움직이고 있는데 중대장 호출이다. 면회란다. 밤 아홉 시 넘어 면회라니, 무슨 일인가 싶었다. 밤에는 면회가 안 되는 군에서, 그것도 내일 새벽에 비상이 걸리는 위중한 시기에 면회를 허락했다는 것은 보통 사람이 찾아온 것이 아닐 것이다. 필시 겁 없는 사람일 것이라는 내 예감은 맞았다. 자식을 보는 일이라면 그 무엇도 두려워하지 않는 분, 바로 어머니셨다.

군에 입대하라는 영장을 받았을 때, 어머니께 어떻게 말씀드려야 하나 하고 고민을 했었다. 군대 간다는 말씀을 듣는 순간부터 떠나기 전까지는 한 가지 음식이라도 더 챙겨 먹이려고 노심초사하며 분주해 하실 것이 뻔했다. 큰형이 월남에 파병될 때, 부산항에서 이별하시며 슬퍼했던 이야기를 수도 없이 들었던 터다. 자식을 멀리 보내는 마음이 그렇게 아프셨던 것이다.

그래서 말씀을 드리지 않고 몰래 입대하기로 작정했다. 미리부터 걱정하시지 않게 하려고 나름 고민해서 짜낸 작전이었다. 나중에 잘 말씀드리라고 작은형께 미루고는 나는 입대를 했다. 당시 어머니는 마산에서 작은형과 함께 계셨고, 나는 서울 영등포에서 근무하고 있어 가능했던 계획이었다.

자대 배치를 받고 얼마간 있다가 편지를 보내 군에 왔다는 사실을 알려드렸다. 편지를 보시고, 작은형으로부터 자초지종을 들으신 어머니는 바로 집을 나서셨단다. 새벽 첫 고속버스로 마산을 출발하여 강남고속버스터미널로, 마장동 시외버스터미널로, 강원도 홍천으로. 그곳에서 다시 시골버스를 타고 부대가 있는 산골에 도착하셨을 때는 이미 한밤중이었다. '엄마한테 말도 안 하고 어디로 달아나. 어디 가봐라. 세상 끝이라도 찾아갈 테니.'라고 하시듯, 전사처럼 그 밤중에 찾아오셨다.

부대 위병소로 내려가 문을 열고 들어서자, 나를 보고 하시는 첫 말씀은 "보고 싶어서 왔다."였다. 정신이 번쩍 들었다. 그때서야 깨달았다. 내가 얼마나 멍청한 행동을 했으며, 큰 불효를 저질렀는지를.

부대 앞 구멍가게에서 문간방 하나를 빌려 들어갔다. 하필 오신 날이 비상훈련을 실시하는 때라 시간적 여유가 없었다. 다행히 중대장이 비공식 통로로 면회를 할 수 있도록 배려를 해준 덕에 부대가 출발하기 직전인 새벽까지는 함께 있을 수 있었다.

어머니가 가장 좋아하시는 것은 자식 입에 무언가가 들어가는 것을 보는 것이었다. 버릇처럼 늘 하시는 "아가 묵어라." 소리를 들으며 싸 오신 음식을 먹고 누웠다. 잠이 들어 한참을 자고 있는데 불빛이 잠을 방해하는 것이었다.

눈을 떠보니 어머니가 주무시지 않고 앉아서 나를 내려다보고 계셨다. 내가 깬 것을 보시자 얼른 불을 끄고는 "자자." 하며 또 눕는 척하셨다. 새벽부터 먼 길을 물어물어 오시느라 피곤하셨을 텐데도 아들 얼굴을 보려고 잠을 자지 않고 계셨던 것이다. 내가 눈 좀 붙이시라 했더니, "나는 집에 가서 자면 돼야, 아가."라고 하시는 것이었다.

그렇게 자다 깨다 하다가 새벽 세 시쯤(보통 비상이 네 시에 걸리니 아마 그때쯤일 것이다) 되어 눈을 뜨니 어머니는 밥을 해놓고 앉아 계셨다. 밥 한 그릇에 반찬은 별것이 없었던 것으로 기억된다. 찾아오시느라 허겁지겁하셨을 테고, 게다가 비상훈련이 있는지 모르고 오셨기 때문에 먹이고 싶어도 그 정도밖에 할 수가 없으셨을 것이다. 그나마도 가게주인에게 사정하여 빌린 냄비로 방에 불을 넣는 방문 옆 연탄아궁이에서 밥을 지으신 것이다.

어쩌면 한 끼를 해 먹이고 싶어서 먼 길을 찾아오신 것일지도 모를 어머니의 그 밥이었다. 불과 너덧 시간 전인 한밤중에 음식을 먹고, 동도 트기 전 새벽에 또 먹자니 입맛이 있을 리 없었다. 게다가 부대로 돌아가야 하는 부담감으로 허둥지둥 먹는 시늉만 낼 수밖에 없었다. 그렇게 허락된 시간을 보내고, 아쉬워하시는 모습을 뒤로하고 부대로 돌아와 훈련대열에 합류했다.

군장을 메고 부대를 출발하여 민박집 앞을 지나가는데, 어머니가 그 앞에 서 계셨다. 똑같은 복장을 하고, 길 양편으로 나뉘어 걸어가는 오백 명 행렬 중에 내가 나타나기를 기다리고 계셨다. 내가 보이자 손을 흔들며 웃고는 계시는데, 그것은 웃음이 아니었다. 쓸쓸함이었다. 철없는 자식의 눈에도 제대로 된 밥 한 끼 지어 먹이지 못하고 이별하는 어머니의 그늘진 마음이 읽혔다.

결국 강원도 산골 낯선 골목길에서 보고야 말았다. 그 옛날 월남행 군함 아득히 높은 난간 위에 서 있는 큰형을 보고 먹먹한 가슴으로 손을 흔들었다고 하셨던 그 모습을. 어머니의 상처인 부산항 이별의 슬픔을 피해 보려 도망치듯 입대했지만, 어머니를 피할 수는 없었다.

일주일간의 훈련을 마치고 돌아오니 편지가 와 있었다. 그 길로 나서서 마산에 잘 도착하셨노라고, 건강하고 씩씩한 아들 모습 보니 좋으셨다고, 군 생활 잘하리라 믿는다는 내용이었다. 집에 도착하자마자 편지를 써서 보내셨던 것이다.

돌이킬 수 있는 시간은 없다. 그래도 혹, 딱 한 번의 기회가 주어진다면 하고 싶은 것이 있다. 어머니께서 차려 주시는 밥 맛나게 먹고, "군대 잘 다녀오겠습니다. 면회는 날씨 좋은 계절에 형들, 누이들 앞세우고 소풍 가듯이 오셔요."라고 말씀드리고, 넙죽 절하고 입대하는 것이다.

내가 사람의 마음을 가지고 살고 있다면,

그것은 사랑을 알기 때문이다.

그 사랑 알려 주신 분,

어머니시다.

2019. 11. 30.

가톨릭, 위령성월의 마지막 날

맛난 음식, 좋은 만남

大烹豆腐瓜薑菜 高會夫妻兒女孫
(대팽두부과강채 고회부처아녀손)

"좋은 반찬은 두부 오이 생강 채소이고,
으뜸 모임은 부부와 자녀 손주들 모임이라."

맛있는 음식은 소박한 반찬이고, 훌륭한 만남은 가족의 모임이라는 뜻이다. 추사 김정희 선생 만년의 작품이다. 제(題: 내용)에 걸맞게 보고 있으면 편안한 느낌이 든다. 강건함이 특징이던 젊은 시절에 비해 졸박한 아름다움이 돋보이는 작품이라 하겠다.

추사 선생은 당파싸움이 한창이던 시대를 살았다. 본인도 당파싸움에 휘말려 제주와 함경도 북청에서 두 차례, 십이 년간의 유배생활을 했다. 일흔 살이 다 되어서야 유배지의 탱자나무 울타리(圍籬安置-위리안치)를 벗어났고, 아버지가 살던 과천 집으로 돌아와서야 평안을 얻을 수 있었다.

본 작품은 이 당시에 쓰여진 것이다. 졸박한 느낌은 당시의 심리 상태가 반영된 것으로 추정할 수 있겠다. 본문 양쪽에 작은 글씨로 쓴 발(跋)에는, "이것이 촌 늙은이의 제일가는 즐거움. 비록 허리춤에 한 말(斗) 크기의 황금도장(黃金印)을 차고, 먹을 것이 방안 가득 차려지고, 시첩이 수백 명 있다 하더라도 능히 이 맛을 누릴 수 있는 사람이 몇이나 될까?"[120]라고 쓰여 있다. '명예, 부귀, 호사가 모두 소용없더라. 인생의 참맛은 가족 안에 있더라. 그런데 인생을 다 살아 보지 않고는 그것을 알기 쉽지 않더라.'는 것이다.

추사 선생의 생각에 나도 전적으로 동의하는 바다. 열흘 전이 손자(작은딸의 아들 지환)의 첫돌이었다. 최근 유행하고 있는 전염병

---

120   此爲村夫子第一樂上樂 雖腰間斗大黃金印 食前方丈 侍妾數百 能享有此味者幾人爲 杏農書 七十一果.

코로나19 때문에 손님을 초대하지는 못하고, 작은딸네 집에서 양가 가족이 모여 간소하게 돌잔치를 했다. 조촐하기는 해도 상 차려 놓고, 사진 찍고, 돌잡이도 하고, 할 것은 다 했다. 돌잔치의 흥은 역시 돌잡이를 할 때 고조되는 것 같다. 주인공이 무엇을 집느냐를 바라보는 가족들의 표정은 매우 진지하다. 아이가 잘 살아가기를 바라는 마음이 그렇게 큰 것이다(손자는 색이 곱고, 부드러운 느낌의 복주머니를 집었다).

큰손녀 재인이는 어느덧 초등학교 입학생이 되었다. 동생을 안아 주기도 하고, 따뜻하게 놀아 주며 누나 노릇을 톡톡히 한다. 아이들의 모습을 보면 생명이 아름답다는 것을 느끼게 된다. 가족이 모두 모여 흥겹게 지내는 모습 속에서 인생의 즐거움을 깨닫는다.

이것은 모두 두 딸과 사위들이 가정을 잘 꾸려 준 덕이다. 그들이 자녀들과 노는 모습은 참으로 평화롭고 아름다워 보인다. 그 모습을 보고 있노라면 내 마음도 평안해지는데, 아마도 그곳에 감돌고 있는 화목한 기운 때문일 것이다. 그런데 묘하게도 그 평안함 한구석에 쫙 펴지지 않는, 빚을 진 것 같은 무엇인가가 내 안에 있는 것이다. 무엇 때문에 그런 기분이 드는 것일까 하고 곰곰이 생각해 보았다. 나는 사위들처럼 하지 못했기 때문인 것 같았다.

요즘 젊은 아빠들이 아이를 돌보는 모습은 우리 세대와는 다르다. 요즘 부부들이 가정과 사회에서 활동하는 것을 보면, 남녀의 경계가 많이 없어졌다는 것을 알 수 있다. 남편은 밖에서 돈을 벌고, 아내는 집에서 가사를 책임지고 아이를 기르는 것이 과거의 문화였다면, 지금은 부부가 직장 일과 가사를 함께한다. 그러다 보니 아내가 사회활동을 하는 만큼 남편의 가사참여도 늘어나게 되었다. 그중에서도 육아를 으뜸으로 여기는 것 같다. 아이와 놀아 주기, 먹이기, 씻기기 등을 내외가 가리지 않고 함께한다.

사위들은 제 아이들을 돌볼 때 정성을 다한다. 낮에는 직장에서 일을 하고, 밤에 돌아와 아이를 돌보자면 고단할 텐데도 피곤한 내색을 하지 않는다. 힘들지 않느냐고 물어본 적이 있다. 힘이 든다고 한다. 힘이 들지만 어린 자식의 기분을 생각해 참는 것 같았다. 어린아이라고 함부로 대하지 않고 성숙한 인격체로 대하는 것이다.

그 모습이 좋아 보여, "노벨 아빠 상이 있다면 아마도 자네들이 탈 걸세."라고 말하며 웃은 적도 있었다. 이런 것을 볼 때, 가정이 화목할 수 있는 비결은 차별 없는 동등한 가족관계에 있다는 것을 알 수 있다. 가장이 권위를 내세우지 않는 것이 비결인 것이다.

부끄러운 고백이지만, 나도 두 딸을 길렀지만 그렇게 헌신적이지 못했다. 딸들이 어렸을 때, 휴일이면 밖에서 많은 시간을 보냈다. 그렇게 했던 것은 직장에 대한 부담감 때문이었다. 나는 건강이 온전치 못하기 때문에 혹시라도 일을 잘못해 직장을 잃기라도 하면 가족을 지킬 수 없을 것이라는 불안감이 컸었다. 이 증상은 집에 있을 때면 특히 심했다. 조용히 있을라치면 불안감이 뒷덜미에 붙어 떨어지지를 않는 것이었다.

도피처가 필요했다. 그래서 휴일이면 식구들은 집에 남겨 둔 채 산으로 들로 나돌았다. 참으로 용기없는 가장이었다. 그런 부담감이 내게만 있었던 것은 아니었을 텐데 유난을 떨었던 것이다.

사위들이 하는 것처럼 내가 했더라면, 지금 하는 후회를 조금은 줄일 수 있었을지 모른다. 딸들은 아버지의 과오를 대놓고 원망하지 않는다. 과거를 잊어서가 아니라 덮어 주는 것인지 모른다. -이 글을 빌려-아내와 딸들에게 그 좋은 시간들을 함께하지 못해 미안했다고 진심으로 사과하는 바다.

그리고 나서도 내 마음 깊은 곳에는 지워지지 않는 아쉬움이 여전히 남아 있다. 가족과 함께 즐거울 수 있었던 나의 귀한 시간들을 헛되이 흘려보낸 어리석음 때문이다. 그 잘못을 나는 결코 용서할 수가 없다. 두 사위와 딸들이 대견하다고 여기는 것은 내가 걸었던 길을 그들은 걷고 있지 않기 때문이다.

최근 루치아노 파바로티의 일대기를 그린 영화를 보았다. 파바로티는 온 세상을 무대로 삼아 활동했고, 많은 사람들로부터 찬사를 받았던 가수(테너)였다. 그의 명성은 음악뿐 아니라 선행으로도 유명했다. 자선단체를 설립하고, 공연으로 기금을 마련하여 어려운 사람들을 도왔다. 특히 어린이들의 생명을 구하기 위해 많은 일을 했다. 훌륭한 삶을 산 것이다.

이런 그의 인생에도 얼룩이 있었다. 성공가도를 달리면서 몇 번의 외도가 있었고, 마지막에는 니콜레타 만토바니라는 서른네 살 연하의 여인과 사랑에 빠져 본처와 이혼하고 재혼을 했다. 이 일은 가톨릭 전통의 국가(이탈리아)에서 태어났고, 신자이기도 했던 그를 세상의 비난거리로 만들기도 했다. 그의 나이 66세에 재혼한 이 여인과의 사이에 딸이 있었는데, 딸이 다섯 살도 되기 전에 파바로티는 죽고 만다. 췌장암으로 사망한 것이다.

영화의 도입부에 그의 마지막 연인 만토바니가 투병 중인 파바로티에게 질문하는 장면이 나온다.

"백 년 후에 어떤 사람으로 기억되고 싶어?"

그가 대답한다.

"사람들에게 오페라를 전달했던 사람으로 기억되고 싶다. 새로운 오페라를 추구해 오페라의 한계를 넓힌 사람으로 기억되고 싶다. 항상 비평받았던 입장이었기 때문에 용감했던 사람으로 기억되고 싶다."

만토바니가 또 질문한다.

"테너 파바로티 말고, 인간 파바로티로는 어떻게 기억되고 싶어?"

이에 대한 대답은 영화 마지막 부분에 나온다.

"좋은 남편, 좋은 아빠, 그리고 내 주변 사람들에게 좋은 친구였던 사람으로 기억되고 싶어. 그런데 지금 속이 상하는 건, 내가 좋은 아빠가 되지 못한 것 같다는 거야. 단지 그것뿐이야."

이 말을 하는 파바로티의 얼굴에는 회한이 가득했다. 화려했던 일생이 그 표정 뒤로 사라지는 것 같았다. 온 세상 사람의 사랑을 받았다 할 정도로 성공적인 삶을 살았지만, 아버지로서 의무를 다하지 못한 후회가 삶을 그늘지게 한 것이다.

추사나 파바로티의 감상에는 통하는 바가 있는 것 같다. 가족의 무게가 세상의 무게보다 결코 가볍지 않다는 것이다. 나 또한 같은 생각을 하고 있다.

한 생을 다 살고 나서 나를 가장 정확하게 평가할 사람은 누구일까? 가족이다. 특히 자식은 부모를 가장 잘 알고 있다. 부모로서 가족을 어떻게 건사했는지 뿐만 아니라, 부모가 살아온 모든 것을 보고 느꼈기 때문이다. 자식이 부모를 평가할 때는 부모가 이룬 지위나 재산만으로 하지 않는다. 자기 자신을 위해, 가족과 사회를 위해 얼마나 진지하게 살았는지를 본다. 부모에 대한 자식의 평가가 무섭다는 것은 바로 이런 이유 때문이다.

　살아오면서 나는 자식농사만큼 정직한 농사도 없다는 것을 깨달았다. 그래서 두 딸과 사위들이 지금처럼 가족에게 사랑과 정성을 쏟으며 살아간다면, 훗날 틀림없이 그 자식들에게 '최고의 엄마 아빠'로 평가받을 것이라고 믿는 것이다.

2020. 4. 20.

탄생의 기쁨

새 꽃잎 시절 소식 싣고,
맑은 향 대지의 기운 깨운다.
자연의 조화일래.
매화, 계절의 빗장을 연다.

고고한 울음소리 새날 열고,
힘찬 숨소리 우주의 기운 토해 낸다.
신의 선물일래.
아기, 생명의 신비를 연다.

산골의 봄소식은 더디게 온다. 남도의 꽃소식이 시들해질 때쯤
에야 겨우 꽃망울이 벌어지기 시작한다. 늦어서 더 기다려지던 매
화 소식이 왔다. 매화나무 한 그루에서 향을 뿜기 시작했다.

매신(梅信)과 함께 찾아온 기쁜 소식. 딸은 갓난아기 사진 한 장

을 핸드폰으로 찍어 보냈다. 그 사진을 보고 우리는 안도를 했다. 둘째 딸이 무사히 해산한 것이다. 육 년 전, 큰딸이 아기를 낳았을 때도 그랬지만, 새 식구를 처음 대하는 순간에는 가슴이 떨린다. 아기의 사진을 보는 순간, 정수리에서 하늘 쪽으로 찌릿하고 전류가 흐르는 느낌이 든다. 아내도 같은 기분인지, 안도하는 기색이 역력하다.

태어난 지 사흘 만에 하남의 딸네 집으로 가서 첫 대면을 했다. 사진으로 볼 때도 그랬지만, 실제로 얼굴을 보는 순간은 더욱 긴장이 되고 신중해진다. 우리 가족사에 큰 획이 더해지는 순간이기 때문일 것이다. 생명의 탄생이란 신이 행한 기적을 보는 것이니 그것을 접하는 첫 순간이 숭고하지 않을 수가 없다.

여리디여린 아기는 먹을 것을 찾는 양 입을 달싹거리기도 하고, 뭔가를 보려는 듯 눈을 찡긋하기도 한다. 모든 행동이 어설프기만 하다. 그런데 한 가지만은 활기차다. 숨이다. 누가 가르친 것도 아닌데 어쩌면 그렇게 씩씩하게 숨을 쉬는지 모른다. 엄마의 배 속에서는 숨쉬기를 하지 않았지만, 세상에 나오는 순간 그리해야 살 수 있다는 것을 아는 것이다.

아기는 이제 지구별의 가족이 되었다. 신의 선택을 받은 것이다. 신은 이 땅에 생명을 내놓으며 세 가지를 허락했다고 나는 생각한다. 하나는 우주의 주인이 될 수 있는 자격이고, 또 하나는 대지를 딛고 살아갈 수 있는 권리다. 마지막 하나는 자신의 신화를 스스로 꾸며 나갈 수 있는 자유다.

하나, 모든 생명이 공통적으로 하는 활동이 있다. 숨쉬기다. 숨쉬기는 태어나는 순간부터 생명이 다할 때까지 잠시도 멈추지 않는다. -이것으로 미루어 볼 때-모든 생명이 숨을 통해 목숨을 유지하는 행위는 우주와 생명의 끈이 이어져 있기 때문이 아닐까 하는 생각을 하게 된다. 모든 생명은 우주를 채우고 있는 하나의 공기를 통해서 살아가기 때문이다.

숨은 신이 준 '살아 있다.'는 증표다. 숨을 통해 한 생명 개체로의 지위를 유지한다. 이때 우주의 일원이 되고, 그 자체가 되는 것이다. 아기는 태어나면서 힘찬 울음소리와 함께 숨쉬기를 시작했다. 누가 가르쳐서 알았겠는가? 스스로 우주의 주인이며, 그 자체라는 사실을 증명해 보인 것이다. 지구별에 방금 도착한 아기, 우주의 신비이며 신이 지어낸 기적인 것이다.

둘, 지구별을 선택받은 모든 생명이 공유하는 것이 또 하나 있다. 대지를 딛고 살아갈 수 있는 권리다. 한 생명의 탄생은 억겁의 인연이 결실을 맺어 이루어진 결과라고 한다. 모든 생명은 신의 위대한 작품인 대지에 기대어 살아간다. 아름다운 푸른빛의 지구별, 그 대지를 딛고 살아갈 수 있는 것 자체가 신의 선택을 받은 것이다.

아기는 이 대지를 굳건히 딛고 활보하며 평화와 행복을 누릴 권리를 부여받았다. 이제 그 땅 위에서 자신의 신화를 이루어 나갈 것이다. 또한 지구별은 이 아기로 인해 인류 생명의 활기를 이어 나갈 수 있게 되었다. 아기는 신이 지구별에 내린 귀한 선물이기도 한 것이다.

셋, 신은 생명을 허락할 때 삶을 스스로 꾸려 나갈 수 있는 자유를 주었다. 마음껏 자신만의 신화를 이루어 나갈 수 있도록 허락한 것이다. 그러니 인간이 만든 법과 문화, 제도, 관습 등이 모든 것인 양 오해하여 그것에만 매몰되어서는 안 될 것이다.

인간이 만든 법 이전에 자연의 섭리가 있고, 그 안에 내가 누릴 자유가 있다는 것을 잊지 말고 그 자유를 마음껏 누리며 살아가야 한다. 그러면 이 별에서의 여행이 아마도 흡족할 것이다.

봄이면 무수히 꽃이 핀다. 꽃은 수가 많다고 그 아름다움이 줄거나 가치가 퇴색하지 않는다. 꽃들은 스스로에게 자연의 조화가 실려 있음을, 그래서 생명의 가치가 크다는 것을 아는 듯하다. 주어진 자신의 모습에 당당한 것을 보면 틀림없이 그럴 것이다.

꽃도 이러할 진데 하물며 사람에 있어서겠는가. 삶은 기적이고 기쁨이다. 새 생명의 앞에 펼쳐진 세상이 바로 천국인 것이다.

아기는 기쁨으로 우리에게 왔다. 생명, 그 자체가 기쁨이다. 신의 은총이요, 우주의 신비요, 자연이 이룬 기적이다. 아기는 세상 속에서 이 은총과 신비와 기적을 누리며 살아갈 것이다.

아기는 스스로 기쁨이면서, 그 부모와 조상에게도 큰 기쁨을 선사했다. 그 가정은 아기를 통해 가족의 의미가 더 깊어지고 아름다워질 것이다. 서로가 서로에게 세상을 살아가는 귀한 의미가 될 것이기 때문이다.

또한 인류는 새 생명의 탄생으로 생기를 이어갈 수 있게 되었다. 인류의 생명역사가 유지될 수 있었던 것은 새로 태어나는 생명이 있었기 때문에 가능했다. 아기는 과거로부터 미래로 이어지는 연결고리인 것이다.

　이런 의미로 볼 때, 아기는 인류의 생명을 이어 갈 책임이 있는 엄마 아빠의 숙제를 완성시켜 준 것이기도 하다. 또한 조상들은 아기를 통해 이 별에서 살다간 흔적을 남겨 놓을 수 있게 되었다. 새 생명이 대를 이어감으로써 앞서 지나간 생명들은 영원히 살아갈 수 있게 된 것이다.

2019. 4. 15.

지환이를 보고 온 다음 날

　※ 6개월 전, 작은딸은 지환이 동생 지은(志殷)이를 출산했다. 이번에도 아기를 처음 대면하는 순간은 처음 경험하는 것처럼 감동스러웠다. 세 번째이니 감흥이 줄어들 법도 한데, 새 생명을 대할 때의 경이로운 느낌은 한결같다.

　아기는 딸이어서 그런지 눈빛에 친근감이 그득해 보인다. 눈을 마주치면 뭔가 할 말이 있는 것처럼 맑은 눈으로 빤히 쳐다본다. 그 눈을 보고 있으면, 마치 "할아버지, 나 할아버지 알아요. 아주 먼 옛날서부터요."라고 말하는 것 같다. 그러면 나는 "그렇지, 우리는 본디 한곳에서 왔잖아. 생명의 기적을 통해 이렇게 눈빛을 마주하는 것이고."라고 마음속으로 대답한다.

　이렇게 또 우리는 신의 귀한 선물을 받았다. 아기는 푸른빛의 아름다운 이 별에서 기쁨으로 가득한 자신만의 신화를 창조해 나갈 것이다.

2024. 1. 28

책이 출간되기 전, 새 손녀가 태어나 느낌을 추가로 올린다.

생일

나이를 먹는 만큼 인생의 연륜도 쌓이는 것이니,

늙어 가며 맞는 생일도

어찌 생각해 보면 멋진 날일 수도 있다.

가끔, 핸드폰에 "회원님, 생일을 축하합니다."라는 메시지를 받는다. 물론 광고 효과를 얻으려는 업체가 보낸 문자다. 이런 문자를 받으면 "이렇게 하면 광고 효과가 있기는 한 건가?"하는 생각을 먼저 하게 되고, 별 감흥이 없다. 물론 사업적 목적으로 보내는 문자이기는 하지만, 그래도 내 생일을 축하한다는데 시큰둥한 것이다.

생일축하를 해주는 이가 누구인가를 떠나서 생일에 흥미가 없는 것이다. 어릴 때는 안 그랬는데, 나이가 들어 가면서 생일의 재미가 줄어드는 것은 왜일까?

어릴 때는 생일이 신났었다. 생일날은 특별히 잘한 것 없어도 주인공이 되는 날이었다. 아침이 되면 어머니는 의미가 특별한 미역국을 끓이셨다. 밥도 내 것만 주발 위로 수북이 담아 이날의 주인공임을 확인시켜 주셨다. 이날만큼은 가족 모두가 관심을 가져 주기도 했다. 어머니께서는 가까운 내 친구들을 불러 함께 먹을 수 있도록 음식을 차려 주신 적도 있었다. 말하자면 생일파티를 열어 주신 것이다. 그럴 때면 친구들 앞에서 어깨가 올라가곤 했었다.

지금 생각해 보면 어머니께서 생일을 그렇게 챙겨 주셨던 것은 자식의 기를 살려 주기 위한 배려였던 것 같다. "너는 사랑받는 소중한 존재다."라는 것을 심어 주려는 마음이셨던 것이다.

나이를 먹어 가면서 생일의 즐거움이 줄어드는 것은 어릴 때와는 생일의 역할이 달라졌기 때문이 아닐까 하는 생각을 해본다. 어릴 때는 생일에 주변 분들이 쏟아 주는 사랑과 관심으로 자신의 존재 가치를 확인한다. 그리고 그 사랑과 관심은 인생을 즐겁고 당당하게 살아갈 수 있도록 하는 자신감의 밑거름이 된다. 그래서 어릴 때는 생일뿐 아니라 모든 순간에 사랑이 자신에게 주어지고 있다는 것을 느끼며 자라야 한다.

성인이 되면 굳이 생일이 아니어도 자신감을 얻을 수 있는 통로는 많다. 오히려 생일이라는 특정 행사에 기댄다면 성인답지 못하다는 취급을 받을 수도 있을 것이다. 상상해 보자. 어릴 때는 생일의 주인공이라는 표시로 고깔모자를 당당하게 쓰지만, 사오십 살 먹은 어른이 고깔모자를 쓰고 의기양양해 한다면 우스운 꼴이 되지 않겠는가.

　나이를 먹어 갈수록 생일에 대한 흥이 줄어드는 것은 생일이 늙어 감의 의미로 느껴지기 때문일지 모른다는 생각을 해본다. 생일은 일 년을 주기로 돌아오는 태어난 날이니, 어찌 생각하면 내 생명을 사용한 세월을 정산하는 날인 셈이다. 하루하루가 쌓여 삼백예순다섯 번째 되는 날을 정해, '한 살 더!'하고 셈하는 것이니, 나이를 먹은 입장에서는 결국 늙음이 한 해 더 진행된 것일 수밖에 없다. 이쯤 되면 생일에 대한 감흥이 어릴 때와 같을 수는 없을 것이다. 혹시 모르겠다. 백이십 년쯤 살고 나서 한 살씩 더해 가는 것이라면 기록 달성의 의미라도 있을지.

　그렇다고 내가 생일을 싫어하거나, 나이 드는 것을 우울하게 여기는 것은 아니다. 생일의 흥이 어릴 때와 같지 않다는 것이다. 지금은 가족이 모두 모여 함께 식사를 하고, 손주들의 재롱을 보는 것이 생일의 즐거움이다. 어릴 때와는 다르지만, 이것도 나름의 맛이 있다. 나이가 드는 것도 그렇다. 나이를 먹는 만큼 인생의 연륜도 쌓여 가는 것이니, 늙어 가며 맞는 생일도 어찌 생각해 보면 멋진 날일 수도 있는 것이다.

　삼 년 전에는 매우 흡족한 생일을 보낸 적도 있었다. 환갑이라고 우리 부부의 생일을 묶어 여행을 갔었다. 아이들이 일정을 마련했는데, 필리핀 세부라는 곳의 바닷가 리조트에서 지냈다. 손녀까지 가족 일곱 명이 모두 모여 즐거운 시간을 보냈다. 우리는 이때를 매우 아름다운 순간으로 기억하고 있다. 가족 모두가 한데 모여 즐길 수 있었기 때문이었다.

가족이 모두 함께 있는 것이 노년에는 즐거운 일인 것이다. 생일에 대한 감흥이 어릴 때에 비해 확실히 달라졌다. 어릴 때는 생일의 목적이 자신이 받는 사랑을 확인하는 것이라면, 나이 들어서는 가족의 행복을 느끼는 것에 관심이 있는 것이다.

올해도 아내는 어머니와의 약속을 이행하려는 듯, 정성스럽게 남편의 생일을 챙긴다. 결혼하기 일 년 반 전부터 나는 몸이 아팠었다. 뇌경색증으로 쓰러지고 난 후, 후유증으로 좌반신이 온전치 못했고, 그 때문에 어머니께서는 근심이 크셨다. 성인이 되어서도 섭생을 잘 못 하여 부모님께 큰 걱정을 안겨 드렸으니, 나는 씻을 수 없는 불효를 한 것이었다.

그러던 중에 어머니께서도 병을 얻으셨다. 병원에 계신 중에 우리는 급히 결혼을 하였다.[121] 그렇게 결혼한 지, 한 달 뒤에 어머니께서는 돌아가셨다. 막내며느리가 지은 밥을 드셔 보지도 못하신 것이다.

아내는 그것을 매우 안타깝게 생각했었다. 그래서 아내는-후에 내게 말하기로-어머니 영정 앞에서 약속을 했었단다. "이제 아드님은 제가 어머니를 대신하여 잘 챙기겠습니다. 그러니 걱정하시지 마셔요."라고.

아내는 어머니께 한 약속을 충분히 지켜 왔다고 나는 생각한다.

121 　요양차 어머니께서 계신 마산에서 지내다가, 복직을 할 때가 되어 서울로 올라왔는데, 돌보아 줄 사람이 없다고 아내가 양가의 허락을 받아 급히 결혼식을 하였다.

오늘 아침에도 어머니께서 해주셨던 것처럼 미역국을 끓이고 고봉의 밥을 차려 냈다. 그러고 보니 나는 예순 번이 넘는 생일상을 한결같이 받으며 살아온 셈이다. 이것만으로도 나는 과분한 복을 누리며 살고 있는 것이 틀림없다.

몇 해 전부터, 생일날 아침이면 하는 일이 한 가지 있다. 잠자리에서 일어나는 즉시 부모님 잠들어 계신 곳을 향해 절을 하는 것이다. 이렇게 하는 이유는 생일은 내가 축하받아야 할 일이 아니고, 부모님께서 자식에게 감사를 받으셔야 할 일이라고 생각하기 때문이다. 내가 내 힘으로 이 세상에 온 것이라면 내가 축하를 받는 것이 맞을 것이다. 그러나 내가 세상에 온 것은 내 힘으로 온 것이 아니다. 부모님으로부터 받은 은덕이다. 이 나이 되도록 생일상을 받아먹을 수 있게 키워 주신 것 또한 부모님 은공이다. 그러니 축하와 위로를 받아야 할 분은 내가 아니라 부모님이신 것이다.

이제 내 생일은 내가 태어남을 축하받고 즐거워하는 날이 아니라, 부모님께 감사를 드리고 부모님을 기억하는 날이 되었다.

해 질 녘, 비가 내린다.
어머니가 보고 싶다.
이제 어머니는 달빛으로, 바람으로, 비로 오신다.

하늘을 올려보니, 빗방울이 얼굴을 두드린다.

아들의 눈물 감추어 주시려 비가 되어 오시나.

시원하게도 오신다.

2019. 7. 15.

음력 6월 13일, 예순세 번째 생일에

할까, 말까, 건강검진

늙음이 농익었다 싶을 즈음이 되면,

건강검진으로부터도 홀가분해지는 것은 어떨까?

'할까, 말까'의 갈등에서 해방되는 것도 나쁘지 않을 것 같은데.

시골은 병원 가는 길이 멀다. 그래서 급하지 않은 일로 병원을 찾아가려면 도시에서보다 더 큰 결심이 필요하다. 연이틀 아침밥도 거르고 새벽길을 달려 원주로 가고 있다. 차례가 밀리면 모처럼한 결심이 허사가 되기 때문이다. 국민건강관리공단에서 주관하는 건강검진을 받으러 가는 길이다.

어제는 일반 검사, 오늘은 위내시경. 어제는 조금 늦게 도착한 탓에 위내시경 검사가 마감되어 받지 못했다. 그래서 오늘 재차 도전하는 길이다. 새벽 여섯 시 반에 출발하여, 한 시간을 달려 겨우 주차장에 차를 대고 접수처로 바삐 올라갔다.

살면서 할까, 말까의 사이에서 갈등하는 일이 더러 있다. 건강검 진이 딱 그렇다. 그것도 이 년에 한 번씩 정기적으로 겪는 갈등이 다. 직장생활을 할 때에는 정해 주는 날에 단체로 검진을 받기 때 문에 싫더라도 따르기만 하면 되니 차라리 갈등은 없었다.

퇴직을 하고 나니 일반인 검사를 해야 하는데, 날짜를 스스로 선 택할 수 있는 자율권이 보장된다. 그러다 보니 갈등이 오히려 더 커진 것 같다. 받고 나서 결과가 별일이 없다면 귀찮았던 만큼 손 해를 보는 것이고, 큰 병이라도 걸렸다고 하면 그걸 또 어쩔 것인 가 하는 마음이 들기 때문에 그러한 것 같다. 그래서 늘 할까, 말까 의 기로에서 고민하는데, 그렇게 미루다가는 가을바람이 불고 나 서야 마음이 급해져 병원을 찾아가게 된다.

건강검진은 나만 귀찮게 여기는 것은 아닌 것 같다. 대체로 비슷한 반응들이다. 권유는 하되 벌칙은 없으니, 아예 무시하는 사람도 더러 는 있는 것 같다. 사람들이 건강검진을 싫어하는 것은 그곳이 병원이 기 때문일 것이다. 병원에서의 주인공이 되는 것을 즐겁게 여길 사람 은 없을 것이다. 그러니 아파서 꼭 가야 한다면 어쩔 수 없지만, 멀쩡 한 몸으로 환자가 된 것 같은 공포(?)를 느끼며 가기는 싫은 것이다.

그러면서도 나는 이 검사를 거른 적이 없다. 억지로 끌려가듯이 하더라도 하기는 한다. 그것을 하지 않고 버틸 때면 어쩐지 해야 할 숙제를 하지 않고 게으름을 피우는 것 같은 기분이 들어서다. 결국 숙제를 하는 심정으로 해치우기는 하는데, 오래 살고 싶은 생 각이 있어서라기보다, 자신의 삶에 충실하지 못한 것 같은 미진함 을 남기고 싶지 않아서 그러는 것 같다.

이번에는 하루에 검사를 완료하지 못했으니, 할까 말까의 갈등이 하루 더 연장된 셈이다. 조금은 억울한 기분도 들었다. "에이, 하나 마나 결과는 뻔할 텐데."라고 스스로 결론을 내며, 그냥 넘어갈까도 생각했었다. 이렇게 핑곗거리까지 만들며 피하고 싶을 정도로 위내시경 검사는 싫다. 내시경검사를 할 때면 나는 대체로 무수면으로 한다.

무수면으로 하면 검사하는 모습을 바로 앞에서 볼 수가 있는데, 옆으로 누워, 검고 굵은 플라스틱 줄이 목구멍 속으로 들어가는 것을 보는 것 자체가 공포다. 그것이 뱃속으로 들어가 헤집고 다닐 때의 느낌도 좋을 리 없다. 그 줄을 조종하는 의사의 표정을 살피는 것 역시 두렵다. 혹시라도 뱃속 상태를 보고 놀라며, "안 좋은데요."라는 말이라도 할까 봐서다. 이런 것들이 마음의 결정을 하지 못하고 어정쩡한 상태에 있게 하는 원인들이다.

그래도 갈등의 끝은 언제나 '받아야지.' 쪽으로 기운다. 기왕 나섰으니 오늘은 꼭 끝내고 싶었다. 새벽의 고요를 헤치고 달려와 도착하고 보니, 업무시작-접수업무는 여덟 시-삼십 분 전이다. 달리기 선수가 결승점을 찍듯 대기표를 뽑으니 24번. 나보다 먼저 온 사람이 스물세 명이다. 나도 극성이지만, 참 부지런들도 하시다. 어쨌든 검사가 가능한 번호표를 확보하기는 했다.

대기하는 로비에는 온통 노인들이다. 일과 시작 전이라 병원 전체가 조용한데, 이곳만은 활기가 넘친다. 아침잠이 없어서 그리 일찍들 오셨나 싶기도 하고, 한편으로는 건강을 지키려는 열정이 이렇게들 대단하신 건가 하는 생각이 들기도 한다. 문진표는 어렵기도 하다. 항목도 많고, 글씨도 작아서 작성하기가 쉽지 않다. 예를 들면 이렇다.

6-2. 최근 일주일간, 평소보다 숨이 조금 더 차게 만드는 중간 정도 활동을, 하루 30분 이상 시행한 날이 며칠이었습니까?(예: 빠르게 걷기, 복식 테니스 치기, 보통속도로 자전거 타기, 엎드려 걸레질하기 등)

☐ 0 ☐ 1 ☐ 2 ☐ 3 ☐ 4 ☐ 5 ☐ 6 ☐ 7

질문의 내용에 정확한 답을 내기가 쉽지 않다. '평소보다 숨이 조금 더 차게 만드는 중간 정도 활동'이라는 것은 도대체 어느 정도를 말하는 것인지. 밭 갈고 예초기 돌리는 일은 여기에 해당하는 것인지 등 고민되는 내용이 많다. 성격 깔끔한 사람은 질문지를 작성하다가 지칠 수도 있을 것 같다. 나는 검사를 수도 없이 받아 온 경험을 살려, 대수롭지 않은 것처럼 대충 작성하기는 했다.

이런 상황이니 노인들로서는 작성하기가 어려울 수밖에 없다. 문진표를 받은 사람은 거의 모두 물어보는 것 같은데, 안내하는 두 여직원의 목소리가 끊임없이 로비를 울린다. 치매에 대한 질문은 재미있기도 하다. 검사를 받으러 온 노인과 직원의 대화를 잠시 엿듣게 되었다. 남의 이야기를 엿듣는 것은 실례가 되는 일이지만, 노인이 되면 목소리가 커지는 분들이 간혹 있어서 안 들을 수가 없었다.

"할아버지, 늘 쓰던 물건을 어디 놓아 두고 잊어버린 적이 없으세요?"
"없어."
"그러면 약속 시간을 잊은 적은요?"

"없어."

"약을 조금 전에 먹었는데, 잊고 또 먹은 적은 없으세요?"

"없어."

대화를 듣고 있자니 웃음이 나온다. 잊었다는 사실을 기억할 수 있다면 그것이 어찌 치매겠는가? 또 치매에 이미 걸렸다면 약속 시간을 잊었다는 사실을 어찌 기억할 수 있겠는가? 건강검진으로는 그것이 최선의 방법이기 때문에 그렇게 하는 것이겠지만, 조금은 딱하다는 생각이 들었다.

이런 풍경을 보고 있자니, 현재 사회적 문제로 대두되고 있는 인구의 노령화 문제가 떠올랐다. 65세 이상의 노인이 총인구수의 20%가 넘으면 '초고령화 사회'라 하는데, 우리나라는 2028년이면 이 상황에 도달한다고 한다. 이것은 비단 우리나라의 문제만도 아니라 한다. 세계적인 추세란다. 일본과 프랑스는 이미 우리를 앞질러 가고 있고, 미국도 뒤따르고 있다.

이렇게 고령화가 사회적인 문제가 된 것은 아이러니하게도 문명의 발전 탓이란다. 의학의 발전과 의식주의 향상이 인간을 건강하게 만들었고 생명을 연장시켰다는 것이다. 건강검진 같은 국가복지정책 또한 일조를 한 것은 더 말할 것이 없다 하겠다.

인간의 지혜는 이렇게 자신들의 생명 연한을 늘리는 데 큰 기여를 했다. 불과 백 년 전만 해도 사람의 목숨은 하늘에 맡겨진 것(人命在天)이라 하여, 아파도 병명을 모르고 죽어 가는 일이 비일비재했다. 이제는 달라졌다. 인간 스스로 목숨을 조종하게 되었으니,

신의 역할은 그만큼 줄어든 것이 아닌가 하는 생각도 하게 된다.

좋은 세상이라는 생각이 들다가도, 한편으로는 무작정 오래만 살면 좋은 것일까 하는 의문도 든다. 오래 사는 것이 좋다지만, 인간의 얄팍한 지혜에 기대어 한도 끝도 없이 생명을 연장하는 것은 아니라는 생각이 불현듯 이는 것이다. 하늘이 허락한 만큼만 누리다 슬그머니 이 별을 떠나는 것도 좋을 텐데. 말은 쉽게 하지만 나도 그 상황이 되고 보면 어떻게 변할지 모르는 일이다. 그게 쉬운 일은 아니라고들 하는 것을 보면 말이다.

그래서 상상해 보았다. 늙음이 농익었다 싶을 즈음이 되면 건강검진으로부터 홀가분해지는 것은 어떨까 하고. '할까, 말까.'의 갈등과 새벽에 병원으로 달려가면서까지 건강을 보살펴야 하는 압박감으로부터 해방되는 것도 나쁘지 않을 것 같은데. 한 여든 해쯤 살고 나면, 이런 제도로부터 벗어나 하늘의 명을 순순히 받는 것도 괜찮지 않을까? 그쯤 살았으면 어떻게 죽더라도 천수를 누렸다 할 만하니 말이다.

홀가분해지는 것, 멋지지 않나?

2019. 9. 26.
검진 후, 병원에서 주는 녹두죽을 맛나게 먹은 날

※ 어렵게 받은 위내시경 검사는 이상이 없단다. 앞으로 이 년 동안의 건강은 보장받았다는 기분이 들었다.

손주춘추

손주들은 표정과 소리, 몸짓들로

느슨해진 내 감각을 깨워 줄 것이다.

나는 그 경이로운 순간들을 즐길 생각이다.

   사회생활에 남녀의 구분이 없는 시대다. 반세기 전까지만 해도 남편은 밖에서 돈을 벌어 오고, 아내는 집에서 가사와 자녀 양육을 맡는 것이 일반적인 생활양식이었다. 이런 생활 형태는 인류가 문화를 이루어 온 이후 줄곧 이어져 온 전통일 것이다.

   현시대는 여자이기 때문에 집에서 아이 기르고, 가사나 도맡아 하는 시대가 아니다. 그렇게 해야 한다는 말을 했다가는 고물 취급을 받을 수도 있다. 그런 의미에서 인류풍습의 대변혁을 겪는 마지막 세대가 우리일지 모른다는 생각을 하게 된다.

   칠 년 전, 나는 현역의 사회적 책무를 마치고 산촌으로 들어왔다. 그동안 사회생활 중에 나를 얽어매 왔던 시간의 굴레를 벗어던지고, 산모퉁이에 기대어 한적하게 지내고 있었다. 그런데 이제는 정적인 이 자리를 벗어나, 다시 동적인 시간으로 돌아가야 할 것 같다.

두 딸은 직장 때문에 육아를 고민하는 중이었다. 큰딸은 대학원 학업을 일단 마치고 전공을 살릴 자신의 일을 찾고 있었는데, 딸(손녀 재인)을 돌보아야 하기 때문에 고민 중에 있었다. 작은딸도 양가의 어머니들께 아들(손자 지환)을 맡기고 직장생활을 하고 있었다. 때문에 아내는 평일에는 작은 딸네 집을, 주말에는 영월 집을 오가며 이중생활을 해오고 있었다. 처음에는 서너 달만 하면 무슨 대책이 나오겠지 하는 막연한 마음으로 시작한 황혼육아가 일 년을 넘기고 있다. 이제는 손주들을 돌볼 특단의 대책이 나오거나, 딸들이 직장생활을 포기하고 집에서 육아에 전념하거나를 결정해야 할 때가 되었다.

손주 돌보는 이야기를 하면 말리는 이들이 많다. 시간적으로나 체력적으로 벅차고, 한번 봐주기 시작하면 중간에 그만두기 어렵다는 것이 이유다. 우리도 자식을 길러 보았고, 아내는 이미 작은 손자를 돌보고 있으니, 이런 우려를 모르는 바 아니다. 딸들도 어려움을 알기에 도와달라는 말을 차마 하지 못하고 있는 것 같았다.

그래도 나서지 않을 수 없었다. 십수 년씩 공부한 전문지식을 가정에다 묵혀 두기에는 딸들에게도 꿈이 있고, 여자라고 가정에만 있는 것이 시대상에도 맞지 않기 때문이다. 결국 우리 부부는 딸들이 근무하는 시간에 손주를 돌보기로 자처했다.

육아가 힘들다고 하는 것은 아기에게 모든 초점을 맞춰야 하기 때문이다. 몇 해 전, 뉴스에서 들은 일이다. 할아버지가 세 살배기 손자를 차에 태우고 어린이집에 데려다주러 가다가 잠깐 회사에 일을 보러 들어갔는데, 손자를 차에 둔 사실을 깜빡 잊고 일을 계속했던 것이다. 네 시간 뒤에야 생각이 나 달려갔지만, 여름철 더운 날씨에 차에 있던 손자는 이미 변을 당한 뒤였단다. 얼마나 비통한 일인가? 아기를 돌볼 때, 다른 일을 해서는 안 된다는 것은 바로 이런 일이 일어날 수 있기 때문이다.

아기가 홀로 있으면 안 되는 요인으로 이러한 물리적 문제와 함께 정신적 요인도 존재한다. 사람은 어려서 소외감을 자주 느끼게 되면 밝고 자신 있는 자아를 형성하기가 어렵다고 한다. 그렇기 때문에 아기 때에는 홀로 남겨졌다는 느낌을 받지 않도록 해야 한다는 것이다.

아기는 주변에 보호자가 있는지를 수시로 확인한다. 홀로 남겨지게 되면 위태로움을 느끼기 때문이란다. 그러면서도 주위 사람의 감정은 고려하지 않는다. 자신의 기분에만 충실한 것이다. 울 때는 달래 주고, 웃을 때는 함께 웃으며 맞대응함으로써 아기의 감정에 맞춰 주어야 하는데, 이때 양육자는 자신의 시간과 감정과 생각 등을 포기해야만 한다.

이러한 어려움이 있기 때문에 육아는 가능하면 혈육이 해야 한다는 말이 나오는 것 같다. 아기는 의무감이 아닌 사랑으로 대해야 한다는 것이다. 아기는 엄마, 아빠, 할머니 등 친밀한 가족과 함께 있을 때는 끊임없이 접촉한다. 원하는 대로 안아 주거나 높이 들어 올려 주면 즐거워한다. 부모나 조부모는 이때의 고단함을 당연한 것으로 여긴다. 단지 먹이고, 입히고, 씻기기만 하는 것이 아니라 모든 감각을 아기와 일치시키는 것이다. 이렇게 함으로써 아기의 정서는 안정되고, 그러한 순간들이 쌓여 건강한 감성을 지닌 사람으로 성장할 수 있는 것이다.

그런가 하면, 특히 조부모가 보육을 할 때에는 부정적인 면도 있을 수 있다. 사랑이 중요한 것이야 말할 것도 없지만, 그것만으로는 부족함이 있을 수 있다는 것이다.

노인에게는 오랜 세월을 살아오면서 생긴 습관들이 있다. 또 이미 자식을 길러 봤기 때문에 아기에 대해 잘 안다는 고정관념도 가지고 있다. 아기를 돌볼 때는 육체가 고되고, 또 긴장을 하기 때문에 말과 행동이 습관적으로 튀어나올 수가 있다. 아기는 이제 막 이 세상에 왔기 때문에 가까이 있는 어른들의 언행을 배움의 기준으로 삼을 수밖에 없다. 어른들의 말 한마디, 행동 하나가 아기의 성격 형성에 영향을 미칠 수 있으니, 아기가 좋은 성격을 지닌 사람으로 자라길 원한다면 조심하고 또 조심해야 한다. 이래저래 아기를 돌본다는 것은 매우 어려운 일이다.

이렇게 어려운데도 가능하다면 힘을 보태야 하는 이유가 있다. 아이 한 명을 제대로 기르려면 온 동네 사람이 나서야 한다는 말이 있다. 온전한 인격을 갖춘 사람으로 성장하기 위해서는 많은 사람의 보살핌과 지혜, 가르침 등이 보태져야 한다는 것이다.

그리고 무엇보다도 조부모가 손주를 돌보는 일은 자연의 섭리

일 수 있다는 점이다. 생명은 '나'라는 개체성과 '우리'라는 전체성을 동시에 지니고 있다. 혈육은 이것이 체현되는 대표적인 사례라 할 수 있다. '나'라는 존재는 죽으면 그만 사라지는 것이 아니라, 뒤따라 이어지는 생명을 통해 영원히 살아가는 생명의 영속성(永續性)이 있다는 말이다. 손주는 이제 막 영속의 배턴을 이어받은 주인공이다. 우리는 그것을 전해 주는 중간 주자이다. 이러하니 "육아의 일차 책임은 엄마 아빠에게 있는 거야. 나는 할머니(혹은 할아버지)니까."라고 하며, 남의 집일 바라보듯 할 수는 없는 것이다.

시공(時空)의 구분이 없이 전체를 하나의 생명으로 본다면, 나는 쇠퇴하는 세요, 손주는 생명을 이어 갈 새 세포다. 이러한 이치로 보면 손주가 바로 나다. 손주를 보는 것이 내가 나를 만나는 순간이기도 한 것이다. 내가 할 수 있는 일 중 이만큼 경이롭고 보람된 일이 어디 있을까 싶은 마음이 드는 것은 바로 이 때문이다.

나처럼 은퇴한 세대는 존재감을 충족시킬 만한 일을 찾기가 쉽지 않다. 내 몫의 시간을 모두 누리고 은퇴했으니, 어쩌면 그것이 당연한 이치인지도 모른다. 그렇다면 젊은이들 뒤에서 점잖게 조언이나, 도움을 주며 품위를 지킬 수 있다면 좋으련만 불행히도 현 사회는 노인들에게 그것을 쉽게 허락하지 않는다. 그래서 존재감을 느끼지 못하는 노인이 많은 것인지도 모른다.

주전선수가 못 된다면 지원선수는 어떨까? 운동경기를 하는 선수단은 주전선수와 지원선수군으로 구성되어 있다. 지원선수는 주전선수가 경기를 잘할 수 있도록 뒷바라지를 한다. 전면에 나서지는 못하지만, 주전선수의 성과와 영광에 도움이 되었다는 보람은 있는 것이다. 나는 이제 지원선수 자격으로 경기에 한 몫 끼여 볼까 한다.

몇 년이 될지 모른다. 앞으로 우리 부부는 평일에는 도시에서 손주들을, 주말에는 촌으로 내려와 밭을 돌보게 될 것이다. 바쁘고 고될 것이다. 또 누려야 할 많은 것을 포기해야 할지도 모른다. 그래도 딸들 부부가 육아의 부담을 조금은 내려놓고, 사회의 일원으로 인정받으며 개인적 성취를 얻을 수 있다면 우리는 만족할 것이다. 그들이 얻을 보람에 우리의 몫도 함께 담겨 있을 테니 말이다.

한편, 그 대가로 동화 같은 세상이 내 앞에 펼쳐질지 모른다는 꿈도 슬그머니 가져 본다. 천진난만(天眞爛漫)한 손주들과 함께 노는 것이 어찌 쉽게 얻어지는 복이겠는가? 인간 세상에 온 지 오래되지 않아 하늘의 품성이 고스란히 남아 있는 맑은 영혼의 손주들과 밀접하게 지낼 수 있는 것, 이것은 분명 큰 복이다. 손주들은 표정과 소리, 몸짓들로 느슨해진 내 감각을 깨워 줄 것이다. 나는 그 경이로운 순간들을 즐길 생각이다.

소중한 그 순간들이 기억에서 사라지지 않도록 글로써 남겨 볼까도 생각하고 있다. 매 순간 느낀 것들을 일기로 남겨 놓는다면 손주들에게는 훗날 자신들이 기억하지 못할 어린 시절의 모습을 볼 수 있는 기록이 될 것이다. 또 우리 가족에게는 작은 역사책이 될 수 있을 것이다. 그래서 일기의 제목을 「손주춘추」라 하고 싶다. 세월의 모습을 기록한 우리 가족의 역사책이 될 것이니 말이다.

2020. 9. 1.

손주 돌보는 일에 전적으로 투입되는 날

마지막 쪽을 빌려

글을 써놓고 책을 엮기까지 삼 년의 시간이 흘렀다. 책을 펴내는 것이 두려워 주저하기도 했고, 책을 펴기로 결정한 후에는 또 글을 다듬느라 시간이 흘렀다. 그나마 이런 결정을 할 수 있었던 것은 책을 내도 큰 잘못이 되지는 않을 것 같다는 아내의 격려가 있어 가능했다.

나는 아내에게 많은 빚을 지며 살고 있다. 청년 시기에 나는 좌반신이 마비되어 일생일대의 위기에 빠졌었다. 그때 아내는 나를 찾아왔다. 평생 장애인으로 살아갈 것을 알면서도 결혼을 하여, 정상적인 생활을 할 수 있도록 부족한 반쪽을 채워 주었고, 두 딸을 건강하게 성장시켜 나로 하여금 가장으로서 지위를 지킬 수 있게 해주었다.

그것은 '인간으로서 해야 할 최소한의 도리를 이룬 것이다.'라고 나는 생각한다. 이런 것들은 아내의 조용한 도움이 아니었다면 이루지 못했을 것이다. 그래서 아내는 나의 빚쟁이인 셈이다. 그런데 이 빚들을 갚지는 못하고 한 덩어리를 또 얹게 되었다.

아내는 책 읽기를 좋아한다. 그 죄로 내 글을 짓는 작업에 동원이 되었다. 글을 처음 써보는 터라 내 글의 수준이 어느 정도인지 가늠할 길이 없었다. 가까운 곳에 있는 사람에게 물어보는 수밖에는 방법이 없었다. 그래서 부탁을 했다. 나는 부탁한다고 했지만 아내의 입장에서는 부탁이 아니라, 압박이었을지 모른다. 대충 정리되었다고 생각되는 글 한 편씩을, 며칠에 한 번씩 아내의 책상 위에 슬그머니 올려놓곤 했는데, 그 글을 받는 것이 고역이었을 것이다. 내용도 제멋대로이고, 형태도 갖추어지지 못한 글을 읽는 것이 재미있을 리 없었을 테고, 그에 대한 소감과 수정까지 해주었어야 했으니 말이다.

그럼에도 아내는 정신이 맑은 시간을 택해 읽어 주었다. 그렇게 읽고는 며칠 후, 원고 여백에 메모까지 해서 주며 읽은 소감을 이야기해 주었다. 그렇게 이 년 가까이 쉰 편의 글을 서너 차례 반복해서 교정할 수 있게 도와주었다.

아내가 힘들어했던 것은 재미없는 글을 읽느라 소비한 시간과 수고로움 때문만이 아니었을 것이다. 읽고 무언가 의견을 내면 순순히 인정하는 내가 아니었다. "내가 쓴 글을 감히 지적해?"하는 심리가 발동해 의견충돌이 일어나곤 했다. 그럴 때마다 어렵게 의견을 낸 사람 입장에서는 기분이 상할 수밖에 없었을 것이다.

그럼에도 불구하고 "아니, 그렇게 잘났으면 혼자서 하지 물어보기는 뭘 물어봐?"라고 반격 한번 하지 않았다. 그 불쾌감들을 안으로 삭이며 무던하게 읽어 주었다. 지금 생각해 보면 왜 그랬는지 나도 모르겠다. 결국에는 아내가 지적한 의견의 8할 이상을 따를 것이었으면서도 말이다. 어쨌든 아내의 수고 덕분에 이렇게 겨우 책의 모양새는 갖출 수 있게 되었다.

　이렇게 아내에게 진 빚으로 책 한 권을 세상에 보내게 되었다. 이 빚들은 내 생전에 갚지 못할 것이다. 그저 할 수 있는 일이라고는, 나의 이번 생 여행길에서 고통과 무료함보다는 평안과 감동의 순간이 더 많은 것은 마음씨 고운 이 빚쟁이와 함께 걷기 때문이라는 사실을 잊지 않는 것뿐이다.

2023. 11. 24.

尙友室에서

손이골
이야기

초판 1쇄 발행 2024. 2. 19.

지은이 오도열
펴낸이 김병호
펴낸곳 주식회사 바른북스

편집진행 황금주
디자인 한채린

등록 2019년 4월 3일 제2019-000040호
주소 서울시 성동구 연무장5길 9-16, 301호 (성수동2가, 블루스톤타워)
대표전화 070-7857-9719 | **경영지원** 02-3409-9719 | **팩스** 070-7610-9820

•바른북스는 여러분의 다양한 아이디어와 원고 투고를 설레는 마음으로 기다리고 있습니다.

이메일 barunbooks21@naver.com | **원고투고** barunbooks21@naver.com
홈페이지 www.barunbooks.com | **공식 블로그** blog.naver.com/barunbooks7
공식 포스트 post.naver.com/barunbooks7 | **페이스북** facebook.com/barunbooks7

ⓒ 오도열, 2024
ISBN 979-11-93647-87-5 03810